JN157460

疑われたロイヤルウェディング

佐倉 紫

YUKARI SAKURA

Noche

NB

ノーチェ文庫

登場人物紹介

オーランド

大国ディーシアルの第一王子。
二十四歳。正妃の息子。
誰もが認める真面目で優秀な
王子だったが、一年前から
生活が荒れている。

アンリエッタ

小国フィノーの第二王女。
十七歳。三年前、自分を救って
くれたオーランドに恋をして、
ずっと思い続けてきた。
明るく前向きな少女。

国王
ディーシアル王国
国王。
ローリエ
ディーシアル王国の
正妃。公爵家出身で
プライドが高い。
イザベラ
ディーシアル王国の
第二妃。王の寵愛を
一身に受ける美女。
レオン
ディーシアルの第二王子。
二十四歳。第二妃の息子。
賭場に入り浸り、国政には
関わっていない。
サリア
アンリエッタの有能な侍女。
主思いのしっかり者。

目次

疑われたロイヤルウェディング

プロローグ

その年、北の小国フィノーは未曾有《みぞう》の危機に瀕《ひん》していた。

「陛下、国王陛下！　お気を確かに！」

「早く医師を！　王妃殿下のご様子も思わしくないようだ」

「国王様っ！」

多くの悲鳴と足音、混乱と恐怖が行き来する中、フィノー王国の第二王女アンリエッタは、真っ青になって立ち尽くしていた。

「お、お父様！」

足下から凍りつくような恐怖を感じつつ、すぐに父のもとへ駆け寄ろうとしたアンリエッタは、老齢の宰相《さいしょう》に引き留められる。

「いけません、アンリエッタ様！　お近づきになっては……！」

苦しげな表情で肩を掴んでくる宰相に、アンリエッタは涙目になりながら唇を震わせた。

今、この国は原因不明の病に侵されていた。

国中の人々が得体の知れない病にかかり、ろくな治療も受けられぬまま次々に倒れていく。

その猛威《もうい》はとうとう王都にまでおよんだ。アンリエッタは迫りくる病から逃れるために、王家の人々とともにこの離宮へやってきたばかりだったのだ。

（それなのに、お父様やお母様まで病にかかってしまうなんて――！）

受け入れがたい現実に、アンリエッタはぼろぼろと涙をこぼす。

そんな彼女を、宰相は王族の寝所からもっとも遠い部屋へと移し、厳しい表情で言った。

「このまま国王様やお世継ぎ様、また先に倒れられた王族の方々に万一のことがあったなら、この国を背負っていかれるのはアンリエッタ様となります」

アンリエッタは鋭く息を呑む。

「……いやよ、そんなことを言わないで！　お父様たちは必ずよくなるわ。わたしが国を背負うことになるなんて、そんなことは起こらないわよ！」

悲しみと衝撃、なにより背負うことになるかもしれない責務の大きさにすっかり怖くなって、アンリエッタはわっと声を上げて泣き出してしまう。

そんな彼女を痛ましげな目で見つめつつ、宰相《さいしょう》は忠臣として言葉を重ねた。

「もはや王族で病にかかっていないのはあなた様だけ。こうなってしまった以上、なんとしても健康を維持していただかなければなりません。国王様を始め、罹患《りかん》者は全員隔離しておりますが、万一のこともございます。このお部屋から一歩も出ないように」

「いやよ、いやっ！　お父様のそばに行かせて……！」

「我が儘《わがまま》をおっしゃいますな！　王族の姫君が、そのように取り乱すことは許されません」

そうは言っても、アンリエッタはまだ十四歳。子供ではないが、大人とも呼べない年齢だ。多感な少女にとって、両親を含め近しい人々が病に冒《おか》されている現実は恐ろしいものでしかない。

まして国を背負うなど想像もできないほどの重責だ。アンリエッタは宰相が出て行ったあとも声を上げて泣き続けた。

そうしてどれくらい経っただろう。疲れきった彼女は、窓辺に膝を抱えてうずくまっていた。

（……本当にこのまま、お父様たちが回復なさらなかったら……）

宰相の言うとおり、未だ健康な自分が王位を受け継ぎ、国を治めることになる。

そんなことが果たしてできるのだろうか。王女としての教養は一通り身につけたが、政治のことなどひとつもわからない。助力してくれるはずの重臣たちもすでに多くが病に冒され、今は無事でいる人々もいつ倒れるかわからない状態なのだ。

そんな中で王位に就《つ》くなどできるはずがない。それ以前に、大好きな両親や従弟《いとこ》たちが助からなかったらと思うだけで、足下が崩れるような恐怖に見舞われる。

（このまま、わたしひとりだけが取り残されることになったら……）

ほんの少し考えただけで、目の前が真っ暗になるような絶望感に襲われた。アンリエッタは喉を震わせ、我が身を掻き抱いてすすり泣く。

そのとき――

小さなノックとともに、ギィ、と遠くで扉が開く音が響いた。誰かが食事を持ってきたのだろう。この部屋に隔離されてから、身支度と食事のときだけ侍女が訪れるようになっていた。

食欲などとうに失せているアンリエッタは、ますます身を縮めて侍女が立ち去るのを待った。

しかし、こちらへ近づいてくる足音は侍女のものにしては心なし大きいような気がした。

涙で滲《にじ》んだアンリエッタの視界に、男物の革靴が映り込む。驚いてかすかに目を見開くと、頭上から優しく声がかけられた。

「あなたが、フィノーの王女殿下か？　王族で唯一無事だという」

耳に心地よい、若い男性の声だった。

おずおずと顔を上げると、こちらを見つめる瞳とかち合った。

宝石のように透き通った、美しい紫色の瞳だった。その目元にかかる前髪は栗色で、男らしい顔のラインを覆《おお》っている。今はわずかに身をかがめているが、背を伸ばせば小柄なアンリエッタよりずっと長身であろうことはすぐにわかった。

「あなたは……」

泣きすぎてかすれた声でアンリエッタは呟《つぶや》く。そのあいだも視線は目の前の青年に釘付けになったままだ。見慣れない人物の登場に驚いたこともあったが、一目見ただけで、心を掴まれるような不思議な感覚に包まれていた。

青年はうずくまるアンリエッタに視線を合わせるため、静かに片膝をついた。

「わたしはディーシアル王国の第一王子で、オーランドと言う」

「ディーシアルの王子様……？」

隣国の王子を名乗った青年を前に、アンリエッタは反射的に居住まいを正そうとする。だが続く彼の言葉を聞いて、礼儀作法はすぐに頭から吹き飛んだ。

「数日前、あなたの父上から我が国に助けを求める書状が届いたんだ。まさか病がここまで広がっているとは思わず、くるのが遅れてすまなかった」

軽く頭を下げるオーランド王子を前に、恐怖と悲しみが一気に戻ってくる。アンリエッタは思わず王子の腕にすがりついた。

「お願いです、父を助けて下さい……！　母も従弟《いとこ》も叔父も、みんな病にかかって苦しんでいます。熱が出てからもう二日は経っています。今夜熱が引かなかったらお父様たちは……っ」

その続きはとても口にできなくて、アンリエッタは嗚咽《おえつ》を漏らす。

そんな彼女の肩をそっと撫《な》でて、オーランドはしっかりした声音で答えた。

「大丈夫、安心しなさい。この国に蔓延《まんえん》している病は、かつて我が国でも猛威《もうい》を振るったものだ。今は研究が進んで特効薬もできている。わたしに同行した医師たちが、すでに王家の方々へ薬を投与した。じきに全員熱が下がって、元気になるだろう」

絶望に沈みかけていたアンリエッタは、力強いその言葉にハッと顔を上げた。

「ほ、本当に……？」

呆然と見上げてくるアンリエッタの手をしっかり握って、オーランドは頷《うなず》いた。

「本当だ。医師たちも口をそろえて大丈夫だと請け負った。もう安心していい」

「で、でも、お父様、あんなに苦しんでいらして……。それに、世継ぎの従弟《いとこ》はまだ五歳で……あの子が一番に熱を出したんです。まだ小さいし、もしなにかあったら」

皆が倒れたときの様子を見ていただけに、アンリエッタはそう簡単に信じることができない。

小刻みに震える彼女をオーランドは痛ましげに見つめていたが、細い肩をおもむろに引き寄せると、小さな身体を腕の中にすっぽりと閉じ込めた。

男のひとの力強い腕とぬくもりを全身で感じて、アンリエッタはどきりとする。緊張で身体が強張《こわば》るが、大きな手が髪を撫《な》でていくのを感じると、ゆるゆると力が抜けていった。

「もし万が一のことが起きたとしても、あなたは決してひとりにはならない。同盟国の王子として、わたしがあなたをいつでも助けると約束しよう」

──ひとりにはならない。

その一言が、不思議なくらいアンリエッタの胸に響く。

悲しみに覆《おお》われていた心に光が差して、喉元に熱い塊《かたまり》が込み上げてきた。涙腺が緩《ゆる》んで、再び涙がこぼれてくる。だがその涙は、それまで流していたものとはまったく違うものだった。

はらはらと泣くアンリエッタを柔らかく抱きしめ、隣国の王子はしみじみと呟《つぶや》く。

「つらかったな。たったひとりで家族を失うかもしれない恐怖に耐えて……。もう大丈夫だから、安心しなさい。よく頑張ったな」

そうして優しく背を叩かれると、こらえていたものが堰《せき》を切ってあふれてきて、もう止められなくなってしまった。

アンリエッタは顔をくしゃくしゃにして、オーランドの胸に抱きついた。彼はずっとアンリエッタを抱きしめ、嗚咽《おえつ》が小さくなるまで優しく髪を撫でてくれた。

――そうして疲れ切って、いつの間にか眠ってしまって……。

目が覚めたときには、隣国の王子様はもう離宮を離れていた。

オーランド王子はこの離宮だけでなく、多くの患者に救いの手をさしのべてくれた。

国王を始め王族は全員一命を取り留め、世継ぎの従弟も二週間後には庭を駆け回れるくらいに元気になった。

――彼が訪れるのがあと少しでも遅かったら。

それを考えると、身体の芯から震え上がらずにはいられない。

と同時に、優しい言葉と力強い抱擁《ほうよう》でアンリエッタを救ってくれた彼を思うと、胸の奥がとくとくと速い鼓動を刻んで、落ち着かない気持ちになるのだ。

時折聞こえてくる隣国でのオーランドの働きを耳にするたび、その気持ちはどんどん大きくなって、彼のことを思う日が増えていった。

彼の姿を思い描くたび、喜びと恥ずかしさで身体中が熱くなる。またお会いしたいという気持ちが際限なく膨《ふく》らんでいき、止められなくなった。

胸を満たすこの甘やかで苦しい思いが、恋というものだと気づくまでに、時間はかからなかった。

その出来事から三年経ったある日――

晴れて十七歳となったフィノー王国の第二王女アンリエッタは、オーランドの母国であるディーシアル王国に求められ、愛するひとのもとへ嫁ぐこととなったのである。

第一章　砕かれる恋心

「夫婦になったからと言って束縛はしない。もちろん、されるつもりも毛頭《もうとう》ない。おれは自由にやるから、おまえもこの先、好きに生きていけばいい」

部屋に入ってきてすぐ、冷たく言い放たれた言葉に、アンリエッタはあんぐりと口を開ける。

結婚式のあいだ中、ずっと感じていた羞恥心《しゅうちしん》や緊張はすぐさま吹き飛び、代わりに多大な混乱と戸惑いが押し寄せてきた。

（好きに生きていけばいいって……どういうことなの？）

少なくとも、それが数時間前に神様の前で永遠を誓い、これから初夜を迎える花嫁に向かって夫が言う言葉なのだろうか？

――そう、アンリエッタは今日、目の前にたたずむ青年と結婚式を挙げたばかりだ。

ディーシアル王国の第一王子であるオーランドは、三年前アンリエッタを救ってくれた恩人であり、今日まで一途に思い続けてきた初恋の相手でもある。

大国ディーシアルの王子と、隣国とはいえ小国の姫である自分が結ばれる可能性は低いだろうと思っていたが……どんな運命の巡り合わせか、こうして夫婦になることができた。

彼に会ったら、三年前の感謝と自分の思いを伝えて、仲睦《なかむつ》まじい関係を築いていきたいと思っていたのだ。それなのに――

（これからよろしくお願いしますとも伝えられないうちから、こんなことを言われるなんて）

本来なら屈辱《くつじょく》を感じてもいいところだろう。だが、彼を慕い続けてきたアンリエッタが一番に感じたのは、拒絶されたことへの悲しみだった。

愛するひととの生活に早くも暗雲がたちこめている。アンリエッタは一度奥歯を噛みしめ、勇気を出して顔を上げた。

「わたしはあなたと、仲睦まじい夫婦になりたいと思ってこちらに嫁いできました。どうか、そんな悲しいことはおっしゃらないでください」

しかし、寝台の柱にもたれかかっていたオーランドは、ハッ、と相手を小馬鹿にするような顔でせせら笑った。

「おまえがなんと言おうとおれの考えは変わらない。そもそも政略で結ばれた相手に、なぜ愛情など持てるんだ？　既婚者が余所《よそ》に愛人を作るなどよくある話だ。おまえもそれに倣《なら》えばいい」

さらに信じられない言葉を重ねられ、アンリエッタは衝撃に息を詰まらせた。

「それ、は、つまり……不貞を働いてもよいということなのですか？」

自分で尋ねながらも、信じがたい思いでいっぱいになる。

確かに王侯貴族のあいだでは愛人を持つことは当然の楽しみかもしれないが、この三年間オーランドだけを思ってきたアンリエッタに、二心《ふたごころ》などあるはずがない。

だがそこで唐突に気付く。彼はそれを知らないのだということに。

（最初にお会いしたときから三年も経っているのだもの。オーランド様は、わたしがあのときの王女とは気づいていないのかもしれないわ）

それならば、とアンリエッタは沈み込みそうになった気持ちを奮《ふる》い立たせた。

「わたしは、ずっと前からあなたをお慕いしておりました。こうして神様の前で永遠を誓った以上、妻としてあなたに寄り添う努力をしていきたいのです」

だから好きにしていいなどと言わないでほしい。わたしはあなたと愛し合いたい。

そんな真摯《しんし》な思いをまなざしに込めて見つめるが――返ってきた答えは思いも寄らぬものだった。

「……そうやって、おれのことをたらし込めと吹き込まれているのか？」

「え？」

オーランドの地を這《は》うような低い声に、アンリエッタは目を見開く。

（たらし込む……？　どういう意味なの？）

だがそれを問う前に、大股で近寄ってきたオーランドに腕を取られ、強い力で引っ張られた。

「きゃっ……！」

振り回されるように寝台へ放り投げられ、アンリエッタの細い身体が敷布の上に投げ出される。

突然のことに身体を硬くするのと、オーランドが上に乗り上げてくるのはほぼ同時だった。

「オ、オーランド様……っ？」

「気安く呼ぶな、反吐《へど》が出る」

これまでにないほど冷たい声音で言われ、アンリエッタは凍りついた。

「ひとが親切に逃げ道を用意してやったというのに、愚《おろ》かな女だ。いいか、二度とそんな言葉を口にするな」

「そ、そんな……」

愛するひとに愛していると言ってはいけないというのだろうか？

反論しようにも強い力で肩を押さえつけられ、込み上げる恐怖に言葉が出なくなる。

それでも、なんとかわかってほしくて、アンリエッタは涙をこらえて言い募《つの》った。

「わたし、あなたをお慕いしているのです。本当に……」

ビリビリッ、と布が裂ける音が響いて言葉が掻き消される。

胸元が急に涼しくなったのを感じて、アンリエッタは息を呑んだ。慌てて身体を見下ろしてみれば、初夜のためにあつらえた純白の夜着が、襟元から腰まで一気に引き裂かれている。

「いやっ……」

とっさに胸元を隠したアンリエッタの視界に、引きちぎった夜着の残骸を放り投げるオーランドが映った。

「な、なにをなさるのですか……!?」

「なにを、だと？——おまえが望むとおりにしてやるだけだ」

「ひっ……！」

怒りを孕《はら》んだ低い声に、アンリエッタはぞっと背筋を凍らせる。

次の瞬間、オーランドの手が剥《む》き出しの乳房を覆《おお》い、膨《ふく》らみをきつく掴んできた。

「っ！　い、や……！」

太い指が柔肌に食い込む。そのまま荒々しく揉まれ、ヒリヒリとした痛みが全身を萎《い》縮《しゅく》させた。

「い、痛いです、やめて……！」

「痛い？　そう強く揉んでいるつもりはないが？　だが膨らみが乏しいから、せっかくの愛撫《あいぶ》も痛みとしてしか感じないのかもしれないな」

「うっ……」

「年は、確か十七だったか？　その割に貧相な身体つきだ。これでは楽しみも半減するな」

ため息とともに嘲《あざけ》られ、アンリエッタの瞳がたちまち潤《うる》む。

自分の身体が女性としての魅力に乏しいことは言われなくてもわかっていたが、愛するひとからはっきりけなされるのは、やはりつらいことに違いなかった。

「う、うぁ……っ」

しかしけなしながらも、オーランドは両手でアンリエッタの小さな乳房を捏《こ》ね回す。

強い力でぎゅうぎゅうと刺激され続け、いつしか白い肌には指が食い込んだ赤い痕《あと》が浮かび上がっていた。

痛みのせいか息も苦しくなってきて、アンリエッタはうめきながら必死にオーランドの手を離そうともがく。

「お、お願い……、も、やめて……っ」

「膨らみをいじられるのはいやか？　なら、こっちは？」

「ひんっ！」

刺激されたせいで、わずかに色づいた小さな乳首をぎゅっとつままれ、アンリエッタはびくんと身体を跳ね上げた。

「い、いやっ、そこも痛い、から……！」

「その割には、こうしてつまめるほど硬くなっているようだが？　嬲《なぶ》られて感じるとは、とんだ好き者だな」

「そ、そんな……違います……っ」

アンリエッタは首を打ち振るが、つままれた乳首を強めに引っ張られうめいてしまう。

「やぁ……！　痛いっ、やめてぇ……っ」

涙を浮かべて懇願《こんがん》するが、オーランドの手は止まらない。

再び乳房を握りつぶすように揉みながら、今度はアンリエッタの喉へ唇を寄せる。苦《く》悶《もん》に震える白い喉に、噛みつくように歯を立てられて、アンリエッタは悲鳴を上げた。

（いや、いや、怖い……っ！）

身体中ががくがく震える。愛するひとにふれられているのに、わき上がるのは恐怖と緊張ばかりだ。次第にアンリエッタの息もはっはっと浅いものになっていた。

「あ、あぁう！」

再び乳首を引っ張られると同時に、鎖骨のあたりに歯を立てられる。ビリッと痺《しび》れるような痛みに、とうとう涙があふれて、アンリエッタは手足を振り乱して抵抗した。

「お、お願いです、もうやめてください！　これ以上されたら……わたし……っ」

「おかしなことを言う。おれと夫婦になりたいと望んだのはおまえのほうだろう」

アンリエッタは泣きながら激しく首を振る。彼と親しくなりたいのは事実だが、こんなふうに乱暴されるのは恐ろしいばかりで耐えられない。

それまで乳房に添えられていた彼の手が背中に回り、思わせぶりにすっとくぼみの部分を撫《な》で上げてくる。その刺激すら恐怖の対象になって、アンリエッタは短い悲鳴を上げると二の腕を抱きしめ、身体を小さく縮めた。

「いやです、もう、こんなことは……！」

「だったら、おれと親しくなりたいと二度と口にするな。いいな？」

アンリエッタはハッと息を呑み、涙で顔をくしゃくしゃにしながらも首を振った。

「や、それはいやです……っ。わ、わたしはあなたと……っ」

痛みを与えられることはもちろんつらい。だが彼に見向きもされなくなることを考えると、足下が崩れるような心許《こころもと》なさが襲ってくる。

そんなアンリエッタに、オーランドはチッと鋭い舌打ちを響かせた。それがまた彼女の胸をえぐっていく。

（どうしてオーランド様はこんなに怒っていらっしゃるの？　三年前はあんなに優しくしてくださったのに……っ）

「はぅ！　うっ……」

二の腕を敷布に押さえつけられ、赤くなった乳房に舌を這《は》わせられる。肌をたどるぬめった感触からは、捕らえた獲物を嬲《なぶ》るような意思が伝わってきて、アンリエッタは喉を震わせた。

（こんな、ひどいこと……っ、わたしが知るオーランド様がなさるとは思えない）

もしや彼はオーランドそっくりの別人ではないだろうか。絶望のあまり突拍子《とっぴょうし》もないことを考えながらも、アンリエッタは縋《すが》るような思いでそっとオーランドをうかがう。

しかし……

（オーランド様……？）

涙で滲《にじ》む視界に、真上から見下ろすオーランドの顔が映り込む。

これだけ冷たいことを口にし、乱暴に押さえつけてくる彼のことだ。さぞかしいら立った表情を浮かべているのだろうと思ったのだが――

（オーランド様……どうして、そんな苦しそうなお顔をなさっているの？）

わずかにかいま見えたオーランドは、なにか苦いものを口に含んだような、痛みをこらえているような……ひどく苦しげな顔をしていたのだ。

思いがけない表情に目を見開いたアンリエッタだが、彼女の視線に気づいたオーランドは一瞬で険しい顔つきに戻る。そしてあろうことか、凝《こご》った乳首の根本に軽く爪を立ててきた。

「いっ……！」

「それなら、二度と近づきたくないと思わせてやるまでだ」

オーランドの手が下肢に滑る。ハッと身を強張《こわば》らせたアンリエッタの耳に、再び布が裂かれる音が聞こえてきた。

腰元に引っかかっていた夜着を荒々しく取り払われ、気づけばアンリエッタは一糸纏《まと》わぬ姿で寝台に押しつけられていた。

「あ、あぁ……っ」

枕元に灯《とも》された明かりに、白い身体がぼうっと浮かび上がる。

わずかに身を起こしたオーランドが、細い身体につぅと視線を走らせるのを目《ま》の当たりにして、アンリエッタの胸はどくどくと大きく鼓動を打ち始めた。

(見られている……オーランド様に、すべて……っ)

恥ずかしい上にいたたまれなくて、たちまち身体中が真っ赤に染まる。

隠そうにも腕を押さえつけられているため身動きできず、アンリエッタはせめてもと思い、両足をしっかり閉じて、一番恥ずかしいところを見られないようにした。

その様子を見たオーランドがくっと口元を歪《ゆが》める。

「裸を見せる程度で、おれを落とせると思ったら大間違いだ。こんな痩せっぽちの身体なら、なおさらな」

身体つきについてさらにけなされ、アンリエッタは唇を噛みしめる。恥ずかしさが惨《みじ》めさに取って代わって、新たな涙が静かにこめかみを伝った。

だが悲しみに浸る暇はなかった。オーランドの手がいきなり太腿の隙間に入り込み、足の付け根をまさぐってきたのだ。

彼の指先が不浄のあたりをさまようのを感じて、アンリエッタは短く悲鳴を上げた。

「きゃあ! な、なにっ? どうして、そんなところ……っ」

深窓《しんそう》の姫君らしく、閨《ねや》ごとのすべてを知らぬまま初夜に臨《のぞ》んだアンリエッタは、彼がなぜそのようなところにふれるのかわからなくて、ただただ恐ろしくなる。

だがオーランドは動きを止めず、それどころか、アンリエッタの内腿に手をかけると、彼女の足を限界まで大きく開かせてきた。

「や、やぁ……っ」

恐怖に喉が引き攣《つ》る。足を閉じようにも、オーランドがみずからの身体を滑り込ませてきたため、彼の胴を締めつけることしかできなかった。

(こんな、あられもない恰好をさせられるなんて!)

今の自分の姿を想像したアンリエッタは、目の前が真っ赤になるほどの羞恥心《しゅうちしん》に襲われる。

だがオーランドの指先が淡い茂みのさらに下へと潜《もぐ》り込み、先ほど以上に恥ずかしい部分を探り始めたのを感じると、たちまち恐怖心が戻ってきた。

「な、なにを……っ、きゃう!」

次の瞬間、その部分にツキリとした痛みを感じる。見れば、オーランドの指先が薄紅色の割れ目の中へと潜り込もうとしていた。

「ひっ! や、やめ……、っあああ!」

何者も迎え入れたことがない狭いところに、太い指が容赦なく押し入ってくる。アンリエッタはとっさにずり上がって逃げようとした。

それを易々《やすやす》と押さえつけながら、オーランドは「抵抗するな」と冷たく命じてくる。

無理やり広げられた隘路《あいろ》がぎちぎちと軋《きし》む中、指が付け根の部分まで入り込んできて、アンリエッタは悲鳴を上げた。

「いやっ、い、痛いっ、痛いのぉ……！」

ズキズキとした痛みと、身体の中を異物がうごめく感覚に真っ青になって、アンリエッタは涙をこぼしながら弱々しく首を振る。

オーランドが再び舌打ちして、いきなり上体を倒してきた。

今度はなにをされるのかと萎縮《いしゅく》するアンリエッタだが、彼の美しい面《おもて》が秘所にぐっと近づいていくのを見て目を見開く。

「やっ、やだ……、あっ、あああ……ッ？」

次の瞬間、彼の唇が、指が潜《もぐ》り込んだところのほんの少し上……そこに隠された快楽の芽に軽くふれてきて、アンリエッタの腰がびくんと跳ねた。

驚愕《きょうがく》に息を呑んだとき、オーランドが唇を開き、そこから赤い舌をのぞかせる。

まさか、と身構えるアンリエッタの前で、彼は伸ばした舌先を芽の部分にねっとりと這《は》わせた。

「ひっ……う、うあ！」

ビリッとするような感覚が立ち上り、アンリエッタの細い肩が跳ねた。覚えのない感覚に身体中が反応して、突き立てられたままの彼の指をぎゅっと締めつけてしまう。

その感覚を敏感に感じ取ってか、オーランドの眉がわずかに寄せられる。

「やっぱり、嬲《なぶ》られて感じるんじゃないか」

「ち、が……っ、あ、あぁう、うぅ……！」

否定の言葉は喘《あえ》ぎ声のようなうめきに押し流される。

不思議なことに、オーランドの舌先がその部分を丹念に舐《な》めていくと、痛みではない妙な感覚が突き上げてきて、身体中がびくびくと引き攣《つ》った。

「あう、や……、んっ、んン……！」

指が潜り込む隘路は相変わらずヒリヒリと痛む。けれど芽の部分は、彼の熱くぬるつく舌を感じるたびに燃えるような感覚を発して、徐々に充血して膨《ふく》らんできた。彼の吐息がかかるだけでも、腰がびくんと揺れてしまう。

（な、なに？　むず痒《がゆ》くて……もどかしい……っ）

「ふ、んん……、んあっ……っ……」

ぴちゃぴちゃと猫がミルクを舐《な》めるような音が聞こえてきて、アンリエッタの頭はぼうっと火照《ほて》ってくる。呼吸が震えて、唇から漏れる声には苦痛以上に甘いものが含まれてきた。

腰から下に力が入らなくなって、彼の舌が動くのに合わせて、開いたままの足が強張《こわば》る。

やがて、彼の指が潜《もぐ》り込んでいるところのさらに奥が、じんわりと熱を帯びて燻《くすぶ》り始めた。

「は、はぁ、はぁ……っ、や、やぁぁん……っ」

じっとしていられなくて、つい腰を動かそうとしてしまう。そうすると指が挿《い》れられたままの内部がツキリと痛んで、アンリエッタは眉を寄せた。だがその痛みも、いきなり突き立てられたときに比べて、ずいぶんなりを潜《ひそ》めている。

今や苦痛よりも、初めて感じる快感のほうが大きくなっていることに気づいて、アンリエッタは狼狽《ろうばい》した。

(ど、どうして、わたし……こんなことをされて、恥ずかしくて、いやなはずなのに……)

もどかしいような、なんとも言えないふわふわとした感覚。少し怖いけれど、やめてほしいとは思えない。

(むしろ、もっと……、もっと、さわってほしい……)

アンリエッタは敷布を掴んでいた手を、そっとオーランドの頭に滑らせる。ほとんど無意識で、彼のつややかな栗色の髪に指を通した瞬間。

「いっ……！」

太腿を押さえていたオーランドの手が、いきなりぐっと柔肌を掴んできた。内腿に爪を立てられ、アンリエッタはたちまち心地よさから引き戻される。

びっくりして目を上げると、そこにはそれまで以上に不機嫌な表情を浮かべたオーランドがいた。

「あ……」

いつの間にか彼の髪を掴んでいたことに気づき、アンリエッタの全身から血の気が引く。

慌てて手を引くも、オーランドの表情は変わらなかった。

「少し甘いことをしてやれば、すぐにそうやってつけ込もうというわけだ。なにも知らない顔をしながらとんでもない女だな」

「な……、ち、ちが……」

「なにが違う？　ほんの少し舐めただけで、これだけ濡らして」

「あっ！」

沈められたままの彼の指がくの字に曲げられる。鋭い痛みが走ると同時に、くちゅりという水音が聞こえてきて、アンリエッタは大いに戸惑った。

彼の言うとおり、いつの間にかその部分がわずかな湿り気を帯びている。

(な……、ど、どうして)

うろたえるアンリエッタに気づいているのかいないのか、オーランドは皮肉に満ちた笑みを浮かべる。そしていきなり、指を素早く引き抜いた。

「やぁう!」

入り口になにかが引っかかるような痛みに、アンリエッタはびくりと身体を強張《こわば》らせる。

だが息が整わないうちに、今度は二本の指を震える割れ目にねじ入れられた。

「いっ、いやぁ、痛い……!」

「嘘をつけ。これだけ濡らしているくせに」

そう言いながら、彼は手首をひねって、隘路《あいろ》をこじ開けるように指を進めていく。わずかに生まれた隙間からあふれた蜜が、つぅと臀部《でんぶ》を伝うのを感じて、アンリエッタは首を左右に振った。

「お願い、抜い……あ、あぁ、いや! 動かさないでぇ……!」

根本まで沈めた指を、内部でばらばらに動かされて、ひりつくような痛みにアンリエッタはか細い声を上げた。

「ふ、うぅ、う……っ」

逃れようと身をよじってもことごとく押さえつけられ、止まりかけていた涙が再びぶり返してくる。

「はっ、あぁ……、も、やめて……っ」

「そんなにやめてほしいなら、さっさと終わらせてやる」

「あうっ！」

指が勢いよく引き抜かれ、アンリエッタは息を詰まらせる。

全身で震えながらも逃げだそうとするが、オーランドの腕が背に回され、そのままぐっと身体を引き寄せられて、身動きひとつとれなくなった。

「やぁ……！」

「暴れるな」

アンリエッタを抱きすくめながら、オーランドは片手をみずからの下穿きに伸ばす。

がくがく震えながらもがいていたアンリエッタは、直後、下肢に熱いなにかが押しつけられるのを感じ、びくりとした。

（な、に……これ……っ）

じっとりとした熱さを発するそれは棒状で、かすかな湿り気を帯びている。

その先端が震える襞《ひだ》を掻き分けていく。そして、先ほどまで指が突き立てられていた部分に押し当てられるのを感じ、アンリエッタはひっと息を呑んだ。

「や、やめて……っ」

本能的な恐怖に喉が引き攣《つ》る。恐怖で狭まった視界に、眉根を寄せたオーランドの顔がわずかに映り込んだ。

その紫の瞳が痛ましげに伏せられた気がして、アンリエッタは目を瞬《またた》く。が、突然襲ってきた激痛に戸惑いは一気に吹き飛ばされた。

「い、や、……あぁぁぁ――ッ!!」

身体がふたつに引き裂かれるような衝撃だった。

先ほどまで押し当てられていた棒状のなにかが、ぎちぎちと隘路《あいろ》を広げて押し入ってくる。

指とは比べものにならない、太くて硬い熱塊の侵入に、アンリエッタは喉を反らして絶叫した。痛みに見開いた瞳が新たな涙に潤《うる》んで、身体中がきつく強張《こわば》る。

「あ、あぁ、あ……！」

痛みのあまりろくな言葉も出てこない。いやいやと首を振るのが精一杯だ。

なんとか離れてほしくて彼の腕を叩くが、オーランドはますます彼女を引き寄せ、ぐっと腰を押し進めてくる。

「ひぃ……！」

腰が割れそうな痛みに、アンリエッタはぼろぼろと涙をこぼす。オーランドが耳元で荒い息をついているのが聞こえたが、構っている余裕はなかった。

「う、うぅ……っ」

「っ……動くぞ」

「いや……、あ、あぁ、いやあぁぁ……ッ！」

きつく抱きすくめられた状態で、身体の中心をずんっと突き上げられる。

かと思えば腰が離れ、同時に押し込められた熱塊もぎりぎりまで引き抜かれた。このまま抜いてくれるのかと思えば、それまで以上に奥にずんと押し込められて、アンリエッタは息を止める。

「や、や、……いや、もぅ……助けて……」

息も絶え絶えになりながら懇願《こんがん》するが、オーランドは動きを止めない。

それどころかさらに大きく腰を動かして、アンリエッタの細い身体を荒々しく揺さぶった。
「あ、あうっ、……うぅ……！」
ふたりの動きに合わせ、寝台がわずかに軋《きし》む。
彼が腰を動かすたびに、無理やり暴かれた処女壁が激しくこすられ、火傷《やけど》したような
ヒリヒリとした痛みがわき上がった。最奥を突き上げられるたびに息が止まりそうに
なる。
そのうち抵抗する言葉も出てこなくなり、お互いの腰がぶつかり合う音と、隘路《あいろ》を掻
き回されるぐちゃぐちゃという水音だけが響くようになった。
そうしてどれほどの時間が経ったか――
「ぐっ……」
不意に、オーランドが低くうめいて、アンリエッタの肩を敷布に押さえつける。そう
して勢いよく上半身を離した。直後、身体をさいなんでいた熱塊が勢いよく引き抜かれる。
「やっ、やぁう……」
痛みのせいで激しく震えたままの足に、温かななにかが浴びせかけられた。
それは食い込んだ指の痕《あと》が残る内腿をどろりと伝っていき、未だ痛みにひくつく秘所
まで汚していった。じんわりとした感覚がひどく気持ち悪く感じて、色をなくしたアン

リエッタの唇が大きく震える。

寒さと痛みにかちかちと歯を鳴らしながら、アンリエッタはおそるおそるみずからの下肢に目を向けた。太腿から秘所を覆《おお》うその温かななにかは白く、ところどころ赤い筋がまざっている。

（な、に……、これは、いったい……？）

考えてみるが、痛みと衝撃に麻痺《まひ》した思考では、とても答えは見つけられない。

そのとき、前屈みになって肩を上下させていたオーランドが、ふぅと大きく息をついた。それを聞いてぎくりとする。

荒々しく開かれた身体は限界を訴えていて、もう抵抗する気力もない。かといってまた同じような痛みを与えられたら、無残に踏みにじられた恋心が粉々に壊れてしまう気がして、たまらなく恐ろしくなった。

知らず身体を硬くしながら、祈るような思いでオーランドを見つめたアンリエッタは、その面《おもて》を見やって再び息を呑む。

わずかに息を切らし、自身の放った白濁を見るオーランドは……なにかをこらえるような苦々しい表情を浮かべていたのだ。

（……どうして、そんなお顔をなさるの……？）

だが、それを尋ねる力はもうなかった。

つらい現実から逃れるように、アンリエッタの意識は、深い眠りの中へと沈みこんでいった。

◇　◇　◇

「うっ……」

目元にちらちらとまばゆい光が入り込む。それに誘われるように、アンリエッタは重たい瞼《まぶた》をゆっくり開いた。

見慣れない部屋が視界に飛び込んでくる。大きく取られた窓からは朝日が降り注《そそ》ぎ、寝台の上にうつぶせになるアンリエッタを照らしていた。

「あ……、わたし……？」

いつの間に眠ってしまったのだろう。それにここは……？

胸元にこぼれる淡い金髪を払いつつ、アンリエッタは身体を起こそうとするが――

「痛っ……！」

唐突に足の付け根から鈍《にぶ》い痛みが広がって、アンリエッタは瞠目《どうもく》して下肢を見下ろした。

剥《む》き出しになった白い足のあいだに、わずかながら赤い筋が見える。同時に太腿にこびりついた汚れが見えて、記憶が一気に戻ってきた。

（そうだわ。わたしは昨日、オーランド様と結婚式を挙げて……自室にあの方をお迎えして、それから……）

冷たい言葉を浴びせられ、手ひどく身体を開かれたのだ。

薄闇の中、肩を押さえつけてきた強い力と、のしかかってきた身体の重み、そして与えられたひどい痛みを思い出して、アンリエッタの全身からさっと血の気が引く。下肢の痛みは意識するごとに大きくなるようで、知らず呼吸が浅く速くなった。

（あんなひどい抱き方をされるなんて……）

昨夜の入浴時のことが思い出される。性的に無知であろうアンリエッタを見越して、身体を清めるあいだに、年配の侍女が初夜の心得を教えてくれた。

『基本的には殿方にお任せすればよろしいのですが、最中に痛みがある場合がございます。それは女性であれば誰もが通る道ですので、心を落ち着かせて臨《のぞ》んでくださいませ』

そのときは神妙に頷《うなず》いたものだが、実際には、とても落ち着くことなどできなかった。

さらにオーランドの冷たいまなざしと、親しくなりたいと口にするなと言われたことも思い出される。

「う……」

昨夜もさんざん流した涙がまた込み上げてきて、アンリエッタは顔をくしゃくしゃに歪《ゆが》めた。

別に、情熱的な愛の言葉を望んで嫁いできたわけではない。アンリエッタはずっと彼のことを思っていたが、これは国同士の政略結婚だ。相手に始めからアンリエッタのような愛情がないことは心得ていた。

それでも、泣いていた過去の自分を優しく慰《なぐさ》め励ましてくれたオーランドとなら、政略結婚でも、ゆくゆくは愛情を持って向き合えるようになるだろうと思っていたのだ。

彼が優しい人物だとわかっていたからなおさら、期待も大きかった。

だが現実はどうだろう。手ひどく抱かれ、そのまま打ち捨てられ、今朝はこの部屋に彼がいたという気配すら感じられない。夜中のうちに出て行ったのだろうと思うと、惨《みじ》めさと切なさに涙が抑えられなかった。

だが本格的に泣き出す前に、扉がコンコンとノックされる。

「アンリエッタ王子妃様？　お目覚めでございますか？」

アンリエッタはハッと我に返って、慌てて目元をぬぐった。

「お、起きています」

かすれた声で答えると、お仕着せに身を包んだ侍女が断りを入れて寝室へ入ってきた。

「お顔を洗う支度と朝食をご用意いたしました。お身体の具合はいかがでしょうか？」

心配そうに尋ねられ、アンリエッタは恥ずかしさと気まずさに薄く頬を染めた。

「……大丈夫よ」

だが汚れた身体を見られるのには抵抗があって、アンリエッタは毛布をたぐり寄せて胸元を隠す。

侍女は心得た様子で、温かなお湯で蒸らした布を差し出してきた。

「本日は朝議がございますが、ご出席なさいますか？　おつらいようでしたらその旨《むね》をお伝えいたしますが」

「朝議……」

アンリエッタは、記憶を探る。

祖国にいた頃、嫁ぎ先のディーシアル王国について、様々な知識を学ばされた。朝議というのは、確か毎朝、王族と議員の資格を持つ貴族が一堂に会して、前日までに集められた案件について議論する習わしのことだったと思い出す。

王子の妃となったアンリエッタにも、朝議への参加資格が与えられているのだろう。

ならばここで傷心に浸っているわけにはいかない。オーランドと愛し合いたいというのはまぎれもない本心だが、嫁いだからには、王子妃として彼と彼の国のために働きたいというのも、アンリエッタのいつわりない思いだった。

「すぐに支度します。手を貸してちょうだい」

そうしてアンリエッタは侍女の手を借り、痛む身体を押して寝台から下り立った。

用意されたドレスは季節に合わせた若菜色で、袖口には細かい刺繍《ししゅう》が施《ほどこ》してあった。

母国にいた頃は化粧などあまりしたこともなかったが、侍女によって綺麗に粉がはたかれ、顔色の悪さをごまかすように頬紅が重ねられる。

用意された朝食は食欲がわかず、ほとんど食べられなかった。そうこうしているうちに朝議の時間が迫り、アンリエッタは侍女の案内で議会場へ向かう。

広々とした廊下には議員やその奥方たちが集まり、議会場の扉が開くのを待ちながら、たわいもないお喋《しゃべ》りに興じていた。

（オーランド様はどちらかしら？）

きょろきょろと周囲を見回していると、背後から鋭い声が響き渡る。

「アンリエッタ王子妃！　わたくしのもとへおいでなさい」

驚いて振り返ると、そこにはこの国の王妃であり、オーランドの生母でもあるローリエが立っていた。王妃らしくきらびやかな装《よそお》いに身を包んでいるものの、目元に深く刻まれた皺《しわ》とつり上がった眉が、いかにも気難しそうな印象を与える。

だがその髪や瞳の色はもちろん、顔立ちもオーランドによく似ていることもあって、アンリエッタは彼女とも親しい関係を築きたいと思っていた。

「おはようございます、王妃様」

アンリエッタは慌ててスカートの裾をつまみ挨拶《あいさつ》する。本当は深く頭を下げなければいけないのだが、下肢に痛みが走り、ぎこちない動きで中途半端なおじぎになってしまった。

それを見たローリエはぎゅっと眉間に皺を寄せる。

「なぜおまえだけがこちらにきているのです。第一王子はどうしました？」

「オーランド様は……」

口ごもるアンリエッタに代わり、うしろに控えていた侍女がそっと助け船を出した。

「王子殿下におかれましては、昨夜のうちにお部屋へお戻りになったようです。今朝はまだ王子妃様も、殿下にお目にかかってはおりませぬ」

「まぁ、なんということ……っ。初夜に夫を引き留めておけぬとは、花嫁に魅力がないと言っているのも同然ですね」

痛烈な批判に、アンリエッタは首をすくめる。内容もそうだが、人目があるところで堂々と言われるのは恥ずかしく、それ以上に情けなくもあった。

「申し訳ありません……」

「まったく、王子には困ったものですね。このところ朝議にも顔を出さなくなって。今日くらいはお小言は控えようと思っていたのですよ？　なにせ結婚式の翌日ですからね。それなのにあなただけがここにいて、肝心の王子がいないとはどういうことですか。まったく……」

王妃が大仰《おおぎょう》に嘆《なげ》くせいか、貴族たちも興味を引かれたようにこちらを振り返る。無数の視線に無遠慮に見つめられて、アンリエッタがたまらず逃げ出したくなったとき、今度は背後から朗らかな声が聞こえてきた。

「んっ、まぁ。歯《は》に衣《きぬ》着せぬ物言いですこと。そちらの姫君を大切なご子息の花嫁に選んだのは、他でもない王妃様ではございませんことぉ？」

挑発的なその言葉が響いた途端、ローリエの顔つきが一気に険しいものに転じる。

アンリエッタも慌てて振り返った。するとそこには、ローリエに負けず劣らずきらびやかなドレスに身を包んだ、肉感的な美女がたたずんでいた。

彼女は派手な扇《おうぎ》で首元を扇《あお》ぎながら、傲然《ごうぜん》と顎《あご》を上げて言い募《つの》る。

「それをそのように皆の前でこき下ろすなど、ご自分の見る目がなかったと言っているようなものではございませんか！　なんとも滑稽《こっけい》なことですこと。おほほほっ！」

するると彼女の周りを囲んでいた貴族たちが、同意するように小さく笑い声を上げる。

それを見たローリエは憤怒《ふんぬ》の形相《ぎょうそう》で、アンリエッタを押しのけ、つかつかと美女の前に立った。

「お黙り!!　妾《めかけ》の分際で生意気な！　そういうおまえの息子は、先頃また賭場で多額の借金を作ったというではないのっ。賭場の主人が請求書の山を抱えておまえの邸を訪ねたことは、この王宮でもすっかり噂話の種になっているのですよ!?」

するると美女も白磁のような白い頬を真っ赤に染めて、怒濤《どとう》の勢いで言い返した。

「んっまぁっ！　それを言うならそちらの息子だって、娼館で好き勝手していると評判になっているじゃございませんかっ！　第一王子ともあろう者がその体《てい》たらく、それこそ王宮の汚点ではなくって!?」

「年甲斐もなくじゃらじゃらと派手な装《よそお》いをして、立場もわきまえずに王宮を練り歩く女狐《めぎつね》に言われたくはないわ！　わたくしの息子が王位を継いだら、おまえなど真っ先に追放してくれる!!」

「やってごらんなさいな！　家柄だけしか誇るもののないつまらない女が！　王位を

継ぐのはわたしの息子よ。あんたのことなんてお家ともども取りつぶしにしてくれるわ!!」

バチバチバチッ、とふたりのあいだで見えない火花が炸裂する。

聞き苦しい上にかなりあけすけな喧嘩内容に、アンリエッタは驚きもあきれも通り越してぽかんと見入ってしまった。

「えっと……、あなた、名前はサリアと言ったかしら」

ひとまず自分のうしろに控えていた侍女に声をかけると、彼女は「はい」と丁寧に答えた。

「王妃様と言い争っている、あのお美しい方はどなたなのかしら。昨夜の祝宴にはいらっしゃらなかったと思うのだけど……」

議会場の前で喧々《けんけん》と言い合っているのは褒められたものではないが、目を瞠《みは》るほど麗《うるわ》しい女性だ。ローリエ王妃ももちろん美しいが、こうしてふたり並ぶとやはり美女のほうに軍配は上がる。

「国王陛下の第二妃であらせられるイザベラ様ですわ。祝宴にお出にならなかったのは、王妃様が同席を許可しなかったからだと聞いております」

なるほど、とアンリエッタは納得する。

激しく言い争っている様子からして、ローリエ王妃が夫の愛妾を蛇蝎《だかつ》のごとく嫌っているのは明白であろう。

そしてそれはイザベラ妃も同様らしい。案外昨夜の祝宴に呼ばれなかった腹いせもあって、朝から喧嘩を吹っかけてきたのかもしれない。

それにしても、高貴な身分の者が衆人環視《しゅうじんかんし》の中で言い争うなどあってはならないことだ。見苦しいだけならまだしも、ふたりの夫である国王陛下の面目が丸つぶれになる。

しかし居並ぶ貴族たちにとっては日常茶飯事《にちじょうさはんじ》の光景なのか、ほどなくあちこちから抑えきれない嘲笑が聞こえてきた。

「毎度思うことだが、どちらもご自分の息子を王位につけたくて必死だなぁ」

「特に王妃様は日に日にヒステリックになられて……。まぁ、ここ一年のオーランド殿下の行状を見る限り、絶対と思われていた王太子の位も危うくなって参りましたからね」

「それを見てイザベラ様が勢いづいてきているわけだが、第二王子殿下があれではな……」

やれやれ、と言わんばかりの生ぬるい空気が漂ってきて、アンリエッタはひどく戸惑う。

だがくるりと振り返ったローリエが、怒りの矛先《ほこさき》をアンリエッタにも向けてきたため、なにかを尋ねる暇はなくなった。

「なにをそんなところで突っ立っているのですか！　夫が不在だというのに、自分だけ朝議に参加する妻がありますか！　今すぐオーランドを連れていらっしゃい！」

アンリエッタは慌てて口元を引き締め、「か、かしこまりました」と頭を下げた。

急いでその場を離れるあいだも、ローリエとイザベラの罵《のの》り合いが聞こえてくる。

口汚い争いは聞いているだけでも神経がすり減っていくようで、人気《ひとけ》のないところに出たアンリエッタは、思わずほーっと詰めていた息を吐き出したほどだった。

その後、アンリエッタはオーランドを探して、彼の自室や城内のめぼしいところを探してみたが、目的の人物を見つけることはできなかった。

自室に戻ったときにはもうへとへとになっていて、長椅子に寝そべるように倒れ込んでしまう。

サリアが運んできた飲み物を口にしながら、アンリエッタはがっくりと肩を落とした。

「オーランド様はお城にはいらっしゃらないのかしら……。サリア、どこかあの方の行きそうなところに心当たりはない？」

「さぁ、わたしにはなんとも。ただ……」

「ただ？」

「……ここ最近、オーランド殿下は城においでにならないことのほうが多いようでして」

「視察に出る機会が多いということかしら？」

「いえ、そうではなく」

言いよどむサリアは、自分が言ってもいいものかどうか思い悩んでいるようだ。

アンリエッタは姿勢を正してまっすぐサリアを見つめた。

「サリア、わたしはオーランド様の妃よ。あの方のことならどんな些細《ささい》なことでも知っておきたいの。なにか知っていることがあるなら、どうか教えてちょうだい」

「……あくまで、わたしが見聞きしたことですので、鵜《う》呑《の》みになさらないでいただきたいのですが」

おずおずと言い添えてから、サリアは口を開いた。

「ここ一年ほど、オーランド殿下はあまりご政務に携《たずさ》わっていらっしゃらないようです。朝議はもちろん、それ以外の場にも顔を出さず、昼夜を問わず城をあけていることが多いようで……」

「なんですって。政務に携わっていない？」

予想だにしなかった事態に、アンリエッタはただでさえ大きな瞳をまん丸に見開いた。

「そんな、だって、わたしの知っているオーランド様は――」

隣国が原因不明の病に侵されていると聞いてすぐ、医師を連れてみずから足を運んでくれるような人物だ。薬のおかげで病が収束したあとも、ディーシアル国からは麦などの物資が届けられた。それを手配したのもオーランドだと聞いている。

そのことをアンリエッタが話すと、サリアも神妙な面持ちで頷《うなず》いた。

「その通りです。オーランド殿下は早いうちから政務に打ち込み、臣下の多くから、いずれ国を背負うのにふさわしい人物になるであろうと期待されていたのです。ですがこの一年のあいだに、ひとが変わったようになってしまわれて、今では表に出てくることもほとんどございません」

「ひとが変わったように……」

ゆっくり繰り返しながら、アンリエッタは昨夜のオーランドを思い出す。かつての彼からは想像もできない冷たい雰囲気は、まさにそうとしか表現できない変貌ぶりだった。

(まさか、王子としての責務まで投げ出していらっしゃるなんて)

そこでアンリエッタは、今朝の議員たちが呟《つぶや》いていた言葉を思い出した。

「あの、貴族の誰かが『イザベラ様が勢いづいてきている』というようなことを言っていたけど、それはどういう意味なのかわかる?」

「イザベラ様はかねてより、ご子息である第二王子レオン殿下を王位に就《つ》けたいとお考えでした。オーランド殿下が政務に無関心な今のうちに、とお考えなのでしょう」

「第二王子、レオン様？」

初めて聞く名に、アンリエッタはぱちぱちと目を瞬《また》かせる。昨日の結婚式の記憶をたどっても、イザベラ同様、そういった名前の王族は参列していなかった。

だがローリエがイザベラの息子のことを罵《ののし》っていたことを思い出し、もしかして、と口を開く。

「レオン様も、その、今のオーランド様と同じように、ご政務にはあまり興味を持たれない方なのかしら」

「ええ、まぁ……。オーランド様と違って、レオン様は幼い頃からいろいろと問題をお持ちの方でして」

相手が王子であるだけに控えめに答えるサリアだが、アンリエッタにはそれで充分だった。

（要するに、どちらの王子様も王位を継承するには問題があるということね。そして本人たちを差し置いて、母親同士が王位争いに熱を上げている、と）

「大変なのね……」

つい他人事のように呟《つぶや》いてしまうが、「まったくです」というあきれた声が聞こえて、アンリエッタは驚いて顔を上げた。

「オーランド殿下もお妃様を娶《めと》ったのですから、早く落ち着いてくださるといいのですが」

ため息とともに吐き出したサリアは、アンリエッタがじっと見つめていることに気づいて、ハッとした様子で口をつぐんだ。

「も、申し訳ございません。つい口が滑って……」

「あら、そんなことは気にしないで。むしろそうやってなんでも話してもらえたほうが嬉しいわ。わたしたち年も近いし、仲良くしていきましょうよ」

「ですが……」

アンリエッタはにっこりと微笑《ほほえ》んだ。

「わたしが生まれたフィノーは小さな国ということもあって、この国ほど格式高い風潮はないの。侍女にまざって一緒に噂話を楽しむことなんて日常茶飯事《にちじょうさはんじ》だったわ。あなたともぜひそういう関係になりたいのよ。だから、ね？」

他国の風習の違いに驚いたのか、サリアは一瞬面食らったような顔をしたが、ほどなく相好《そうごう》を崩して頷《うなず》いた。

「王子妃様のお望みとあらば、そうさせていただきます。……実はわたしも王宮に上がったばかりで、あんまり堅苦しいのは肩が凝《こ》って」

「ふふ、お互い早く慣れるように頑張りましょうね」

気軽な言葉をかけ合うと、ふたりとも肩の力が抜けて、自然と柔らかな笑みがこぼれる。

だが再びお喋《しゃべ》りに興じる前に、厳しい顔つきの女官が部屋を訪れ、アンリエッタへ王妃の居室にくるようにという伝言を運んできた。

くつろぎかけていたアンリエッタは慌てて立ち上がり、ただちにローリエのもとへ足を運んだ。


オーランドは城にいなかった旨《むね》を伝えると、王妃は大仰《おおぎょう》にため息をつき、アンリエッタをいらいらとしたまなざしで睨《にら》みつけた。

「まったく。オーランドも妻を持てば少しは変わると思ったのに、とんだ期待はずれだこと。いいこと？　わたくしの息子が悪いのではありません。妃であるおまえが、あの子の心を掴めないのが悪いのです。そのことをきちんとわかっていて？」

顎《あご》を上げた状態で傲然《ごうぜん》と言い放たれ、アンリエッタは素直に頭《こうべ》を垂れた。

「わたくしの不徳のいたすところで、心苦しく思っております……」

「フン。まぁいいでしょう。——いいこと？　明日こそは必ずあの子を朝議の場に引っ張ってくるように。さもなければおまえの国への麦の供給は止まると思いなさい。我が国からの麦の供給が途絶えたら、フィノーの民はきっと無事では済まないでしょうね？」

アンリエッタは青くなって、ぐっと奥歯を噛みしめた。

彼女の祖国であるフィノー王国は国土の半分を山岳地帯が占めるため、自然環境が厳しく、麦はほとんど育たないのだ。そのため、フィノーは古くから麦は他国のものを頼りにしてきた。

その筆頭となるのが南に位置する隣国、ここディーシアル王国なのである。ローリエの言葉は実質上、フィノーの民を質に取った脅迫のようなものだった。

（こちらに嫁ぐことになったとき、国同士の友好のために王妃様がわたしを望んでくださったと、お父様からは聞かされたけれど……）

今のローリエを見ると、本当にそうだったのだろうか、という疑問が生じる。

初恋のひとの妃になれたことは喜ばしいことだが、もしかしたら自分の意に反して花嫁を押しつけられたオーランドはおもしろくなかったのかもしれない。

（あ……だから、昨夜はあんなふうにお怒りになったのかしら）

頑《かたく》なに妃を拒絶するのは王妃様に対する反抗によるものだったのだろうか。だが、そうだとしてもあの仕打ちはやはりひどいように思う。

ついうつむいて考え込んでしまったアンリエッタは、「聞いているの!?」と上擦《うわず》った声で叫ばれ、弾かれたように顔を上げた。

「す、すみませ……きゃっ！」

肩に軽い衝撃を受け、アンリエッタはうしろへよろける。見ればドレスの肩口が白く汚れ、投げつけられたとおぼしき白粉《おしろい》の瓶が足下に転がっていた。

「わたくしを前にして考え事など、いい度胸だこと！　明日と言わず、すぐにでもおまえの国への麦を止めてやろうかしら!?」

「そ、そんな、おやめくださいっ」

「ならば二度とわたくしを蔑《ないがし》ろにするようなことは許しません！　誰であろうと、このわたくしを虚仮《こけ》にするようなことは絶対に許さない。絶対に……！」

ぎらぎらと燃える紫色の瞳を前に、ローリエの本気を感じ取って、アンリエッタはごくりと唾を呑み込む。民を質に取るなど王妃の考えとは思えなかったが、それを指摘するほどアンリエッタも恐れ知らずではない。

（オーランド様を朝議へ連れて行かなければ、本当にフィノーが大変なことになるかもしれない）

とはいえ、オーランドの様子からそれが容易なことでないのははっきりしている。頭を痛めながらも、アンリエッタは王妃の部屋を離れた。

思い悩んでいるうちに夜は更けて、食事と入浴を勧められる。

就寝の支度を終えたアンリエッタは、オーランドの部屋を訪れる決意を固めた。


「アンリエッタ様、大丈夫でございますか？」

オーランドの部屋に続く扉の前に立ち、胸元を押さえて深呼吸したアンリエッタに、サリアが心配そうなまなざしを向けてきた。

アンリエッタはぎこちなく微笑《ほほえ》み、「大丈夫」と頷《うなず》く。だが実際は、緊張と恐怖で足がすくみそうになっていた。

（昨日あんなふうに扱われたことを思うと、やっぱり怖い……）

今のアンリエッタは、夜着にガウンを重ね、金髪を緩《ゆる》い三つ編みにまとめている。心許《こころもと》ない装《よそお》いはいかにも無防備だが、こんな遅くにドレスで訪ねるのもどうかと思い、結局このままやってきてしまった。

（また、あんなふうにされてしまったら）

恐ろしい想像に身体が震える。それでもローリエの求めに応《こた》えるためには、今夜中にオーランドに会う必要があった。なにより……ここでおびえて尻込みしていては、ますます彼に会いづらくなるという思いもあったのだ。

（そんなことになれば、ますますあの方の心は離れて行ってしまう気がする。……そんなのはもっといや）

伊達《だて》に三年も相手を思い続けてきたわけではない。ようやく結ばれたこの幸運を逃しては、これまでの恋心を裏切ることにもなりかねないのだ。

（親しくなりたいと口にするなと言われただけで、嫌いだと言われたわけではないもの。だから大丈夫。まだ完全に拒絶されたわけではないわ）

物怖じしそうになる心を励まして、アンリエッタは「よし」と気合いを入れる。そうしてみずから扉を音高くノックした。

すぐに取り次ぎの従僕が出てきて、アンリエッタの姿を見ると驚いたように目を瞠《みは》る。

「突然ごめんなさい。オーランド様にお会いしたいのだけど、今はお部屋にいらっしゃる？」

「はい、王子妃様。どうぞお入りください」

恭《うやうや》しく頭を下げて部屋へ迎え入れられ、アンリエッタはひとまずほっと息をつく。

昨日のオーランドの態度から、もしかしたら「妃を部屋に入れるな」と命じられているかもと少し不安に思っていたのだ。

居間まではすぐ案内されたが、そこで待つように言われ、アンリエッタは手持ちぶさたに室内を見回す。深緑の落ち着いた色合いで統一された室内は、どことなくオーランドらしいと思わせる雰囲気が漂っていて、自然と口元がほころんだ。

しかし奥の扉から戻ってきた従僕が、申し訳なさそうな顔で告げた言葉に顔色を失う。

「殿下は王子妃様とはお会いしたくないと仰せです。申し訳ありませんが、今日のところはお引き取りくださいませ」

「そんな……」

深々と頭を下げる従僕のつむじを見つめ、アンリエッタは悲しくなる。

だがここで引き下がれない事情もあり、一度唇を噛みしめたアンリエッタは、正面の扉に視線を据えた。

「あちらにオーランド様がいらっしゃるのね？」

「え？　ええ、はい。……王子妃様っ？」

「アンリエッタ様！」

従僕とサリアがそろってぎょっとした声を出す。

アンリエッタは構わずずんずんと扉に向かって進み、真鍮《しんちゅう》製の取っ手に手をかけた。

そうして扉を開けば、居間に負けず劣らず広々とした室内が目に入る。

その中央には天蓋《てんがい》付きの寝台があり、オーランドはそこに長い両足を投げ出すようにしてくつろいでいた。

「……なんだ？」

枕にもたれるようにしていた彼は、面倒くさそうな面持ちでアンリエッタを見つめると、手元の本をパタンと閉じる。

アンリエッタは思いきって、寝室に身を滑り込ませ扉を閉めた。従僕が慌てた様子で扉を開けようとするのを背後に感じ、内鍵をかけて誰も入ってこられないようにする。

繰り返し扉が叩かれるのを聞きながら、アンリエッタはゆっくり寝台を振り返った。

「突然訪ねてきてしまって、申し訳ありません」

うなじが見えるほどに頭を下げると、アンリエッタの行動に驚いた顔をしていたオーランドは、すぐに不機嫌な面持ちになった。

「殊勝《しゅしょう》に謝るくらいならすぐに出て行け。会いたくないと伝えたはずだ」

鞭《むち》打つような声にひるみつつも、アンリエッタは勇気を振り絞って寝台に近づいた。

「殿下にお話がございます」

「おれはおまえと話すことなどなにもない」

とりつく島もない答えだ。ひるんでは駄目とアンリエッタは気持ちを強く持とうとする。

「あの、殿下はここ一年ほど、朝議などにお顔を出していないとお聞きしました」

「だから？」

「……朝議は、この国の方々にとって特別なものだと聞いています。殿下も、きちんとお出になったほうがいいのではないかと」

「異国の人間のくせに、我が国の慣習のことでおれに説教をする気か？」

アンリエッタは夜着の裾をぎゅっと握って、震え出しそうになるのを懸命にこらえた。

「……確かに、わたしはこの国の者ではありません。けれどこの国に嫁いで、あなたの妃となりました。ですからわたしはもう、ディーシアルの人間だと思っております」

アンリエッタの真摯《しんし》な言葉に、なにか感じるものがあったのだろうか。オーランドはふと真顔になり、アンリエッタの緑の瞳を探るように見つめてくる。

突然の視線に思わず身体を硬くすると、オーランドはすぐに眉を寄せて、ふいっと視線を逸《そ》らしてしまった。

「それで？　結局なにが言いたいんだ」

「その……明日の朝議は、ぜひ殿下とご一緒したいと思って。お願いに参りました」

ただ朝議に出てほしいというより、一緒に行きたいと言ったほうがまだ受け入れてもらえるのではないかと思ったのだが、オーランドは鼻で笑うだけだ。

しかし、突然なにかに気づいたように、オーランドが鋭くこちらを見つめてくる。

その視線に思わず目を逸らすと、オーランドは手元の本を投げ出して寝台から下りた。

そのまま大股で近寄ってこられて、アンリエッタは反射的に後ずさる。

「で、殿下？」

「なにを隠している？」

頭ひとつ分も背の高い彼からじっと見下ろされて、アンリエッタはたじろいだ。

「か、隠してなど……」

「とぼけるな。いきなり朝議に誘ってくるなどおかしいだろう。——誰かに頼まれたか？」

ぎくり、と身体が強張《こわば》るのを止めることができない。それを見てオーランドはますます眉間の皺《しわ》を深めた。

「どうなんだ」

「そ、の……王妃様に、お願いされて」

剣呑《けんのん》な雰囲気に耐えられず、アンリエッタは正直に答えてしまう。

だがこれが間違いだったようで、オーランドの紫の瞳にぎらりと凶悪な光が差した。

それに息を呑みながら、アンリエッタは慌てて言葉を重ねる。

「で、でも朝議に出ていただきたい気持ちはわたしも同じです。国政の場にはきちんと臨《のぞ》まないと――」

「だからこうしてやってきたと？　昨日のおれの言葉も忘れて？　その上で自分の価値観を押しつけようとは、たいしたものだな」

「あっ……！」

強い力で肩を掴まれ、既視感にアンリエッタは真っ青になる。とっさに足を踏ん張ってこらえようとするが、男の力の前にはまるで敵《かな》わなかった。

「い、いや……、きゃう！」

あえなく寝台に突き飛ばされ、恐怖と焦りに冷や汗が滲《にじ》む。すぐに逃げだそうとするが、敷布の上に押さえつけられ身動きが取れなくなった。

昨夜とまったく同じ状況に、抑え込んでいた恐怖が一気に膨《ふく》れ上がる。

潤《うる》んだ瞳を見開いたまま震え出したアンリエッタを見下ろし、オーランドは酷薄《こくはく》に笑った。

「そんなに言うなら、朝議に顔を出してやってもいいぞ」

「え……っ」

「ただし、おれの言うことをすべて聞くことができたらだ」

そう言うと、オーランドは自身の下穿きに手をかける。

怖々しながら彼のすることを見ていたアンリエッタは、やがてそこから引きずりだされたものを目の当《ま》たりにし、「ひっ」と短く悲鳴を上げた。

それは女性では持ち得ない、男性の象徴であり欲望でもある部分だった。

わずかに勃ち上がった状態が、まるで鎌首をもたげる蛇のように見える。その異様さに気圧《けお》されて、アンリエッタはごくりと唾を呑み込んだ。

「昨夜の行為でわかっただろう？　男と女が閨《ねや》でする行為がどういったものか」

冷たい言葉に、そのとき与えられた苦しみと痛みまでよみがえって、自然と身体が強《こわ》張《ば》る。色をなくした唇を震わせるアンリエッタに、オーランドは歪《ゆが》んだ笑みを向けてきた。

「これがおまえの中に挿《はい》るものだ。だがそのためにはまだ硬さが足りない。だから――」

オーランドはアンリエッタの小さな手を捕まえて、それを自身の欲望へと添えさせる。

「やっ……！」

「こうしてふれて、硬くしてみせるんだ」

指先に感じる熱さと、耳を疑うような台詞《せりふ》に、アンリエッタは言葉もなく固まった。

青ざめたまま硬直する彼女に、オーランドはさらに言い募《つの》る。

「いやなら別にやらなくていい。おれも朝議に出ないまでだからな。どうする？」

朝議に出ないという一言に、アンリエッタはハッと息を呑んだ。

（ここで拒絶したら、オーランド様は本当に朝議にはきてくださらなくなる。そうなったらフィノーは……）

王妃の指示により麦の供給を止められて、大変な事態に陥《おちい》るだろう。

王家に生まれた姫としても、国同士の友好のために嫁いだ妃としても、そのような事態を引き起こすわけにはいかない。

アンリエッタはわき上がる羞恥心《しゅうちしん》と恐怖心をきつく目をつむることで抑え込み、覚悟を決めて、そろそろと瞼《まぶた》を持ち上げた。

彼の手が導くまま、まだ柔らかな雄芯を、震える指先でそっと握り込む。

「そのまま手を上下に動かして、全体をしごいてみろ。間違っても握りつぶすなよ」

どれくらい力を入れて握ればいいのか、どれくらいの速さでしごけばいいのかもわからなくて、アンリエッタは情けなさと恥ずかしさに涙ぐみながら、懸命に手を動かした。

柔らかだったそれは刺激を受けて徐々に大きくなり、腹のほうへ反り返っていく。手の中で脈打つ硬度も増してきた気がして、アンリエッタはたちまち逃げ腰になった。

（これが、昨夜わたしの中に挿《い》れられたもの？）

オーランドの言葉を聞く限り、そうなのだろう。実際、棒状のなにかに貫かれた感覚は鮮明に覚えている。自分の小さな手の中でみるみる育っていくそれを見ると、なるほど、痛いはずだと妙に納得する思いまで芽生えてきた。

同時に、またこんな大きいものを挿れられるのかと、恐ろしくて息が止まりそうになる。いっそ気を失いたいと願いながら、アンリエッタは奥歯を噛みしめ必死に彼に奉仕した。

だが非道な命令はこれだけでは終わらず、今度は後頭部に手を添えられ、ぐいっと上体を引き起こされた。

「あう！」

「今度はこれを舐《な》めろ」

赤黒く反り返る雄芯を眼前に突き出され、アンリエッタはぎょっと目を見開いた。

「な、舐め……!?」

「できないのか？」

アンリエッタは慌てて首を振る。かといってすぐにできるものでもなく、彼女は半泣きになりながら手の中の雄芯を見つめた。

この短い時間で、それはますます異様な形になってきている。丸い先端の小さな割れ目からはじんわりと液が滲《にじ》み出てきており、とても舌を近づけたいとは思えなかった。

しかしアンリエッタに断るという選択肢はない。舌先をふれさせるだけだと呪文のように心で唱えて、アンリエッタは意を決して、薄く開いた唇から小さな舌をのぞかせた。

滲み出る液を避けるようにして、くびれの部分にそっと舌を押し当てる。

手の中の欲望がびくりと震えて、アンリエッタは驚いて舌を離した。

だがオーランドの手がそれを許さない。それどころか、彼は薄く開いたままのアンリエッタの口内に、無理やり雄芯をねじ込んできた。

突然のことに口を閉じる余裕もない。次の瞬間には反り返った先端が喉の入り口にまで入り込んで、アンリエッタは驚愕《きょうがく》と苦しさに限界まで目を見開いた。

「んうっ、ん――――ッ！」

「歯を立てるな！　もっと奥まで咥《くわ》え込め……！」

「んん……！　……っ」

口の中が彼でいっぱいになる。噎《む》せ返るような雄の匂いと喉元までふさがれた苦しさに、アンリエッタはたちまち嘔吐《えず》きそうになった。無意識のうちに彼の足に爪を立て身体を引きはがそうとするが、オーランドの手がしっかり頭を押さえていて、首を振ることすらできない。

その状態でゆっくりと腰を動かされ、舌や頬に当たる肉塊の感触に全身が強張《こわば》る。苦しさのあまり脂汗が噴き出し、涙がぼろぼろと頬を伝ってこぼれ落ちた。

「ん、んぐっ、う……っ」

「もっと唇をすぼめて、手でしたようにしごくんだ。舌も動かせ」

「っぐ……、うぅー……っ」

突かれるたびに気持ち悪さを覚えながら、アンリエッタは必死に言われたとおりにする。唇をすぼめ、彼の欲望にぴたりと沿わせるようにしごきながら、縮こまる舌を懸命に動かして、くびれた部分をぎこちなく舐《な》めた。

舌先にピリッとするような刺激を感じ、ますます涙があふれてくる。

おまけに口内の欲望はますます硬く膨《ふく》れ上がったように思えて、開いたままの顎《あご》まで痛み出した。

(早く……早く、終わって……)

硬く目をつむり、わき上がる吐き気を必死に抑え込んだとき、唐突に雄芯が引き抜かれる。

後頭部を支えていた手が離れ、アンリエッタは敷布の上に倒れ込む。激しく咳き込みながら、我慢できず噎《むせ》び泣いた。

「う、ぅ……、ひど、い……っ」

「初めにいやならやめろと言ったはずだ。その上で受け入れたくせに、責められるとは心外だな」

思わず呟《つぶや》いた一言にまで冷たい言葉を浴びせられ、アンリエッタは喉を震わせる。

そんな彼女を仰向《あおむ》けに押さえつけ、オーランドはその夜着に手をかけた。

「い、いやっ」

止めようとしたときにはもう遅く、裾に手をかけられ乱暴に引き上げられる。

破られることこそなかったものの、白い足から腰元までが一気に露《あら》わになって、恐怖に震える肌に鳥肌が立った。

「ひ……っ」

これからされることを敏感に感じ取り、アンリエッタは首を振る。全身ががくがく震えて、噛み合わない歯の根がカチカチと耳障《みみざわ》りな音を響かせた。

「やめるか？　おれはそれでもいっこうに構わないぞ」

アンリエッタの足を開かせながら、オーランドがこともなげに告げる。

限界まで欲望を溜め込み、反り返った先端が震える襞《ひだ》のあいだへ潜《もぐ》り込もうとしてくる。

（いや、いやっ、挿《い》れないで、お願い……！）

懇願《こんがん》の言葉が頭を駆けめぐる。だが王妃の命令を無視するわけにはいかず、本心を伝えることはできなかった。

それでもなんとかやめてほしくて、アンリエッタは泣き濡れた瞳でオーランドを見上げる。

オーランドは軽く眉根を寄せると、アンリエッタの足を掴み直した。

「いや……っ」

また痕《あと》がつくほど握り込まれるのかとおびえるが、意に反して、オーランドは白い足をぐっと持ち上げると、膝頭が胸につくようにアンリエッタの体勢を変える。

「そのまま膝の裏を抱えていろ」

アンリエッタは戸惑いながら、震える手をぎこちなく動かし、言われたとおりぴたりと合わさった膝裏を抱える。

すると、オーランドは蜜口にあてがっていた丸い先端を、アンリエッタの太腿のあいだへと潜り込ませた。

「あ、あぁ……？」

狭い膣孔ではなく、秘所と太腿のあいだに生まれたわずかな隙間を、熱い屹立《きつりつ》がゆっくり出入りしていく。アンリエッタの唾液と彼自身の先走りで濡れた剛直は、柔らかな内腿に擦《す》られ、より熱く硬くなっていった。

「あ、あ、……やぁ……っ」

そしてアンリエッタも、痛みとは違うもどかしい感覚を覚えて息を呑む。

昨夜ほんの少しだけ感じた、むず痒《がゆ》いような妙な感覚。それが再びわき上がって、細い身体をふるふると震えさせた。

「んっ、んん……」

目をきゅっと閉じ、アンリエッタは慣れない感覚に必死に耐える。

彼の剛直が抜き差しされるたび、くびれた部分が包皮に隠された花芯の上をこすっていき、ぞくぞくするような感覚が押し寄せてきた。

彼がこぼす先走りの液が肌を伝って、内腿と秘所がねっとりと濡れていく。そうすると彼の動きがなめらかになって、伝わる熱さが倍になったように感じられた。

「……あ、あぅ……、やぁ……っ」

にちゅにちゅと卑猥《ひわい》な水音が聞こえてくる。そのたびに花芯がずくずくと熱を持ったように脈打って、薄い包皮の下でぷっくりと膨《ふく》らむのがわかった。

（や、やだ……、気持ちいい……）

花芯のさらに奥のほう……下腹の奥がわき立つように熱くなって、自然と背が反り返ってはぁはぁと乱れた呼吸が漏れる。

開きっぱなしの唇から危うく唾液がこぼれそうになって、アンリエッタはこくりとそれを呑み込んだ。しだいに頭の中がぼうっと熱くなってくる。

「ふ、うぅ……」

わき上がる愉悦と熱さに、手から力が抜けそうになって、きゅっと力を入れ直す。その瞬間、膝頭が胸にすれて、いつの間にか硬く尖り始めた乳首を刺激した。

「ひぁ！　あ、あぁ……っ」

ほんの少しこすれただけで、ピリッとするような甘い疼《うず》きが立ち上って、アンリエッタはびくんと身体を揺らす。すると彼の屹立《きつりつ》が一気に花芯の上を滑っていき、予期せぬ刺激に全身がびくびくと震えた。

「んぅ、ん……っ」

「はっ……濡れてきた。この程度でも感じられるとは、とんだ淫乱《いんらん》だな」

吐き捨てるように言われ、アンリエッタの胸がズキリと痛む。身体中を包んでいた快感がふっと遠ざかり、悲しみが波のように押し寄せてきた。

「もう挿《い》れても問題ないな」

「う……、あっ、やめ……っ」

屹立《きつりつ》が太腿のあいだを離れ、アンリエッタはハッと息を呑む。

一度彼女から離れたオーランドは、片手を充分に張り詰めた自身に添え、丸い先端を蜜口に食い込ませた。

恐怖に乾ききっていたはずのそこは、いつの間にかわずかに湿り気を帯びていたが、無理やり押し入ろうとする異物の存在を感じ取って、萎縮《いしゅく》したようにひくつく。

「待っ……！」

アンリエッタが慌てて上体を起こした瞬間、オーランドは一気に腰を進めてきた。

先端が蜜口に食い込むぐちゅりという音が響く。ビリッとした痛みが走り、アンリエッタはとっさに、オーランドの身体にすがりついた。

「あ、あぁ……、ッあぁぁ――ッ!!」

膨《ふく》らんだ傘の部分が、隘路《あいろ》を押し広げて潜《もぐ》り込んでくる。多少潤《うるお》っているとは言え、まだまだ硬いその部分に無理やり突き立てられて、アンリエッタは奥歯をきつく噛みしめて息を止めた。

「うっ、くぅ……！」

硬く張り詰めた剛直がぎちぎちと媚壁を広げていく。昨日と変わらないひどい痛みに、硬くつむった瞼《まぶた》の下からぼろぼろと涙がこぼれた。身体中がびくびくと震えて、きつく強張《こわば》っていく。

「……っ、息を止めるな。あまり力まれるとこっちもつらい」

苦しげなオーランドの低い声が耳元で聞こえる。

だが力を緩《ゆる》めればもっと痛みが伝わりそうな気がして、アンリエッタは強張った表情でふるふると首を左右に振った。声も上げられないままただ涙を流していると、オーランドがかすかに息を吐いて、たくましい両腕を彼女の背へと回す。

そのまま柔らかく抱きすくめられ、アンリエッタは驚きにかすかに瞼を開いた。

「ゆっくり息を吐け。それくらいできるだろう」

正直、『それくらい』のことですら難しい状態だったが、オーランドの手がなだめるように背中を撫《な》でるのを感じると、ゆるゆると恐怖が抜けていった。

オーランドの手はそのままアンリエッタの頭へ滑り、いつの間にかほどけていた金髪を掻き上げ、柔らかく地肌にふれてくる。

刺し貫く剛直に反して、優しくも力強い両腕の温かさを感じると、アンリエッタの瞳から、それまでとは違う涙がぽろりとこぼれた。

（オーランド様……）

緊張や恐怖が溶けるようになくなっていく。おずおずと身体の力を抜くと、自分を包む彼のぬくもりが全身に感じられて、ああ、と知らず安堵のため息が漏れた。

今の彼の抱擁《ほうよう》は、三年前と同じ……悲しみに沈むアンリエッタを救ってくれたときの、温かくて優しいふれあいそのものだった。

アンリエッタはずっと、この腕を待ち望んでいたのだ。

こうして優しく抱き合って、お互いのぬくもりに浸り合える日を、ずっとずっと願っていたのだ……！

幸せな気持ちが広がると、痛みを感じることすら、彼とひとつに繋がっている証拠なのだと胸が熱くなる。

そうするとふれたところから伝わる彼のぬくもりや、鼻先をかすめる匂いがしっかり感じ取れるようになって、あふれるような愛おしさがわき上がってきた。

「……すき……」

喜びがあふれて、自然と思いがこぼれていく。

彼の首筋にぎゅっと抱きついて、アンリエッタは喘《あえ》ぎながらも、心に浮かんだ気持ちをそのまま唇に乗せた。

「愛しています。オーランド様……」

しかし、愛の言葉を告げた途端、オーランドの背がびくりと震える。

ハッと目を上げたアンリエッタは、オーランドが責めるようなまなざしでこちらを睨《にら》みつけていることに気づき、ぎくりとした。

「……懲《こ》りない女だな。二度とそんなことは口にするなと言わなかったか？」

「あ……」

冷たい言葉にたちまち恐怖心が戻ってくる。

全身に冷や水を浴びせられた心地になりながら、アンリエッタはふるふると唇を震わせた。

「や、やめて……っ」

「物わかりの悪い女には、仕置きが必要だな……！」

「や、いやっ、……あぁっ、やあぁぁ――ッ！」

アンリエッタの細腰を押さえつけたオーランドが、口淫のときと同様、腰を使い始める。

反り返った剛直が容赦なく出し入れされ、アンリエッタは悲鳴を上げて背を強張《こわば》らせた。

「あ、あぁう！　や、やめて……っ、オーランド様……！」

「気安く呼ぶなとも言ったはずだ。まだわからないのか……！」

「ひっ、あ、あぁ、あっ……、やぁぁ……ッ」

剛直が最奥まで激しく打ちつけられ、身体が上下に揺さぶられる。彼が出て行くたびに媚壁がヒリヒリと熱を発し、挿《はい》ってくるたびに入り口が引っかかれたように痛んだ。

収まりかけていた涙が再びあふれ、アンリエッタはオーランドのシャツを握りながら弱々しく首を振る。

「も、もうぃや……いやです……、やめてぇ……！」

「仕置きだと言っただろう。いやなら二度と愛しているなどと口にするな」

「そ、そんな……ッ、いやです。わたしは、あなたをずっと……！」

「まだ言うか……っ」

すすり泣きながらも必死に訴えるアンリエッタに、オーランドが荒々しく吐き捨てる。

薄く目を開いたアンリエッタは、激しく揺れる視界の中、オーランドが言葉とは裏腹に苦しげな表情を浮かべていることに気づいた。

（どうして、そんなお顔をなさるの？　まるでわたしを傷つけながら……ご自分まで傷ついているような表情……）

だが、アンリエッタがまともに考えられたのはここまでだ。

「やっ、……あっ、あぁう！」

柔肌に食い込むオーランドの指の力が強くなり、新たな痛みにアンリエッタはうめきを上げる。

懇願《こんがん》も虚《むな》しく、それまで以上に激しく膣を穿《うが》たれ、火傷《やけど》したようなひどい痛みにひっきりなしに嗚咽《おえつ》が漏れた。

「あふっ……、う、うぅぅ……！」

そうして気力が限界に達しそうになったとき。

「ふっ……、――ひああッ！」

オーランドが勢いよく欲望を引き抜く。くびれた部分が蜜口をひっかき、ちぎれるような痛みを与えてきた。

それにびくんと身体を反らした直後、腹部にどろりとしたなにかが勢いよく浴びせかけられる。

「あぁう……！」

昨夜も感じた生ぬるい感覚。そこから立ち上る独特の匂いにくらりとして、アンリエッタは新たな涙を滲《にじ》ませる。全身をぶるぶる震わせながら、彼女は必死に瞳をこじ開け、なにが起きているのか確かめようとした。

大きく開かれた足のあいだには半身を起こしたオーランドがいて、その右手には未だ芯を持ったままの欲望が握られている。アンリエッタの腹部を汚す白濁はそこから噴き出したらしく、オーランドが手を動かすと、震える先端からさらなる残滓《ざんし》があふれてきた。

それを見つめながら、ふと、アンリエッタは新たな不安に襲われて息を詰める。

（昨夜はそこまで頭が回らなかったけれど……きっとこの液が、赤ちゃんのもととなるもの、なのよね？）

数年前、初めて月のものがきたときに教育の一端として教えられたことが思い出される。

具体的な行為の説明こそなかったものの、男性が放つ精が赤子のもとであり、それを女性に備わる苗床に蒔くことで赤子が宿ると聞かされた。

そうして閨《ねや》ごとを知った今、子種を苗床に蒔くという行為が、男性が女性の身体の中で欲望を解放することだと、おぼろげながらに理解できた。

それだけに、オーランドがアンリエッタの外で、精を吐き出したということは……

（わたしとのお子が……欲しく、ないということ？）

その考えに思い至った瞬間、アンリエッタの胸にこれまでで一番の衝撃が押し寄せてきた。

新たな涙が頬を伝い、敷布の上にぱたぱたとこぼれる。

そんなアンリエッタをちらりと一瞥《いちべつ》してから、オーランドは無言で寝台を下りた。

彼が立ち去る気配を感じるが、ショックが大きすぎて身体が動かない。呆然と天蓋《てんがい》を見つめているあいだに、パタンと扉が閉じる音が響いて、感情の糸がぷっつりと切れた。

「う、ぅ……っ」

涙があとからあとからあふれて、喉元を熱い塊《かたまり》が焦《こ》がしていく。

（オーランド様……）

彼はアンリエッタに、子供を産む幸せすら与えてくれないのだろうか。

三年前とはまた別種の悲しみがわき上がる。なにもかもが苦しくて、つらくて。頼る者もなくひとりで泣いているのが寂しくて。

なにより、愛するひとに愛されない事実が――

ひどく切なくて、たまらなかった。

第二章　向き合うふたり

躊躇《ためら》いがちに肩を揺すられて、浅い眠りを漂っていたアンリエッタはわずかに顔を歪《ゆが》めた。

「王子妃様、大丈夫でございますか？」

「……んー」

アンリエッタは生返事をする。顔を上げるのも億劫《おっくう》なほど気怠《けだる》く、あちこちが軋《きし》むように痛かった。

やっとの思いで目を開けると、ひどく心配そうなサリアの顔が視界いっぱいに映り込む。

「今日は王子殿下の従僕に頼んで、浴槽にお湯を張っていただきました。お身体を清めましょう？」

どこか泣きそうな声を聞いて、アンリエッタはなにかあったのだろうかと心配になる。

だがそれを尋ねようと息を吸った瞬間、喉が焼けるようにヒリヒリと痛んで、乾いた咳が立て続けに出た。

「なんだか……、息、くるしい……」

驚いた様子のサリアがすぐにアンリエッタの額に手を当てる。彼女が息を呑む声が耳元ではっきり聞こえてきた。

「まぁ、熱がおありですよ！　昨夜……毛布をかけてお休みにならなかったんですね」

主人の身体を見下ろし、サリアが痛ましげな面持ちで目を細める。

アンリエッタもようやく頭がはっきりしてくる。ずきずき痛む頭に顔をしかめながら、彼女はそっと自身を見下ろした。

夜着こそ着ているものの、足の付け根がヒリヒリ痛く、その周辺がまだ汚れている。

昨夜のことを思い出すと鼻の奥がツンと痛むが、ただでさえ心配そうなサリアをこれ以上困らせてはいけないと、アンリエッタはゆるく頭を振った。

「……オーランド様は？」

おずおずと問いかけると、サリアはぎゅっと唇を引き結ぶ。だがアンリエッタの不安そうな面持ちに気づくと、努《つと》めて笑顔になって、主人が起き上がるのを手伝った。

「とにかく、お身体を清めましょう。浴室へどうぞ」

軋む身体を引きずるようにして、アンリエッタは湯気がたちこめる浴室に入る。温かなお湯に身を浸し、うつらうつらとしているあいだに、サリアが手早く身体を洗い上げた。

「サリア、こんなにゆっくりしていては、朝議に間に合わないんじゃ……」

「今日はお休みいたしましょう。お疲れでいるだけならまだしも、お熱があるのに無理をなさってはいけません。ゆっくり横になられるべきです」

「でも、王妃様とのお約束があるわ。オーランド様を朝議に連れて行かなければ、フィノーは……」

だが焦る心に反して、身体は鉛《なまり》のように重く、まるで言うことをきかない。入浴だけでもふらふらになってしまって、議会場へ足を運ぶどころか、自室へ戻ることさえ一苦労だった。

やっとの思いで自分の寝室に入ったときにはもう意識も朦朧《もうろう》としていて、寝台に倒れたアンリエッタはあえなく意識を手放してしまった。

その後、浅い眠りの中で、夢うつつに医師や侍女が入れ替わり立ち替わりにやってくるのを感じた。

意識がはっきりしてきた頃には、もう日が沈みかけていて、ぱちっと目を覚ましたアンリエッタは、背筋が凍るような思いで寝台から這《は》い出ようとする。

「まぁ！　アンリエッタ様、まだ横になっていませんと！」

「王妃様にお目にかからないと、麦が……」

まだ多少痛む頭を抱えながら、アンリエッタは泣きそうな声で言い募《つの》る。

そんな彼女を寝台に戻して、「そのことですが」とサリアが改まった口調で告げた。

「ちょうど今、王妃様がこちらを訪ねていらっしゃったところです。アンリエッタ様にお話があるとのことですが、いかがなさいましょう?」

アンリエッタは驚いたが、一も二もなく頷《うなず》く。

すぐにサリアに支度を頼むと、案内を待たずに王妃が入室してきた。アンリエッタは夜着姿のまま慌てて頭を下げたが、ローリエは昨日とは打って変わって大変満足そうな笑みを浮かべている。

「よくやりましたね、アンリエッタ王子妃。あなたにも少しは使い道があるようで安心しました」

「使い道……?」

アンリエッタが首を傾《かし》げつつ聞き返すと、ローリエはすかさず扇《おうぎ》で口元を覆《おお》って後ずさった。

「ああっ、そのように大きな声で喋《しゃべ》るのではありません。風邪をうつされては迷惑です」

「す、すみません……」

「しかし、どうやったかは知りませんが、ここ一年朝議に顔を出さなかったオーランドが、今日は定刻通りに議会場にやってきたのですからね。妻を伴っていなかったのが不満と言えば不満ですが、今回だけは大目に見てあげましょう」

「オーランド様が朝議に……？」

熱で頭が回らないせいか、あるいは予想だにしなかったことを聞かされたせいか、アンリエッタはすぐには言葉の意味が理解できなかった。

「あの、つまりその……オーランド様は、今日の朝議にご出席されたということですか？」

「そう言っているでしょう。何度も言わせないでちょうだい」

馬鹿にするようにフンと鼻を鳴らされたが、驚きが大きすぎてまるで気にならなかった。

（オーランド様が、朝議に出てくださった……）

昨夜の行為が思い出される。言うことを聞けば朝議に出ると言った約束を、オーランドは守ってくれたのだろうか？

アンリエッタがぼうっと考えているあいだに、ローリエは高飛車《たかびしゃ》な口調で何事かを話し、きたときと同様、唐突に出て行った。

扉がバタンと閉まるのを遠目に見つつ、アンリエッタはしばらく呆然とする。

やがて戻ってきたサリアは、頬を膨《ふく》らませながらぶつぶつと愚痴《ぐち》をこぼし始めた。

「まったく、病人相手に一時間近く話をなさるなんて、王妃様も身勝手すぎますわ。オーランド殿下も、奥方様が臥《ふ》せっていらっしゃるのにお見舞いにもいらっしゃらないなんて！」

ぼんやりしていたアンリエッタはハッと我に返って、ぷりぷり怒る侍女を窘《たしな》めた。

「サリアったら、そんなふうに言うものではないわ。それに、オーランド様はきちんと朝議に出てくださった。それだけでも今は充分よ……」

そう呟《つぶや》く一方で、アンリエッタは神妙な面持ちを浮かべた。

（おかげでフィノーは助かったのですもの。もっともオーランド様は、わたしが脅されていたことなどご存じないのだけど）

そこでふと、アンリエッタはオーランドが行為の最中に、どこか苦しげな表情を浮かべていたことを思い出した。

昨夜だけでなく、初夜のときも……。ほんの一瞬のことで、アンリエッタもこれまでまともに考えることができなかったが。

（なにかに耐えているような、とても苦しそうなお顔だったわ）

彼が変わってしまったのには、なにか理由があるのかもしれない。そうでなければ、彼がアンリエッタを痛めつけながら苦しげな顔をするはずがないのだ。

（わたしは……あの方を信じたい。三年前に優しくしてくださったオーランド様が、まだあの方の中にほんの少しでも息づいていると思うから）

なにも、思いをぶつけるばかりが愛の形ではないのだ。愛するひとを思いやり、そっと寄り添う愛情もあるだろう。

（けれど、あの方が変わってしまった理由がわからないことには、わたしもどう向き合っていけばいいのか）

この一年のあいだ、彼はなにを思って自堕落な生活を送っているのか。

アンリエッタはこれまで以上に、そのことを知りたいと強く思うようになっていた。

◇　◇　◇

だが知りたいからと言って、好奇心のまま突き進むのは愚行《ぐこう》きわまりない。

そう何度も痛い思いをしたいわけではないので、アンリエッタも慎重に動くことにした。

幸い、オーランドはあの日以来きちんと朝議には顔を出してくれている。

だからアンリエッタは、早めに議会場の前で待っていて、彼が姿を見せたら一番に駆け寄って挨拶《あいさつ》するのを最近の日課としていた。

朝議が終わったあとは食事やお茶をご一緒にいかがですかと誘い、ごくたまに城内で顔を合わせたときには笑顔で話しかける。

だがその試《こころ》みはことごとく失敗に終わっていた。最初こそ胡乱《うろん》な顔を向けてきたオーランドも、この頃は完全に無視するという態度を徹底していた。空気のように扱われることは、邪険に追い払われるよりもショックだったが、アンリエッタはめげずに笑顔を向け続けた。

とはいえ、そんな日々が十日も続けば落胆の思いは隠せない。

当たり前だが、夜の訪れもまったくなく、会話のとっかかりすら掴めない日々に、アンリエッタの胸はじりじりするばかりだ。

知らず「はぁぁ……」と盛大なため息をつくと、サリアがお菓子の盛り合わせを勧めてくれた。

「どうぞ、そのように思い悩まないでくださいませ。せっかくのお茶の時間なのですから、ゆったりくつろぐことも大切ですわ」

「そうね……。ありがとう、サリア。あなたのようなひとがそばにいてくれて、とても心強いわ」

アンリエッタは心からそう告げて、薔薇《ばら》の砂糖菓子に手をのばした。

ふたりは今、中庭の東屋《あずまや》に出ていた。日々あれこれと思い悩むアンリエッタを見かねてか、サリアが「たまには外でお茶を召し上がってみては？」と提案したのだ。

言われるまま庭に出てみれば、咲き初《そ》めの薔薇や穏やかな初夏の空気が、悶々《もんもん》とした気分をなぐさめてくれる。

だが、近くの花壇に紫色の花が咲いているのを見た途端、オーランドの冷ややかな瞳が思い出されて、また沈んだ気持ちが戻ってきてしまった。

（もうっ。オーランド様がいけないのよ。なにかお考えがあるなら、きちんと話してくだされぱいいのに。こちらがどんなに声をかけても無視してばかりで……っ）

もどかしさのあまり、ついには頭の中で夫に八つ当たりしながら、アンリエッタは砂糖を落としたお茶をぐるぐると執拗《しつよう》に掻き回す。

そのときだ。

近くの茂みががさがさと揺れる音がして、アンリエッタは驚いてティースプーンを取り落とした。

サリアもびっくりしたようだが、すかさず前に進み出てアンリエッタの姿を隠す。顔をのぞかせたのが衛兵や庭師だったら、主《あるじ》の休憩を邪魔するなと注意する気満々、という雰囲気がその背に滲《にじ》み出ていた。

しかし、姿を見せたのはまったく予想外の人物だった。

「――おや？　そちらにいらっしゃるのは義姉上《あねうえ》では？」

サリアはもちろん、アンリエッタもハッと目を見開いた。

「あなたは……」

「お茶を楽しんでいらしたのかな。だとしたらお邪魔してしまってすみません」

申し訳なさそうに微笑《ほほえ》みながら、一人の青年が茂みの向こうから出てくる。

木陰から日の光の差すところに出ると、緩《ゆる》くまとめられた金髪が燦然《さんぜん》と輝いて、美麗な面《おもて》を柔らかく縁取った。

一度目にしたら忘れられないほど美しい青年だが、アンリエッタは彼と顔を合わせたことはない。

だが『義姉上』という呼びかけと、第二妃イザベラとうりふたつの顔立ちを見れば、彼が誰であるかはおのずと知れた。

「レオン殿下？」

確認のために呼びかけると、彼は薄青の瞳を甘く細めて人好きがする笑みを浮かべた。

「お会いできて光栄です。これまで挨拶《あいさつ》もせずに失礼しました」

「いえ……。こちらこそご無礼を。フィノーから嫁いで参りました、アンリエッタと申します」

義姉《あね》と義弟《おとうと》という関係ではあるが、相手は大国の王子だ。アンリエッタはドレスの裾をさばいて立ち上がると、深々と腰を折って挨拶した。

「第二王子のレオンです。……おや、おひとりなのですか？　てっきり兄上もご一緒なのかと思いましたよ」

「オーランド様は……お忙しいでしょうから」

誘ったが無視されたとはとても言えなくて、アンリエッタは無難な言葉を返す。

だがアンリエッタの内心を読んだように、レオンは少し同情の見える面持ちで肩をすくめてきた。

「あなたのように可愛らしい方を妻に迎えたというのに、兄上もつれない方ですね。僕でよろしければ、おつきあいしますが？」

突然の申し出にアンリエッタは驚くが、うしろに控えていたサリアは「アンリエッタ様っ」と小さく警告の声を発した。

義姉と義弟の関係であれば、お茶を一緒に楽しむくらい問題ないように思える。

けれど、オーランドとレオンのふたりの母親、つまり王妃と第二妃の諍《いさか》いを考えると、不用意に受け入れていいものではなく、アンリエッタは丁重に断った。

「ありがたいお申し出ですが、そろそろ部屋に戻ろうと思っておりましたので。お茶はまた次の機会に……。そのときはぜひ、オーランド様にお願いなさってくださいませ」

当たり障《さわ》りのない言葉を選びつつきっぱり告げると、レオンはなぜだか、ほんの少しだけ口角を引き上げた。どこか探るようなまなざしを向けられ、アンリエッタは少したじろぐ。

「あの……？」

「母から聞いて驚いたのですが、このところ兄は欠かさず朝議に顔を出しているそうですね。この一年、誰がなにを言っても出ることはなかったのに。噂では、あなたが兄を改心させたと言われていますが、本当のところはどうなのですか？」

「え……」

――わたしがオーランド様を改心させたですって？

そんなふうに噂されているなど初耳だ。

「……確かに、朝議に出ていただくようお願いはしました。けれど実際に参加を決めたのは、オーランド様ご自身です。あの方にも、きっとなにかお考えがあるのでしょう」

──朝議への参加だけでなく、ここ一年の彼の行状にも、きっとなんらかの理由があるはず。

半分は悩める自分へ言い聞かせるように、アンリエッタは控えめに答えた。

レオンのまなざしは相変わらずこちらを探ってくるようだ。アンリエッタも負けじと彼の青い瞳を見つめ返す。ここで逸《そ》らしては負けだという気持ちで、数秒間の沈黙にじっと耐えた。

すると、レオンはどこかおもしろがるような表情になって、「そうですか」と口を開く。

「賢い奥方を得て、兄上は幸せ者ですね。僕もそのうち妃を迎えることになるでしょうが、できればあなたのような素晴らしい女性を娶《めと》りたいな」

それでは失礼、と片手を上げて、レオンは現れたときと同様、唐突に身を翻《ひるがえ》して茂みの奥へと戻っていった。

レオンの背中が木陰に消えると、アンリエッタは無意識のうちに詰めていた息をほーっと吐いて、椅子によろよろと座り込む。

「……レオン様は、いったいなにをおっしゃりたかったのかしら？　サリア、なにかわかって？」

アンリエッタの様子に慌てて新しいお茶の用意をしつつ、サリアも困ったように首を傾《かし》げた。

「さぁ……。あけすけな言い方をすれば、第二王子殿下はいつもふらふらなさっているような方ですから。なにをお考えになっているかなど、わたしにはとてもですが、と新たなお茶をアンリエッタの前に置いて、サリアは少し厳しい顔つきを向けた。

「今後レオン様にお会いする際は、くれぐれもお気をつけくださいませ。王妃様たちをご覧になっていればおわかりかと思いますが、王子様方も決して友好的な関係ではございません。オーランド様のお妃であるアンリエッタ様は、極力レオン様と一緒にいるところを見られないよう、ご配慮くださいませ」

「そうね……」

愛する夫の考えすらわからない状態なのだ。そんな中で義弟と頻繁《ひんぱん》に会っているなどと噂されれば、周囲からどのように見られるかは想像がつく。

とはいえ……

(レオン様の、あの探るような目……。おまけにこちらを見ておもしろそうに微笑《ほほえ》んでいらして、いったいなにをお考えなのか)

別に嫌味を言われたわけでも見下されたわけでもないというのに、言動の端々《はしばし》にちらつくちょっとしたことが、抜けない棘《とげ》のように気にかかる。

サリアの言葉を聞く限り、第二王子レオンは放蕩癖《ほうとうへき》のある問題児ということだが――

(オーランド様と同じで、なにを考えているのかよくわからない方に思えるわ。あの方もあの方で、なにか理由があって動いていらっしゃるのかもしれない……)

オーランドの話を振ってきたのも、単なる世間話ではなく、なにかを探るためだったとしたら？

そう思うと今更ながら恐ろしくなって、アンリエッタはふるりと肩を震わせた。

◇　◇　◇

暖かくなってきたとはいえ、日が暮れるのはまだまだ早い。

レオンの登場で悶々《もんもん》としていたアンリエッタは、その後もしばらく庭にいたが、従僕たちが明かりをつけに回り始めるのを見て、いい加減自室に戻ろうと立ち上がった。

「そういえばサリア、明日は朝議がお休みの日だったはずよね？」

「はい。週に二日ほどお休みの日があって、明日はそのうちのひとつになります」

「つまり明日の朝はゆっくりできる、ということなのよね……」

　アンリエッタは少し考えてから、思い切って顔を上げた。

「サリア、オーランド様のところへ使いを出して、今夜お時間をいただけるか聞いてきてもらっていいかしら？」

「アンリエッタ様？」

「議会の前後は慌ただしくて、たとえ無視されていなくても挨拶《あいさつ》をするだけで精一杯だもの。一度時間を取って、ゆっくりお話ししてみたいわ。翌日に朝議がないならなおさら好都合よ」

「それはよろしゅうございますが、しかし……」

　初夜とその翌日のアンリエッタの様子を知っているだけに、サリアは浮かない顔だ。

　アンリエッタは努《つと》めて笑顔を見せた。

「今度はきちんとドレスを着ていくし、少しお話しするだけだと事前に伝えておけば、この前のようなことにはならないと思うわ。ね？」

「……アンリエッタ様がそうおっしゃるなら」

　渋々といった様子ながら、サリアは部屋に戻るとすぐに使いを出してくれた。

　だが返ってきた答えは実に素っ気ないものだった。

「申し訳ございません。オーランド殿下はこのあと、お出かけになるご予定がございまして」

伝言するだけでもよかったはずなのに、オーランドの従僕はわざわざアンリエッタのもとを訪ねて、主人に代わって頭を下げた。

アンリエッタはがっかりしながら「殿下はどちらへお出かけなの？」と尋ねる。

「城下へ向かうと仰せでした。それ以上はなにも……」

困ったように視線を泳がせる従僕は、出かける先を知らないというよりは、その場所をアンリエッタに教えられず心苦しく思っているようだ。

オーランドから口止めされているのだろうか？　そう思うと悲しくなるが、従僕相手に嘆《なげ》いても仕方がない。少し考えたアンリエッタは「それなら」と顔を上げた。

「お出かけするのがこれからなら、せめてお見送りだけでもしたいわ。オーランド様は、まだこちらにいらっしゃる？」

「ちょうど先ほど、部屋を出て行かれたところです」

それならまだ間に合うかもしれないと、アンリエッタはすぐに玄関ホールへ向かう。

階段を下りていくと、ちょうど従僕たちが、緋の絨毯《じゅうたん》を扉に向かって伸ばしているところに出くわした。

玄関にはすでに馬車が横付けされている。ほどなく奥から外套《がいとう》を羽織《はお》ったオーランドが姿を見せて、アンリエッタはとっさにそちらに駆け寄った。

「オーランド殿下！」

アンリエッタの澄んだ声が高い天井に反響する。オーランドは階段を駆け下りてきたアンリエッタを見て、不機嫌そうに眉根を寄せた。

アンリエッタはそのことに少し傷つきながらも、いつも通り笑みを浮かべて挨拶《あいさつ》した。

「ご機嫌よう。お出かけになるとうかがいましたわ。お見送りさせていただいてもよろしいでしょうか？」

にこにこと見上げるアンリエッタを、オーランドは得体の知れないものを見るような目で見つめてくる。まるで、あれだけ手ひどく扱いさんざん無視してきたというのに、まだ近寄ってくるのかとでも言いたげな面持ちだ。

従僕たちがはらはらしながら自分たちのやりとりを見守っている中、オーランドは黙り込んだままじっとアンリエッタを見ている。

どれくらい沈黙が流れただろう。笑顔がだんだん引き攣《つ》りそうになってきた頃、オーランドが唐突に口を開いた。

「一緒にくるか？」

「え？」

「行き先は城下だ。同行したいと言うなら、一緒に連れて行ってやる」

「……本当でございますか⁉」

思ってもみなかった言葉に、アンリエッタはパッと頬を紅潮させた。

「お忍びだから付き添いはなしだ。それでもいいならの話だが」

「ぜひ、ぜひご一緒させてください！　お願いしますっ」

勢い込んで頷《うなず》くアンリエッタを見て、オーランドは近くにいた従僕に短く指示を出した。

「御者《ぎょしゃ》に行き先の変更を伝えろ。アークに行く」

「ア、アークにでございますかっ⁉」

従僕はぎょっとした様子で聞き返した。

だがオーランドにひと睨《にら》みされると、慌てた様子で馬車へ走っていく。だが他の従僕たちもひどくうろたえた様子で、中にはアンリエッタを引き留めようとするべく目配せしてくる者もあった。

だが突然の誘いにドキドキと胸を高鳴らせ始めたアンリエッタはそれに気づくこともない。ほどなく外套《がいとう》やヴェールが運ばれてきて、アンリエッタはわくわくしながらそれらを身につけた。

「アンリエッタ様、その、おやめになったほうがいいのでは……?」

従僕たちを見回してサリアがそっと進言するが、アンリエッタは首を振った。

「オーランド様と親しくなれるチャンスかもしれないわ。これを逃す手はないわよ」

もちろん、ふたりきりになることを思うと少し緊張する。だが城の外でまでオーランドが無体なことをしてくるとは思えないし、ずっと無視され続けてきたことを思えば、多少の嫌味を言われるくらいなんてことはない。

用意された馬車はお忍び用とおぼしき地味なものだ。だが内装はしっかりと重厚な造りになっており、天井にはランプが煌々《こうこう》と灯《とも》っている。

「心配しないで。必ずオーランド様と親しくなって戻ってくるわ」

決意を胸に馬車に乗り込んだアンリエッタを、サリアは最後まで心配そうに見つめていた。

「出せ」

アンリエッタが向かいに座るのを見届け、オーランドは御者に短く指示を飛ばす。

サリアと従僕たちが「行ってらっしゃいませ」と見送るのを背に、馬車はゆっくり走り出した。

こんな時間に、いったいどこへ向かうのだろう。すでに明かりが灯った城下町を眺めながら、アンリエッタはドキドキする胸をそっと押さえる。ここへきてからはもちろん、祖国にいた頃も夜の街へ繰り出したことなど一度もない。

ちらりとオーランドに目を向けると、両腕を組んで瞑想《めいそう》するように目を閉じている。お喋《しゃべ》りを楽しむつもりはないようだが、これまで素っ気なくされてきたことを思えば、こうして同じ空間に座っていられるだけでもとても幸せなことに思えた。

だが浮足立った気持ちも目的地に到着するまで。あまりに予想外なところに連れてこられ、アンリエッタは口をあんぐり開けたまま固まってしまう。

そこは城下町は城下町でも、繁華街——主に、娼館や賭場が立ち並ぶ、実に猥雑《わいざつ》とした通りの一角だった。

さらにその中でもひときわ目立つ外観の建物——高級娼館『アーク』へと馬車が横付けされ、アンリエッタはようやく、オーランドの外出の理由に思い至ったのだ。


——これでは従僕たちが引き留めようとしたのも無理はない。

外観もさることながら、アークの内装も高級娼館の名に恥じぬほど立派なものだった。

絢爛豪華《けんらんごうか》という言葉がぴったり合う大広間には、ふかふかの絨毯《じゅうたん》が床一面に敷かれていた。その上にはクッションが重ねられ、客たちはまるで異国の王のように絨毯に腰かけ、クッションにもたれて娼婦との戯《たわむ》れを楽しんでいる。

天井から垂れ下がる布によって、卓ごとに仕切りが成されているが、薄布ゆえ、目を凝らさずとも近くの席は丸見えだ。はす向かいに座る肥えた男など、両隣と背後に美女を侍《はべ》らせている。

（まさか、娼館に連れてこられるなんて思わなかったわ……）

場を支配する独特の雰囲気にくらくらしながら、アンリエッタは憮然《ぶぜん》とした表情のまま、所在なさげに座っていた。

その正面では、豊満な胸元と美しいくびれを持つ女が三人も四人も、クッションに座るオーランドに寄り添って媚《こ》びを売っている。

「もうっ、旦那様ったら。最近とんと足が遠のいてしまったんじゃなくって？　あと一日遅かったら、あたくしのあそこに蜘蛛《くも》の巣が張ってしまうところでしたわぁ」

「でもまたきてくださって嬉しぃ……っ。ねぇ、お口を開けて。こちらのお菓子、とっても美味しいんですのよ？」

惜しげもなく胸元をさらした美女に促《うなが》され、オーランドは笑顔で薄く口を開く。美女は焼き菓子を先に半分かじると、残りを当然のようにオーランドの舌に載せた。

アンリエッタはぎょっとするが、当のオーランドは平然としている。ここでは食べ物を口移し同然で分け合うことも普通なのだと悟って、胸の奥がむかむかした。

彼女たちはここで上位を張る人気娼婦で、いずれもオーランドの指名により集められた。

美女だけでなく、自分たちの前には豪勢な料理や高価な酒も山のように用意されていて、オーランドがこの店にとっていかに上客であるかが窺《うかが》える。

王女として生まれ、幼い頃から貞淑に、そして潔癖に生きることを義務づけられてきたアンリエッタにとって、今の状況は寂しさを通り越して、かなりの屈辱《くつじょく》だった。

幸い、怒りに歪《ゆが》んだ顔はヴェールのおかげで外から見えることはない。だからかろうじてこの場に留まることができるが、飲み物を持つ手はどうしても震えてしまった。

彼女が自分を抑えるのにいっぱいいっぱいになっている中、娼婦たちは華やかな声を上げてオーランドの寵《ちょう》を競っている。

「まぁ、抜け駆けしないでちょうだい。旦那様ぁ、こっちのお酒もお飲みくださいませ」

「そろそろ酔いが回っていらしたのではございません？　暑うございましょう。上着を脱がせてさしあげますわ」

言うが早いが、娼婦のひとりが彼の襟元に手をかける。

ハッとしたときにはオーランドの上着は脱がされており、アンリエッタは思わず腰を浮かしかけた。

それに気づいた娼婦は「あら」とくすりと笑う。

「まぁいけない、わたしったら。今日は奥方様がいらしていたんでしたわねぇ。奥方様の務めを横取りしてしまったかしら。ごめんあそばせ？」

オーランドの上着を腕にかけながらくすくす笑う娼婦に、アンリエッタはカッと頬を赤らめる。

しかし彼女の怒りなどどこ吹く風、娼婦たちはここぞとばかりに嘲笑を響かせた。

「駄目ですわよ、奥方様。そうやってお怒りになるくらいでしたら、先にご自分から動かなくては。上着はもちろん、料理の取り分けやお酌も、ここでは女がする仕事なのですから」

「そうそう。日々お疲れになっている殿方をおもてなしし、癒《いや》してさしあげることこそ女の本分ですわ。そうやって座っていることなんて人形にでもできますわよ」

あからさまなからかいと嫌味に、アンリエッタはきつく唇を噛みしめる。

料理の取り分けは給仕の仕事で、女性から男性にお酒を注《つ》ぐのはマナー違反だ。だが娼婦たちからすれば、そんなものは王宮の決まりで、ここでは通らないということなのだろう。

アンリエッタはとっさにオーランドに視線を向けた。こんなふうに妻を貶《おとし》められても、彼はなんとも思っていないのだろうか？

だがヴェールの下から見つめるアンリエッタの視線に気づいても、オーランドはつまらなそうな顔でふいっと顔を背けてしまう。

それにめざとく気づいた娼婦たちは、さらに勢いづいてアンリエッタをこき下ろし始めた。

「こんなことは言いたくございませんけど、奥方様は少しお痩せになりすぎていて……殿方を慰《なぐさ》めてさしあげるにはあまり向かないようでございますわねぇ」

「そういった方こそ、真心を込めて殿方にお仕えしなければならないのですわ。それなのになにもしないでいじけたままでは、殿方の心をお慰めするどころか、よけいに疲れさせるだけですわよ」

「旦那様もそう思いますわよねぇ？」

媚《こ》びを含んだまなざしで話を振られたオーランドは、ようやく「そうだな」と口を開いた。

信じられない思いで顔を上げたアンリエッタに、オーランドはそっぽを向いたまま冷たく言い放つ。

「だが良家の娘とはそういうものだ。その娘もこちらが拒絶してもしつこく迫ってくるから、心底うんざりしていた。……少しはおまえたちを見習えばいいと思って連れてきたんだ」

「まぁ！　旦那様にそんなふうにおっしゃっていただけるなんて！」

娼婦たちはぱあっと頬を紅潮させ、礼を言う代わりにオーランドの頬や手に口づけた。きゃあきゃあと騒ぐ彼女たちを見つめながら、アンリエッタは凍りついたように固まってしまう。頭が殴られたように鈍《にぶ》く痛んで、反論するどころか、息もうまくできなくなった。

（オーランド様……ずっと、わたしのことをそんなふうに思って……）

連日無視をされているのだ。さすがに好意的に見られているとは思っていなかったが……まさかここまで疎《うと》まれていたとは。

ショックのあまりうつむくアンリエッタの前で、娼婦たちはオーランドへ豊満な胸を押しつけながら、奥の部屋へと誘い始めた。

「寝台の上で、たっぷりと日々のお疲れを癒《いや》してさしあげますわ。今日はどうかあたくしを指名してくださいませんこと？」

「まぁっ、あなたは先日お情けをいただいたじゃないの。次はわたしを抱いてくださるっておっしゃっていたわ。旦那様、お忘れですの？」

「旦那様のことですもの。ひとりだけなんて野暮《やぼ》なことは言いませんわよねぇ？」

「そうだな。おまえたちは、身体も技巧も、どちらも素晴らしいからな」

オーランドの答えに、娼婦たちはまたきゃあっと声を上げる。

これ以上ないほど傷ついた心がさらに痛めつけられ、アンリエッタの緑の瞳にうっすらと涙が滲《にじ》んだ。

打ちひしがれて座り込むアンリエッタをちらりと見下ろして、オーランドはさらに残酷な言葉を重ねる。

「その娘は拙《つたな》い上、こっちが喜ばせようとしてやっても嬉しがる素振りも見せないからな。少しはおまえたちを見て、勉強してくれるといいんだが」

堂々と言い切られて、目の前が真っ暗になった。

必死に涙をこらえていたアンリエッタは、オーランドが美女たちを従え奥の部屋に入っていくのを、呆然と見送ることしかできなかった。

そうやってどれくらい固まっていたのか。閨《ねや》に呼ばれなかった娼婦が、隣でやれやれとため息を吐き出す。

「ちょっと、座り込んでいないでどいてくださいます？　奥方様？」

嫌みったらしい口調で言われ、アンリエッタはハッと我に返る。

見れば小間使いが片づけに入ってくるところで、アンリエッタはのろのろと立ち上がった。

その様子を横目で見ていた娼婦は、フンと小さく鼻を鳴らして、アンリエッタを上から下までじろじろと睨《ね》め回す。

無遠慮な視線に思わず眉をひそめると、たっぷりと観察を終えた娼婦は、口角を吊り上げて吐き捨てた。

「本当、かわいそうなくらい貧相で魅力のない身体つきだこと。おまけに襟が詰まったこんなドレスじゃ、あの方を誘惑できないのも無理はないわね」

心がさらなる痛みに悲鳴を上げる。アンリエッタは拳《こぶし》を強く握って、奥歯をきつく噛みしめた。

（……泣いてもどうしようもないわ、アンリエッタ！　ここで引き下がったら、オーランド様は本当にわたしのことなんて見てくださらなくなる……！）

屈辱《くつじょく》と悲しみでくじけそうな心を奮《ふる》い立たせて、アンリエッタは急いで涙を拭《ぬぐ》う。

そうして奥の部屋へ続く扉を睨《にら》みつけ、他の席に移ろうとしていた娼婦の腕に飛びついた。

突如しがみついてきたアンリエッタに、娼婦がぎょっとした面持ちで身をすくめる。

「な、なによ。なんか文句あるわけ？　あたしは別に本当のことを言っただけで……」

今さらながらアンリエッタが身分のある貴婦人だと気づいた様子で、娼婦がたじろぐ。

しかしアンリエッタは「そうではありません」と首を振り、必死の形相で叫んだ。

「その、あなたが着ているドレス、わたしに貸してください！」

「ふふ、あんな幼い奥方様では満足できなかったのでしょう？　今夜はたっぷり楽しんでいってくださいませ」

娼婦がオーランドの足にみずからの美脚を絡ませながら甘い声で誘惑する。もうひとりの娼婦は早くもオーランドの首筋に唇を這《は》わせていた。

どこか気怠《けだる》げで甘苦しい匂いが立ち上る中、扉がコンコンと叩かれる。

「失礼いたします。寝酒をお持ちいたしました」

部屋代には寝酒の料金も含まれている。だがオーランドは寝酒を頼んでいなかった。

娼婦たちがキッと入り口を睨《にら》む。店側の覚え違いは娼婦たちの恥になる。こういったところに食事や酒を運ぶのは下女の役目だから、怒鳴りつけてやろうとしたのだが——

「あんた……いったい、誰だい？」

素に戻った娼婦の言葉に、気怠げに横になっていたオーランドも入り口を見やった。

そうしてひゅっと息を呑む。

そこに立っていたのは、寝酒の瓶とグラスを手にした、アンリエッタだった。

しかし、今の彼女はとても王子妃には見えない。

身に纏《まと》っているドレスは、小さな乳房がほとんど見えてしまうような胸元のあいた際どいものだ。スカートの中央にスリットが入っているため、歩くたびに、足の付け根まで露《あら》わになってしまう。

なんともはしたない妻の恰好に、オーランドが凍りつくのがはっきり伝わってきた。

「なんだい、おまえ。さっさと出てお行き！」

顔を知らない新入りと思ったのか、娼婦が鋭い口調で追い払おうとする。

だがアンリエッタが口を開くより早く、オーランドが動いた。

「気が変わった。おまえたちがここを下りろ」

「は……？」

「今日はそっちの下女を抱いてやる」

言うなり、オーランドは女たちを寝台から蹴落とした。

「だ、旦那様……っ」

「下がれ！」

鋭い口調は、命令することに慣れきった王子のものだ。

怒気の中に滲《にじ》み出る有無を言わせぬ気配に、娼婦たちは慌てて部屋を出ていく。それでもすれ違い様にアンリエッタをしっかり睨《ね》めつけていくあたりは、さすがにしたたかと言うべきか。

扉が閉ざされると、部屋中に痛いほどの沈黙が流れた。

「……いったいなんのつもりだ」

やがてオーランドの低くうなるような声が響く。アンリエッタは緊張に硬くなりながら、瓶の載った盆を枕元に置いた。

「……殿下がこちらの方を見習うようおっしゃったので、自分なりにそうしてみたのです」

「それでその恰好か？　くだらない――」

アンリエッタの必死さを、オーランドは一言で切り捨てた。

そのまま寝台を下り部屋を出ようとする彼に、アンリエッタは慌てて追いすがる。

「お待ちくださいどちらへ行かれるのですか？」

「おまえにそんなドレスを着せた者たちを放っておけるか。よけいなことをして……」

「このドレスはわたしが無理を言ってお借りしたのです！　お店の方たちは関係ありません」

「は……？　借りただと？」

いぶかしげに振り返ったオーランドに、アンリエッタはこくこくと頷《うなず》いた。

「そのっ、こういう恰好をしたほうが、殿下がお喜びになると思って。殿下はこちらに何度も足を運んでいらっしゃるようですし、勉強しろとおっしゃったから、まずは形から入るべきかと……」

とはいえ、似合っていないであろうことは容易に想像がつく。

案の定、オーランドは絶句したまま固まってしまって、アンリエッタは今さらながら羞恥心《しゅうちしん》といたたまれなさに顔を赤くした。

「わ、わたし、殿下のおっしゃるとおり、こちらの方々が身につけているような技巧を持っておりません。だから、せめて恰好だけでも殿下の好みに近づきたくて……」

「……もういい」

「で、でも、教えていただければ、どんなことでもいたします。最初は下手《へた》でも、ご満足いただけるようになりますから」

「もういい、喋《しゃべ》るな」

「喋るなと言っただろう！」

「だから！」

「他の方を抱いたりしないでください‼」

オーランドの怒声を上回る声音で、アンリエッタは叫んだ。

これまでにない強気な言葉に、オーランドがわずかにひるんだ様子を見せる。同時に
アンリエッタの緑の瞳が涙で潤《うる》んでいるのを見て、わずかに肩を揺らした。

「おい……」

「ご、ごめんなさい」

アンリエッタ自身、突然流れ出てきた涙に戸惑いながらも、深呼吸を繰り返してなん
とか言葉を紡ごうとした。

「わ、我が儘《わまま》だと思われても、仕方ないと思います。殿下のおっしゃるとおり、わ、わ
たし、うまくできなくて……。で、でも、殿下が他の方を抱くと思ったら我慢できなく
なって……」

「おまえ……」

アンリエッタは、たまらずぎゅうっと彼の腕に抱きついた。

本当の良妻なら、夫が娼館へ行くこと自体黙認するものかもしれないが、そこまで物わかりのいい妻になることは、アンリエッタにはとうていできそうにない。

それくらい、彼のことが好きなのだ。独り占めしたいくらいに。

「おまえは……、いったいなぜ」

アンリエッタを突き放すわけでもなく、オーランドは本当に戸惑った様子で口を開いた。

「なぜそこまで、おれにこだわる。おれを好きだと言えるんだ？　そう言えと命じられたのか？」

「命じられた？」

予想だにしなかったことを聞かされ目を丸くすると、オーランドは「いや……」と歯切れの悪い様子で目を逸《そ》らす。

アンリエッタは首を傾《かし》げたが、もしオーランドが本当にそう思っているなら、それはとんだ勘違いだと鼻息を荒くした。

「わたしは誰かに命じられたわけでも、なにかを言われたわけでもありません。あなたのことがずっと好きで、今もその気持ちを抱いているだけです」

「……これだけの仕打ちをされてきたのに？」

囁《ささや》くような言葉には、かすかな罪悪感が滲《にじ》んでいる気がする。

アンリエッタは彼の腕から離れると、涙をぬぐって顔を上げた。

「それでも、わたしはあなたを愛しています。あなたが、絶望しそうになっていたわたしを、救ってくださったときから」

アンリエッタの生国であるフィノー王国は、国の北側はすべて山という、一年の半分が雪に閉ざされる自然環境の厳しい土地だ。

だが、三年前のその年はめずらしく暖かい日が続いて、夏がひと月もふた月も早く訪れたような暑さが連日にわたって続いた。

そのためか、北国ではかかることのない南国発祥の病が、王都を中心に爆発的に広がったのだ。

国王を始めとする王族も病に倒れ、万一の場合には、唯一無事であったアンリエッタが王位を継ぐことになると宰相《さいしょう》は言い切った。

家族を失うかも知れない恐怖に、王位を継ぐかもしれない重圧が加わり、十四歳だったアンリエッタはただ泣きじゃくることしかできなかった。

そんな中、知らせを受け、隣国ディーシアルから駆けつけてくれたのがオーランドだった。

自国から医師団を引き連れ離宮にやってきた彼は、宰相からアンリエッタのことを聞くと、わざわざ隔離部屋までやってきて、励ましの言葉をかけてくれた。

そして泣き続けるアンリエッタを、しっかり抱きしめてくれたのだ。

あのときの全身を包むぬくもり。それに髪を撫《な》でる大きな手の感触は、三年経った今でも鮮明に覚えている。

そして彼はさらに言葉を続けた。

『もし万が一のことが起きたとしても、あなたは決してひとりにはならない。同盟国の王子として、わたしがあなたをいつでも助けると約束しよう』

アンリエッタの胸に、その一言がどれほど頼もしく、そして温かく響いたことか……。

「……そのあと、緊張の糸が切れたわたしは気を失うように眠ってしまって、気がついたときには殿下はもう国にお帰りになっていました。あのときのお礼を言いたくて、いつかお会いできることがあればと、ずっとずっと思っていたんです」

ディーシアル王国からもたらされた薬により、国王夫妻はめきめきと回復し、世継ぎである従弟《いとこ》も助かった。その後、ディーシアルから派遣された医師団により薬の製造方法も伝えられ、多くの民が一命を取り留めたのだ。

オーランドがくるのがあと一日でも遅かったら……そのことを思うと、アンリエッタは今でも身震いせずにはいられない。

父たちのことはもちろんだが、あのとき抱きしめてくれなかったら、アンリエッタの心も壊れていたかもしれなかったから。

「あのとき、おれはそんなことを言ったのか……？」

顔をしかめたオーランドは、在《あ》りし日の記憶を掘り起こそうとするように呟《つぶや》く。

その一言に、彼がそのときのことをおぼろげにしか覚えていないことが伝わってきた。

アンリエッタはほんの少しだけ落胆するが、彼が自分と会った事実に関しては覚えていてくれたのだとわかって、落ち込む以上に嬉しくなった。口元が自然とほころぶ。

「感謝の思いはもちろん、優しくしてくださったあなたを思い出すたび、抑えられない思いがどんどん募《つの》っていって……。だから、こちらに嫁ぐように言われたときは、本当に天にも昇る心地でした」

素直な気持ちを伝えると、オーランドは少し困惑したようにアンリエッタを見下ろした。

「なら、おまえは本当におれのことを、ただ純粋に好いていて……その思いだけで、おれと親しくしたいと言ってきたのか」

アンリエッタはしっかり頷《うなず》く。

どうやらオーランドは、アンリエッタが誰かに言われて自分に迫ってくるのだと勘違いしていた様子だ。彼がなぜそんな思い違いをしていたかは気になるが、今はそれよりも、自分の思いを信じてほしい一心で彼の紫色の瞳を見つめる。

そのまっすぐとした視線に気まずさを覚えたのか、オーランドは苦々しい面持ちで顔を背けた。

「オーランド殿下……」

「……だが、その思いも変わっただろう。あれだけの仕打ちをされて、挙《あ》げ句《く》こんなところに連れてこられて。いい加減に愛想が尽きたはずだ。……どうせ、ここ一年のことについても聞き及んでいるんだろう」

アンリエッタの胸がツキリと痛む。

この一年のことについて、サリアからは『国政に関心を向けず放蕩《ほうとう》するようになった』

とだけ聞かされていたが……きっとその『放蕩《ほうとう》』の内容には今日のような、いわゆる夜遊びも含まれているのだろう。

（そういえば嫁ぐ前、お父様もオーランド様の最近の素行について、なにかおっしゃっていたような気がするわ）

あいにくなにを言われたかは、愛するひとに嫁げる幸運で胸がいっぱいになっていたせいか、よく覚えていない。

だが、たとえフィノーを発《た》つ前にこうなることを知っていたとしても、アンリエッタはきっと、オーランドへ嫁ぐことを迷うことはなかっただろう。

なぜなら――

「たとえあなたが変わってしまっていたとしても、あのときわたしを救ってくださった方が、ディーシアル王国のオーランド王子であることには変わりありません。それに……断るにはもう、わたしはあなたのことを愛しすぎていた」

ごく自然なアンリエッタの告白に、オーランドの喉がかすかに上下するのがわかった。

「あなたのことが好きです」

アンリエッタは、もう涙のない瞳で告げた。

「初めてお会いしたときから、ずっとずっと好きでした。今もこれからも、きっとずっと変わらず、あなたのことが好きなんです」

「……馬鹿な……」

まっすぐなアンリエッタの告白に、オーランドはかすかに顔を歪《ゆが》めた。

「これだけひどい目に遭《あ》わされて……それでもまだ好きと言えるなんて、どうかしている」

「殿下……？」

刺々《とげとげ》しい言葉に反し、オーランドの面《おもて》には苦渋が見えた。

彼は片方の手で顔を覆《おお》うと、どこか疲れた様子で寝台に腰を下ろす。これまでにない様子にアンリエッタは戸惑うが、彼があまりに長いこと同じ姿勢でいるので、心配になって声をかけた。

「あの、もしかして具合が悪いのですか？　お水などお持ちしたほうが……」

「いや……」

顔を上げたオーランドは、ふと、アンリエッタの胸元に目を落として顔をしかめる。

そして毛布をたぐり寄せると、それをアンリエッタの手に押しつけてきた。

「？　あの……」

「そんな恰好でいたら、また熱を出すぞ」

「え？……あっ、きゃあ⁉」

自分の恰好を見下ろしたアンリエッタは、真っ赤になって飛び上がる。

オーランドの腕にすがっていたせいか、いつの間にかドレスの襟元がかなりずり下がっていた。

ドレスを貸してくれた娼婦曰《いわ》く、胸にきちんとした膨《ふく》らみがあれば、布が頂《いただき》に引っかかってずり下がることはないのよ、ということだが、アンリエッタの小さな胸ではそれは叶わない。おかげでいつの間にか乳房が丸見えになっていた。

慌てるあまり、毛布がうまく広げられなくてまごついてしまう。ようやっとの思いで身体の前を隠すが、その拍子に肩紐までずり落ちそうになって、アンリエッタはたまらず頭から毛布をかぶり、その場にうずくまった。

床にくしゃりと丸まったアンリエッタを見下ろし、呆然としていたオーランドは、やがてぷっと小さく噴き出す。

恥ずかしくて気まずくてたまらなくて、アンリエッタは「笑わないでくださいっ」と目をつむったまま懇願《こんがん》した。

「いや、すまない。……そうだよな。よくよく考えてみれば、おまえのような娘に男を落とす狡猾《こうかつ》さなど備わっているはずがないよな……」

しみじみとした音とともに寝台が軋《きし》む音がして、肩口にわずかな重みがかかる。

おそるおそる目を開けると、顔を覆《おお》っていた毛布が取り払われ、次の瞬間には肩に羽《は》織《お》るようにふわりと広げられた。マントのように自分を包み込む毛布は温かくて、アンリエッタは無意識にほっと息をつく。

アンリエッタは躊躇《ためら》いながらも、そっと上目遣いにオーランドを見つめた。

「あの、男を落とすとは、どういう……？　それに殿下は、わたしが誰かに命令を受けていたと思われていたようですが、それはいったいどうして──」

だが疑問を口にした途端、オーランドがかすかに眉を寄せるのが見えて、アンリエッタはハッと口をつぐむ。

今のオーランドの表情は、アンリエッタを抱くときにかいま見せたものとまったく同じ、苦痛に満ちたものだったのだ。

「あのっ、言えないことでしたら、無理におっしゃっていただかなくても大丈夫です。わたしはひとまず、自分の気持ちをわかっていただけただけで満足しておりますから。だから……」

言いづらいことなら言わなくてもいい。本当は教えてほしいけれど、そのせいで彼が苦しむのは本意ではない──

その言葉を呑み込んで、アンリエッタはじっと紫色の瞳を見つめる。

目が合うと、オーランドはかすかに唇を噛みしめ、「すまなかった」と絞り出すように呟《つぶや》いた。

「今後はもうおまえの真心を疑うようなことはしない。……乱暴をして悪かった。こんな場所へ連れてきたことも――」

そこでオーランドは、ふっと疲れたように笑った。

「さすがにここまですれば、おまえも愛想を尽かして離れていくと思ったんだがな」

とんだ勘違いだった、と呟く彼は、どこかあきらめたようでありながら……ほんの少し、安堵しているような気配も感じられる。

複雑なその表情を見ていると、アンリエッタの胸もきゅうと締めつけられるように痛んだ。

やはりオーランドは、なにか深い事情を抱えているような気がする。

(三年前は、オーランド様がわたしの重荷を軽くしてくださったのに)

ひとりではないのだと、自分が助けるからと言って、押しつぶされそうになっていたアンリエッタを救ってくれたのに。

(なのにわたしは、この方の重荷や苦しみを、ともに背負っていくことはできないの?)

神様の前で永遠を誓い合った夫婦だというのに――

そう思うと涙があふれてきそうだ。なにもできない歯がゆさに唇を噛みしめるアンリエッタに、オーランドはふと顔を上げて、思い直したように言った。

「城へ帰ろう。着てきたドレスはどこにある？」

急に現実に引き戻されて、アンリエッタはぱちくりと瞬《まばた》きをした。

「あ……いえ、ドレスは、あげちゃいました」

「はっ？」

オーランドが目を剥《む》く。

「そ、そのっ、このドレスを貸してくださった方が、ドレスが欲しければ今着ている服を渡すようにとおっしゃったので、それで――」

「くれてやったということか……？」

オーランドは、毒気を抜かれたような顔で呟いた。

「ここの女たちは強欲揃いだ……。ドレスは戻ってこないと思ったほうがいいな」

後ろ髪を困ったように掻いて、オーランドは仕方がないと腰に手を当てた。

「代わりのドレスを用意させるから、少し待っていろ」

「ま、待ってください」

アンリエッタは、慌てて彼の胴を捕まえた。

「どうした?」

「そ、その……おそばにいさせてください。この場所でひとりは……心細くて」

オーランドは室内を見回し、それもそうだとばかりに閉口した。広々とした立派な室内ではあるが、至るところにごてごてとした飾りがあり、とても落ち着けたものではない。

しかしアンリエッタが彼を引き留める本当の理由は別にある。オーランドをこのままひとりで行かせたら、めざとくそれに気づいた娼婦たちが彼を誘惑しようとするのではないかと怖かったのだ。

「おれはどこにも行かないぞ」

そんなアンリエッタの考えを読んでか、オーランドがぽつりと呟《つぶや》く。

それでも抱きつく腕にきゅっと力を込めると、彼は細くため息を吐き出した。

「……連れてくるんじゃなかった」

アンリエッタはなんと言ったらいいかわからず、おずおずと上目遣いに彼を見やった。

「あ、あの、わたしは別に気にしていませんが……」

「娼婦たちに嫉妬《しっと》した挙《あ》げ句《く》、服まで渡しておいてよく言う」

それを言われるとアンリエッタも二の句が継げない。

だが、ふれあった部分から、オーランドがくすりと笑う気配が伝わってきたことには驚いた。

「……まぁ、どのみち朝になれば下女が食事を持ってくるから。そのときに服も頼もう」

アンリエッタの頭を安心させるようにぽんぽんと撫《な》でて、オーランドは彼女を寝台へ押し出した。

「おれはそっちの長椅子を使うから、おまえは寝台で眠れ」

「え……？　一緒に寝台を使えばよろしいのではありませんか？」

部屋の中央に用意された寝台は城にあるものと大差ないほど広々としていて、優に四人は並んで寝転がれる大きさだ。

だがきょとんとするアンリエッタに、オーランドはなんとも言えぬ表情を向けてきた。

「……またひどいことをされるとは思わないのか？　というより、二度もあんなふうに扱われて、よくそういう気になれるものだ」

感心したというより、完全にあきれたという口調で言われ、アンリエッタは少しむっとした。

「だって、殿下はもうひどいことはなさらないでしょう？　ちゃんと謝ってくださいましたし、わたしの真心をもう疑わないともおっしゃいました」

「……」

オーランドの表情がますます胡乱《うろん》なものになる。

アンリエッタはぷくっと頬を膨《ふく》らませて、強引にオーランドの腕を取った。

「お、おい」

「あの長椅子はさほど大きくありませんし、寝返りも打てないようではお身体に障《さわ》ります」

そうしてアンリエッタはオーランドをえいっと突き飛ばすと、羽織《はお》っていた毛布を彼にかけ、胸元を隠しながら自分も急いでその中に入る。

オーランドはあっけにとられた顔をしていたが、なにを言っても無駄だと思ったのか、ため息をついて横になった。だがアンリエッタにふれる気はないらしく、ふたりのあいだには不自然な隙間ができる。

「おやすみなさいませ」

ちょっと寂しい思いを抱きつつも、アンリエッタは平気なフリをしてツンと挨拶《あいさつ》した。

だが下着同然のドレスだけでは少し寒くて、アンリエッタはほどなく「くしゅんっ」とくしゃみを漏らす。

小さく鼻をすすると、隣でごそごそと衣擦《きぬず》れの音がして、……温かな両腕がふわりと身体を抱きしめてきた。

「まったく、世話が焼ける……」

アンリエッタの身体を背中から抱きしめて、オーランドが呟《つぶや》く。耳元を低い声がかすめて、アンリエッタはどきっと胸を高鳴らせた。

「す、すみません……」

「……おまえの侍女から聞いたぞ。熱を出したあの日、おれを朝議に引っ張っていくために無理をしようとしていた、と」

数日前のことを持ち出され、アンリエッタは驚いて首をぐるりとうしろに向けた。

「侍女……サリアのことですか？　彼女が殿下に、そんなことを？」

「そうだ。おまえが王妃殿下に脅されていることもそのとき聞いた。だからこそ、おまえがおれに迫ってくるのは王妃殿下の差し金だろうと疑っていたわけだが……」

「王妃様の差し金？」

驚いて聞き返すアンリエッタに、オーランドは一瞬だけ表情を強張《こわば》らせた。

「……つまり、おれがふらふらしてばかりだから、早くしっかりしろと釘を刺すつもりで、おまえを差し向けたんだと思っていたんだ」

アンリエッタは納得する。事実、ローリエは『妃を娶《めと》ればオーランドも落ち着くと思っていた』というようなことをぼやいていた。

アンリエッタはおずおずと腹に回るオーランドの手に自分の手を重ねた。

「では、ここ最近ずっと朝議に足を運んでくださっているのは……わたしのためだったのですね？」

「……」

「ありがとうございます。殿下」

この期《ご》に及んで沈黙するオーランドに、なんだか胸の奥がくすぐったくなって、アンリエッタは心から礼を述べる。

「別に、おまえのためじゃない。たまには王妃殿下の鼻を明かすのもいいかと思っただけだ」

そんな素っ気ない言葉が聞こえてきたが、これまでのような冷たい雰囲気はない。

それが嬉しくて、同時にたまらなく愛おしく感じて、アンリエッタはそっと身体を起こした。

改めてオーランドに向き直り、その頬に親愛の口づけを落とす。

感謝と慈《いつく》しみを込めたキスだったが、オーランドはちょっと目を瞠《みは》って、小さく苦笑した。

「子供みたいなキスだな」

アンリエッタはぱちくりと目を瞬《またた》く。

「キスに子供も大人もあるのですか？」

手や頬へのキスは、大人でも普通にするものだと思うが……

すると、オーランドは苦笑を深めて、アンリエッタの肩に手をかける。

え？　と思う間もなく仰向《あおむ》けにされ――ゆっくりと、唇同士が重ねられた。

「ふ……」

時間にすればほんの一瞬。

けれど唇に唇が柔らかくふれる感触は初めてのことで、アンリエッタは大きく目を瞠ったまま固まってしまう。

硬直するアンリエッタから身体を起こして、オーランドは軽く肩をすくめた。

「……これも子供のキスだけどな」

「えっ」

アンリエッタは仰天する。

（だって、唇同士のキスって、恋人か、夫婦にしか許されないものでしょう？）

頬や手に比べれば充分『大人』を思わせるふれあいだが……

遅まきながら頬を赤らめるアンリエッタに、オーランドは「大人のキスが、どんなものか知りたいか？」と少しいたずらめいた笑みを向けてくる。

意地悪そうな、でもとっても素敵な笑顔。アンリエッタはこくりと喉を鳴らして、ドキドキしながら夫の紫の瞳を凝視する。

「知り、たい、です……」

緊張のあまりぎこちなく言葉を紡ぎながら、アンリエッタは期待のこもったまなざしを向けた。

するとオーランドはもう一度身をかがめ、アンリエッタの唇をふさいでくる。

二度目ともなれば少しは心構えができる。だがオーランドの片手が後頭部へ回され、くっと頭の角度を変えられると、なんだか急に怖くなった。

ぎゅっと目をつむると、オーランドがくすりと笑う気配がする。子供扱いされた気がして、アンリエッタは抗議のためにとっさに唇を開いた。

その瞬間、唇の隙間を縫って、なにかがするりと口腔に侵入してくる。

「ふ、ぅ……っ？　ん、んぅ……」

覚えのない感覚にびっくりして全身を強張《こわば》らせたアンリエッタだが、ますます頭を引き寄せられてどうすることもできない。

そのうち、入り込んだなにかが歯列をなぞり、頬の柔らかいところを刺激してくるのを感じて、頭の芯がジンと痺《しび》れるような感覚が生じた。

混乱と驚きで引っ込んでいた舌を探り当てられ、くるりと舐《な》めあげられる。その段階にきてようやく、ぬるつくそれの正体がオーランドの舌だとわかった。

（わ、わわっ……！）

驚愕《きょうがく》の事実に頭がかーっと沸騰《ふっとう》する。恥ずかしくて信じられなくて、でもいやではなくて、アンリエッタはおずおずと彼の舌に自分の舌を擦《す》りつけた。

温かな口内で舌先同士がくるくると戯《たわむ》れ、お互いの唾液がまざり合う。くちゅ……と口元から小さな水音が立った瞬間、言いしれぬ震えが腰元に伝わり、身体が大きく引き攣《つ》った。

（な、に……。すごく、気持ちいい……）

戸惑いや恐怖は残るものの、オーランドの手が優しく髪や背を撫《な》でるのを感じて、大切にされているような気がして陶然《とうぜん》となる。

「ふ……、う……」

口内に唾液があふれ、ようやっとの思いでこくりと呑みこむと、オーランドも静かに舌を引いた。

アンリエッタの下唇を軽く吸いあげてから、そっと身体を起こす。

「でん、か……」

アンリエッタはぼうっとしたまま、かすれた声で呟《つぶや》く。

とろりと潤《うる》んだ緑色の瞳を見下ろし、オーランドは苦笑まじりにアンリエッタの髪を撫《な》でた。

「さぁ、もう休むんだ。明日は早いうちにここを出るぞ」

「ま、まって……」

アンリエッタはとっさに、離れようとするオーランドの腕を取った。

驚いたようにこちらを見つめる彼に、思い切って自分から唇を重ねる。さすがに舌を入れるのは躊躇《ためら》われて、唇を押しつけるだけの口づけしかできなかったが――

「……っ、離れろ」

「いや、です」

やんわりと引き剥《は》がされそうになるのを、首筋にしがみつくことで抵抗して、アンリエッタは潤んだ瞳を向けた。

「わ、わたし……、もっと、ふれていただきたいです」

大胆な発言に、オーランドがかすかに息を呑む。

恥ずかしさに顔中真っ赤になりながらも、ここで引き留めなければ、彼は二度と自分にふれてこなくなるような予感がして、アンリエッタは必死に言い募《つの》った。

「あなたがなにか事情を抱えていることは、なんとなくですがわかります。けれどそれがどんなものであれ、わたしはあなたのおそばを離れたくない。夫婦として、ともに歩んでいきたいのです」

「おまえ……」

「だから、……どうか、ふれてくださいませんか？　あなたをもっと、近くに感じたいのです」

オーランドは敷布に手をついて起き上がろうとする中途半端な体勢のまま、しばらく動かなかった。初夜やその翌日のときは、アンリエッタの覚悟も整わないうちから乱暴を働いていたというのに、今の彼にはひどく迷っているような、躊躇《ためら》う雰囲気がある。

（なにがそこまで、この方を悩ませているのかしら）

そう考えたアンリエッタは、ふと、ふれてほしいというこの自分の思いが、彼にさらなる負担を強《し》いているのではないかと不安になった。

彼との距離を縮めたい思いは強いが、言わばそれはアンリエッタ側の希望であって、彼からすれば迷惑なのかもしれない。というより、彼はもともとアンリエッタを遠ざけようとしていたのだ。もしかしなくても、アンリエッタの申し出は彼を困らせるだけのものなのだろう。

「そ、の……どうしても、というわけではありませんわ。で、でも、キスは……さっきの大人のキスを……せめて、もう一度……」

恥ずかしさのあまりしどろもどろになりながら、アンリエッタは震える声で呟《つぶや》く。不思議なことだが、ふれてほしいと言うより大人のキスをしてほしいとねだるほうが、ずっと恥ずかしく思えた。

次の瞬間、オーランドの口からため息が漏れる。長々と息を吐き出されて、アンリエッタは泣きたくなった。

女の口からこんなことを言うのは、はしたなかっただろうか。だがそう受け止められても、ようやく近くなったこの距離を手放したくない。

だが、もしあきれたまなざしで見下ろされていたら……そう思うと怖くて、アンリエッタはぎゅっときつく目をつむる。

だが、薄い瞼《まぶた》にそっとふれてくるなにかがあって、おそるおそる目を開けたアンリエッタは、再び唇を温かな唇が覆《おお》うのを感じてびくんとした。

「ん……、はっ……」

濡れた唇同士がふれあい、温かな舌が再び入り込んでくる。頬の柔らかなところを押され、舌の裏側をそろりと撫《な》でられ、アンリエッタは無意識に腰をよじって反応する。くちゅ、ちゅ……と音を立てて口腔を探られ、身体中がふわふわと浮いているような心地に、アンリエッタは長い睫毛《まつげ》を震わせた。

「そんなふうにおれを誘って……後悔することになっても知らないぞ？」

上唇をかすかにふれ合わせたまま、かすれた声で呟《つぶや》かれ、アンリエッタはふるりと身体を揺らした。

「……なりませんわ、絶対に。もしわたしが後悔することがあるとしたら、あなたのお心を繋ぎ止めることができなかったときです。せっかく真心を信じると言ってくださったのに……また距離を置かれるようなことになったら、それこそわたしは自分を許せない……」

「そうか――」

オーランドはかすかに微笑《ほほえ》み、「おれの負けだな」とぽつりと呟いた。

「オーランド様……？」

「……そうだな」

アンリエッタの長い髪を掻き上げ、オーランドは彼女の額にそっと口づけた。

「ずっと痛いことばかりだったから、気持ちいいことを教えてやろう」

耳元に息を吹きかけるように囁《ささや》かれ、アンリエッタの身体の奥底がゆらりとざわめく。

そんな自分の反応に戸惑うも、目を細め意味深に微笑むオーランドの美しさに、アンリエッタの胸はたちまちドキドキと高鳴り始めた。

紫色の瞳に、これまでとは違う熱いなにかが揺らめいている……

アンリエッタは、はしたないと思いつつ、これから与えられる情熱を敏感に感じ取って、全身を淡く桃色に染めた。


「ぁ……はっ、あぁ……っ」

「腰が揺れているぞ。まだそちらにはふれてもいないのに」

「やぁ……、そこで、喋《しゃべ》っちゃ……だめぇ……っ」

彼の吐息が肌をかすめるわずかな刺激に、アンリエッタはびくびくと背をしならせる。

はぁはぁと荒い息をつく彼女の胸元にねっとりと舌を這《は》わせ、オーランドは彼女の左胸の頂《いただき》へと狙いを定める。

薔薇《ばら》色の小さな乳輪は心なし色を濃くし、可愛らしい乳首は、ふれてほしいと主張するかのように硬く凝《こご》っていた。

オーランドはその小さな粒を舌先でちろちろと転がしてから、ねっとりと舐《な》め上げてくる。

「ひゃうッ！」

全身の力が抜け落ちるような、強烈な愉悦がわき上がって、アンリエッタは喉を反らして嬌声《きょうせい》を上げた。

もう一方の乳房を片手でゆったりと包みながら、オーランドは左の乳首を口腔に咥《くわ》え込む。

「ひゃあぅ……、だ、だめ……、……ああああっ……！」

温かい吐息に肌が震え、いたずらな舌先に転がされた乳首が、ますますツンと尖っていく。

さらに、転がされ舐められるだけでなく、時折じゅっと音が鳴るほどきつく吸われて、アンリエッタはそのたびにびくびくと身体を跳ね上げた。

「はぁっ、……あぁっ、や……だめぇ……！」

右の乳首は人差し指と中指のあいだに挟み込まれ、乳房の膨《ふく》らみとともにゆったりと揉まれる。

ささやかな膨らみが大きな手でこねられると、乳首が彼の指にすれて、もどかしくも切ない感覚を伝えてきた。

「あ、あぁ、ん……！」

ときに強く、ときに弱く与えられる刺激に、アンリエッタの背は弓なりになってばかりだ。

その背を、オーランドのあいた手が気まぐれにゆったり行き来している。

指先が背のくぼみをつぅと伝っていくのにもひどく感じてしまって、アンリエッタは

喉を震わせて愉悦に喘《あえ》いだ。

「あ、はぁ……、や、だ……、こんなのは……っ」

「痛いほうがよかったか？」

「……そう、じゃな……、でも……、お、おかしくなる……っ」

痛いのはもちろん恐ろしかったが、身体中がぐずぐず煮え立つような今の状態も、恐ろしくないと言えば嘘になる。オーランドの指先ひとつ、舌先ひとつで、身体の奥がわき立つように変化していき、じっとしていることも難しい。

不意に、オーランドが左胸を強く吸いあげた。胸の頂《いただき》が乳輪ごと引っ張られ、かすかな痛みを感じた瞬間、パッと離される。反動で小さな胸がふるんと揺れて、その感覚にすらアンリエッタはびくんと反応してしまった。

すかさず、今度は右胸の頂《いただき》に口づけられる。今度は乳首を唇で挟むようにしごかれ、アンリエッタは新たな刺激にぞくぞくと肌をわななかせた。

「だ、だめです、……も、もう、これ以上は……！」

「まだ始まったばかりだぞ。音《ね》を上げるには早すぎる」

「そ、んな……、ひあぁっ！」

背に回されていた手が不意に脇腹をかすめていき、アンリエッタは高い声とともに腰を跳ね上げた。

「ふっ、うぅ……！」

気がつけば薄いドレスは床に放り投げられ、アンリエッタは一糸纏《まと》わぬ姿でオーランドの腕に囲われている。

貧相な身体を晒《さら》すことはもちろん恥ずかしい。けれど、その細い身体をオーランドがあますことなく見つめ、指や舌で愛撫《あいぶ》していると思うと、たまらない喜びがわき上がって、アンリエッタはどうしようもなく幸せを感じていた。

三年間で募《つの》りに募った恋心が、ようやく満たされる喜びに歓声を上げている。

その思いは行為への興奮に繋がり、アンリエッタは慣れない愉悦に戸惑いながらも、

「やぁっ、あぁ……！」

徐々に快楽の中へと溺《おぼ》れていった。

「あ、あぁ……、でん、か……ッ！」

「名前を呼べ」

「あ……、オーラン、ド、さま……？」

「もっとだ」

「……オーランド、さま……、オーランド様ぁ……！」

嬉しさのあまり涙ぐむと、アンリエッタの胸から顔を上げたオーランドは、おもむろに伸び上がってアンリエッタの耳元に唇を寄せた。

後れ毛のあたりをついと舐《な》め上げ、柔らかな耳朶《じだ》をそっと唇で挟む。そのままやわやわと刺激されて、アンリエッタは大げさなほどのけ反った。

「や、やぁ！　耳、だめっ……舐めちゃ……、やぁあ！」

耳朶だけでなく、小さな耳孔の周りもくるりと撫《な》でるように舐められ、くすぐったい刺激にアンリエッタは悲鳴を上げた。

「可愛いな、おまえ」

「か、かわいく、なんて……、あ、あぁっ、……やぁあん……っ！」

抵抗しようとするとさらに強く耳を攻められ、アンリエッタは身悶《みもだ》える。

「も……だめ、です……っ、からだ、溶け、ちゃうぅ……っ」

「まだだ。まだ、こらえていろ」

「うっ、あぁん……！」

いつの間にか身体がうつぶせにされ、うしろから胸の膨《ふく》らみを優しく掴まれる。

勃ち上がったままの乳首を掌《てのひら》で転がすようにされながら、膨らみごとゆったりと揉み上げられ、アンリエッタは首を反らしてため息を漏らした。

小さいながら張りのある乳房の感触を楽しみつつ、オーランドは妻の首筋や肩口に唇を押し当て、時折強く吸って痕《あと》を残しながら、徐々に下のほうへ移動していく。

そのうち、アンリエッタは彼の吐息をお尻のほうに感じるようになり、慌ててずり上がって逃げようとした。

「こら、逃げるな」

「だ、だって……！」

小さな胸を見られるのはもちろん恥ずかしいが、お尻はさらに抵抗がある。

オーランドはくすりと笑って、お尻の割れ目の少し上のほうに、ちゅっと口づけてくる。

「ひぅん！」

「ほら、おとなしくしていろ」

「あ、あ、……は、ぁ……っ」

オーランドの舌先が臀部《でんぶ》の丸みを伝っていく。

と、その唇が太腿の付け根あたりのきわどい部分にふれるのを感じ、アンリエッタはびくんと全身で反応した。

「ふ、ぅ……っ」

ほどなくそこに強く吸いつかれて、かすかな痛みに後れ毛のあたりがちりちりするのを感じる。オーランドが唇を離せば、そこには肩口や背にあるものと同じ、赤い花が咲いていた。

「……やぁ……っ」

羞恥《しゅうち》のあまり、可愛らしいお尻がふるふると震える。オーランドがくすりと笑って、アンリエッタの腕を取ると、おもむろにぐっと上体を引き上げた。

「ひぁ……、あ、あんっ……」

お尻がぺたんと敷布の上について、座った体勢のまま、うしろから抱きすくめられる。

彼の左手がアンリエッタの内腿を這《は》い、くすぐったさに思わず足を閉じて逃げようとした。

それを制するように、オーランドがわずかに身をかがめて、アンリエッタの肩口から首筋までを舌先でついと舐《な》め上げてくる。

「ひゃうぅ……！」

快感に力が抜けて、身体中がびくびく震える。

その隙を突いて、オーランドはアンリエッタの足をめいっぱい開かせた。

「や、やぁ……っ」

はしたない恰好に目の前が真っ赤になる。視線を落とせば、乳首がツンと勃ち上がった両胸の向こうに、内腿を撫《な》でるオーランドの手と、じっとりと湿り気を帯びてきた秘所が見えて、さらなる羞恥《しゅうち》に身体中がかーっと熱くなった。

「こ、こんな恰好……！」

「そのまま顔を上げてみろ」

「え？……やっ、きゃあ！」

言われるまま目を上げたアンリエッタは、壁際に置かれた大きな姿見に気づいて飛び上がる。

曇りひとつない鏡には、寝台の光景があますところなく映し出されていた。

うしろからオーランドに抱きかかえられ、足を広げたまま愛撫《あいぶ》される自分の姿がはっきり見えて、アンリエッタは恥ずかしさのあまりいやいやと首を打ち振った。

「や、やだ……！　ひゃぅ！」

慌てて足を閉じようとするが、オーランドの手がそれを邪魔する。

彼は内腿に置いた手をゆっくりと膝のほうへ滑らせ、感じやすいところをゆったりと撫で始めた。

「きゃぁあ……！」

ただ撫でられているだけなのにぞくぞくして、アンリエッタは喉を反らしてきつく目をつむる。

「目を閉じるな。鏡に映る自分の姿を見てみろ」

「いや、いや……！　恥ずかしいです……！」

アンリエッタは再び首を左右に振る。オーランドは舌を伸ばして、アンリエッタの耳裏をねっとりと舐め上げた。

「ひっ、あぁ……っ」

そのまま後れ毛のあたりに吸いつかれ、チリッとした痛みを感じて息が止まる。彼の唇が離れると、そこにも新たな痕《あと》がつけられていた。

「こ、な……、オーランド様……っ」

「ほら、おれがどんなふうにおまえを愛撫するか、見ていろ」

「や、やだ……あああぁ……！」

オーランドのあいた手が再び乳房に伸びる。勃ち上がった乳首を指のあいだに挟み込み、右胸をすっぽり包み込んだオーランドは、そのまま優しい力で膨《ふく》らみを揉み始めた。

「あ、あっ……あぁ……、やぁぁ……！」

同時に内腿から膝への愛撫《あいぶ》も再開され、アンリエッタは打ち震える。オーランドの手はどちらもほとんど力が籠もっていなくて、羽がふれているような感覚なのに、それがたまらなく心地いい。

その状態で耳孔に舌を差し入れられ、くちゅくちゅと音を立ててくすぐられると、ふれられてもいない秘所がじわりと熱を帯びて、蜜口がひくひく震えるのがはっきりわかった。

（こ、こんな……なんて、淫《みだ》らな……）

自分自身の反応に、アンリエッタは大いに戸惑う。

これまでの情交でも、身体が浮き上がるような不思議なむず痒《がゆ》さは感じてきたが、今与えられている愉悦はそのときの比ではない。ふれるかふれないかという力でゆったり愛撫されるほうが、荒々しくふれられるより感じるということが、アンリエッタには信じられなかった。

「は、はぁ……、ん、んぁぁ……っ」

オーランドの舌が耳から離れ首筋を伝う。そのまま肩口に吸いつかれ、軽く歯を立てられると、背がびくんと大きくのけ反った。

かつて同じようにされたときは、痛みと衝撃に身体中が強張《こわば》ったのに……

乳房から離れた彼の指が、おもむろに乳首をつまんだ。勃ち上がった根本の部分をきゅっと軽めにつねられ、突然の刺激にアンリエッタは「ひゃう！」と上擦《うわず》った声を上げてのけ反る。

肌の内側にまできゅんとするような疼《うず》きが走り、熱を帯びていた蜜口から、とろりと熱い蜜がこぼれるのがはっきりわかった。

「あぁ、あ……っ」

つぅと肌の丸みを伝い、敷布に滴《したた》り落ちる感覚に目がくらむ。

「本当に、感じやすい身体だな」

オーランドが小さく笑う気配がする。彼の吐息が首元をくすぐるのにすらぴくんと反応しながら、アンリエッタは弱々しく首を振った。

「そ、そんなこと……あぁぁ……っ」

だが、彼の手が脇腹を撫《な》で上げただけでびくびくと震えてしまっては、説得力のかけらもない。

「あ、あうっ、……ん、んあぁ……！」

今度は両手で乳房の膨《ふく》らみを覆《おお》われ、優しく揉み立てながら、それまでと反対の耳孔を攻められる。彼の舌が耳殻をねっとりたどるのを感じながら、熱い掌《てのひら》で膨らみを優しく揉まれて、アンリエッタはただただ喘《あえ》ぐしかできなくなった。

「あ、あんン……っ、オーランドさま……っ」

「こうしてつままれるのと、こすられるの、どちらがいい？」

「や、やっ……、どっちもだめ……、ああ……！」

オーランドの指先が両方の乳首を挟み、軽く引っ張ってくる。そのたびに乳房の内側がきゅんきゅんとして、下腹の奥がずくずくとわき立った。

そのまま指の腹でくりくりとこするようにいじられると、もどかしい感覚が生じて眉間がむずむずする。絶えず喘ぎ声を漏らす唇がわななないて、あふれる唾液がこぼれ落ちそうになった。

「ほら、目を開けてみて見ろ」

「ふ……、うぅ……ン……」

快楽に頭がぼうっとしているせいか、言われるまま目を開けてしまう。

　すると姿見に映ったあられもない自分の姿が飛び込んできて、アンリエッタは「やぁ……！」とか細い悲鳴を上げた。

　両足を大きく投げ出し、背後のオーランドにもたれている自分自身は、直視するのも恥ずかしいほど蕩《とろ》けた表情を浮かべていた。

　白い肌は薄桃色に染まり、汗でしっとりと輝いている。長い金の髪が後れ毛に張りついているのが妙に艶《なま》めかしく見えて、アンリエッタはついつい自分の姿に見入ってしまった。

　そうするとなぜかそれまで以上に下肢がわなないて、ひくつく蜜口からまたとろりとした蜜があふれていく。

「自分の姿に興奮したか？」

「……！　やっ、そ、そんなことありません……っ」

　慌てて否定するアンリエッタだが、ふと、背後に映り込むオーランドの姿を見てかすかに目を見開く。

　姿見に映し出された彼もまた、目元をうっすらと上気させ、うっとりとした瞳で鏡に映る自分たちを見つめていたのだ。

　そのことに気づいた途端、身体中がさらに煮え滾《たぎ》って、ふれられてもいない秘所が苦しいほどに熱く疼《うず》く。

彼もまた興奮している。そう思った瞬間、劣情が煽《あお》られ、身体中がよけいに敏感になった気がした。

「う、んンン……っ」

再び乳房を撫《な》で上げられ、乳首をくりくりといじられ、アンリエッタは喉を反らしてか細い声を上げた。

「も、だめ……、オーランド様、もうしないで……っ」

「やめていいのか？　物欲しげな顔が映っているが」

きゅっと乳首を強めにつままれ、アンリエッタは白い喉を引き攣《つ》らせた。

「ど、どうして、こんな意地悪なさるの……っ」

「心外だな。どのあたりが意地悪なんだ？」

胸を優しく揉み立てられ、耳孔を攻められながら低い声で囁《ささや》かれ、アンリエッタは危うく腰砕けになりそうだった。

「い、いじわる、です。こんな……恥ずかしい、こと……ばっかり……、きゃあ……！」

「……そうだな。強《し》いて言うなら、恥ずかしがるおまえが可愛いから、だな」

「……っ！」

アンリエッタは、思わず息を呑んで目を見開く。鏡に映るオーランドは、アンリエッタの肩越しににやりと微笑《ほほえ》んでいた。

だが意地悪な笑みに反して、その瞳ははっきりとした熱をたたえて、鏡の中のアンリエッタを凝視している。これまでとは違う情熱的なまなざしに、アンリエッタは息が止まるほどの驚きと、信じられないほどの喜びを覚えた。

そうこうするうち、オーランドの腕が離れ、アンリエッタは敷布の上に仰向《あおむ》けに横たえられる。

与えられた快感にはぁはぁと息を切らしていると、膝を割って、オーランドが身体を滑りこませてきた。ハッと顔を上げたアンリエッタは、オーランドが身をかがめて秘所に顔を寄せようとしているのに気がつく。

「ま、待って、今は……、っ、ひゃあ！」

慌てて止めようとしたアンリエッタだが、オーランドが予想外のところに唇を押しつけたのを見て飛び上がる。

オーランドは秘所ではなく、快感に波打つ下腹にそっと唇を寄せ、そのまま臍《へそ》のほうへと舌を這《は》わせた。

「きゃっ、あ……！」

臍《へそ》の周りをぐるりと舐《な》められた瞬間、アンリエッタの奥底がカッと熱くなって、腰がびくんと跳ね上がる。

息を呑んで震えるアンリエッタを見て、オーランドはおもしろいものを見つけたという面持ちになった。

「へぇ。ここが弱いのか」

言うや否《いな》や、今度は舌先を臍のくぼみへと滑らせていく。

「ひっ、やぁ……！」

小さなくぼみを突くようにちろちろと舌を入れられ、アンリエッタはのけ反って上《うわ》擦《ず》った悲鳴を上げた。

「あ、あぁ！　だめ……っ、そこ、いやぁぁ！」

くぼみを攻められると、お腹の深いところを直接掻き回されるような、激しい愉悦がわき上がってくる。くすぐったいような熱いような感覚がほとばしり、蜜口が切なげにひくついた。

乱れるアンリエッタを上目遣いに見つめ、オーランドは舌を使いながら、大きな掌《てのひら》で腰骨のあたりを撫《な》で上げてくる。

「きゃあぁ……！」

たったそれだけの刺激に全身がびくびく震え、アンリエッタは激しく首を打ち振りながら身悶《みもだ》えた。動きに合わせて寝台が軋《きし》み、長い金髪がうねるように敷布の上を滑っていく。

これまでで一番激しい反応に、オーランドが目を細めた。

「こら、そんなに暴れるな。もっといじめたくなるだろう」

アンリエッタは息を呑み、いやいやと激しく首を振る。

瞳いっぱいに涙を浮かべ、長い睫毛《まつげ》をふるふると震わせるアンリエッタを見て、オーランドがわずかに息を呑む気配がした。

アンリエッタが目を瞬《またた》かせると、伸び上がったオーランドは彼女の肩を優しく撫でて、おもむろに唇を重ねてくる。

「ふっ……」

そっと舌を差し入れられ、上唇の裏をなぞられる。それだけで信じられないほど感じてしまい、アンリエッタは無意識のうちに腰をよじった。

「ん……、ん、う……っ」

歯列をなぞられたかと思えば、角度を変えて何度も柔らかく口づけられ、音を立てて唇をついばまれる。口元からかすかに聞こえる、ちゅ、くちゅ、という水音がなんとも卑猥《ひわい》に聞こえて、アンリエッタは恥ずかしさと恍惚《こうこつ》感に小さく震える。

口づけを終える頃には、アンリエッタの唇はぷっくりと腫《は》れ、唾液で濡れて淫猥《いんわい》に震えていた。

「は、ぁ……」

「本当に、可愛らしいな、おまえ……」

淡く染まったアンリエッタの頬に手を添えて、オーランドが囁《ささや》く。肌に染み入るような声は耳に心地よく響き、アンリエッタの全身を甘く震わせた。

（オーランド様も、とても綺麗……）

長い前髪の隙間からのぞく紫色の瞳が、本物の宝石のようにきらめいて見えて、アンリエッタはうっとりと見惚れる。

アンリエッタの頬から髪へ手を滑らせたオーランドは、軽く身を起こしながら呟《つぶや》いた。

「もっと乱してやりたいな」

「え……？　あ、あぁ、だめ……っ」

オーランドの顔が再び下腹へ埋められる。臍《へそ》の周りを親指でぐるりとなぞられ、過敏になった身体はそれだけでびくんと跳ね上がった。

そのままオーランドの手が腰へ滑る。内腿に手を添えられ、朦朧《もうろう》としていたアンリエッタはハッと目を見開いた。

とっさに膝に力を入れて足を閉じようとするが、男の力には敵《かな》わない。膝を持ち上げられ、すっかり潤《うるお》った秘所が彼の眼前に晒《さら》される。

「あ、う……、ふっ……」

そこがどんな状態なのか、改めて意識してみて、アンリエッタは恥ずかしさのあまり涙を浮かべる。

オーランドの丁寧な愛撫《あいぶ》によって、これまでせいぜいうっすらと潤《うる》む程度だった秘所は、はしたないほど濡れそぼっていた。

(いや……お尻のほうまで、濡れてる……っ)

まるで粗相をしたかのようだ。こうしている間にも、ひくひくと物欲しげに震える蜜口からは、とろりとした蜜があふれて敷布を濡らしている。

だがそれを見たオーランドはほっとした面持ちで、蜜に濡れた薄紅色の襞《ひだ》をそっとくすぐった。

「んっ、あ……、オーランド様……！」

にちゅ、と粘性の水音が響き、恥じ入って真っ赤になるアンリエッタの前で、オーランドは「心配するな」と優しい声音で告げた。

「女は愛撫《あいぶ》に感じると、ここをこうして蜜で濡らす。男を受け入れやすくするためにな」

「あ、んっ……」

言いながら、蜜口のあたりを二本の指でくすぐるように愛撫し始める。

これまでの痛みを思い出すと、快楽に蕩《とろ》けた身体にわずかな緊張が走るが、あふれた蜜が彼の指に絡むくちゅくちゅという水音には羞恥心《しゅうちしん》が煽《あお》られて、燻《くすぶ》ったままの下腹がまたじくじくと煮え立つような気がした。

「でも、わ、わたし、こんなに濡れて……」

「自然な反応だ。恥ずかしがることはない」

「で、ですが……、こんな、淫《みだ》らなのは……」

以前、秘所を濡らしたときに吐き捨てられた言葉が耳によみがえる。

不安に身体を硬くするアンリエッタに、オーランドはそっと眉をひそめて首を振った。

「あのとき言ったことはすべて、おまえを遠ざけようとしてついた嘘だ。この程度で淫《いん》乱《らん》だと言うなら、世の中の女はもれなく淫乱だらけになる」

「そ、そうなのですか……？」

ああ、と簡潔に答えられて、アンリエッタはゆるゆると力を抜く。

だがオーランドが不意打ちで、臍《へそ》に軽く舌を入れてきたのにびくんとした。

「きゃう！」

「――感じるところをいじられてここを濡らすのも、声を上げるのも、全部自然なことだ」

「そ、そんな……、や、やぁっ、んンッ！」

自然なことと言われても、立て続けに舐《な》め回され、思わせぶりにふれられると、身体の奥が熱くなってたまらなくなる。

「ん、んぅ……！」

と、オーランドの舌が臍から離れ、そこからすーっと下へ向かって舐め下ろされる。

やがて金色の茂みを越えて、蜜口のすぐ上にある花芯にちゅっと吸いつかれる。

「ひゃう！」

ほんの少しふれられただけだというのに、これまでで一番の刺激を感じて、アンリエッタは身体を跳ね上げた。

「あ、あっ、そこは、ぁ……！」

初夜のとき、そこを舐められて身悶《みもだ》えたことを思い出し、アンリエッタは慌てて腰を引こうとする。

だが、オーランドの指が濡れ襞を掻き分け、蜜口につぷりと入り込んできたのを感じて、別の意味で飛び上がった。

「ひっ！　い、いやぁ！」

アンリエッタの声に恐怖の色を聞き取って、オーランドがすぐに指を引く。

異物が抜けていくのを感じ、アンリエッタはハッと我に返った。

「あ……」

「あ、あの……、わたし……っ」

恐怖に目を見開き、かすかに震え出したアンリエッタを見て、オーランドは眉を寄せる。

彼の勘気《かんき》にふれたのかと萎縮《いしゅく》したアンリエッタだが、オーランドは「すまない」と呟《つぶや》いた。

「あ……、オ、オーランド様……」

「中に入れられるのは恐ろしいんだな？　これまでのことを思えば無理もない……」

かすかな後悔が見える面持ちで呟くオーランドに、アンリエッタはおずおずと頷《うなず》く。

皮膚を撫《な》でられるのはともかく、身体の内側に入り込まれるのはまだ怖い。ぬぐいがたい痛みの記憶がよみがえって、快感も遠のいていくからなおさらだ。

「心配するな。これ以上中には入らない。なにも挿《い》れたりしないから、安心していろ」

「……ほ、ほんとうに？」

恐怖と安堵で思わず舌っ足らずな口調になる。すがるような目で見つめると、オーランドは困ったように苦笑した。

「ああ。だが、あんまり可愛い目で見ると、そうはいかなくなるかもしれないぞ？」

「え？　やだ……、待っ……、あ、あぁっ！」

オーランドの顔が再び秘所に沈み、長い舌が包皮に包まれた花芯を捉《とら》えてくる。

唾液を纏《まと》った舌がぬらりと花芯を舐《な》め上げ、わき上がる愉悦に、アンリエッタは再び快楽に突き落とされた。

「やっ、やあぁ……っ！」

オーランドは花芯だけではなく、愛撫《あいぶ》によりしっとりと潤《うるお》った蜜口にまで舌を這《は》わし、丹念にそこを舐め回していく。

「ひ、ひああっ！　だめ、そこ……そんなに舐めちゃ……っ、あああっ！」

赤く熟れた秘裂はもちろん、ひくひくと息づくように震える肉びらの一枚一枚まで丁寧に舐めしゃぶられ、アンリエッタは恥ずかしさと愉悦に、身をよじって激しく悶《もだ》えた。

びくびくと引き攣《つ》る足を押さえながら、オーランドは指先で花芯を包む包皮を器用に剥《む》く。ぷっくりと膨《ふく》らみ、痛いほど敏感になっているそこを、彼はその唇で挟み込んだ。

途端に、アンリエッタの身体を痺《しび》れるような愉悦が駆け抜ける。

「ひあっ！　やっ、やぁ、だめ……、だめぇえええッ！」

ちゅ、と音を立てて弾かれ、吸われ、口腔に浅く含まれたまま舌先でぬるぬると舐《な》め回され――立て続けに与えられる愉悦に、アンリエッタは喉を反らして嬌声《きょうせい》を上げる。腰の奥がぐずぐずに蕩《とろ》けそうなほど感じてしまって、身体中がびくんびくんと大きく震えた。

「っやああ、だめ……！　だめなの、溶けちゃぅ……ッ！」

身体をよじり逃げ出そうとするも、オーランドの腕がしっかり腰に回されていて、ただただ乱れることしかできない。きつく閉ざした瞼《まぶた》が痙攣《けいれん》するように細かく震えた。時折目を上げるオーランドが、汗で張りつく後れ毛のあたりや、呼吸のたびに上下する小さな胸にうっとりと目を細めているのにも気づかず、アンリエッタは我を忘れて叫んでいた。

「いやっ、ああっ、あぁ！　やぁッ……だめぇええっ！」

身体の奥底が燃え上がるようだ。舐めあげられている奥が、まるでなにかを求めるように激しく蠕動《ぜんどう》している。

大きな奔流《ほんりゅう》が大波のようにそこから押し寄せ、アンリエッタは喘《あえ》ぎながら頭を打ち振った。

（いや！　なにか、くる……っ！　このままされたら……おかしくなって……っ）

「オー、ランド……あんっ！　だめっ、……もう、やめてぇぇぇ……！」

だがオーランドはアンリエッタの細腰を抱き込むようにして、ますます強く唇を押しつけてくる。

さらに、舌先で秘裂と花芯を交互に攻め立て、アンリエッタはせり上がる愉悦のあまりの大きさに、とうとう噎《むせ》び泣いた。

「も、だめ……っ！　きちゃう、なにか……おかしいのぉ……っ！」

敷布をきつく握り込み、アンリエッタは喘ぎながら必死に言葉を紡ぐ。

太腿や腰がびくびくと痙攣しながら強張《こわば》って、アンリエッタはついに、最果てへと押し上げられた。

「――ひ、あああぁぁっ!!」

壮絶な快感――得も言われぬ熱さに、アンリエッタはこれ以上ないほどのけ反って声を放つ。

高いところから放り投げられるような感覚……ともすれば恐怖さえ感じるほどの大きな悦楽に呑まれて、しばらく息もできなかった。

あちこちが細かく痙攣しているのがいやでもわかる。同時にさんざん嬲《なぶ》られていた秘所から、とぷりと熱い蜜が噴き出すのも――

（オーランド、様……）

ゆっくりと意識が落ちていくのを感じて、アンリエッタは震える手をオーランドに伸ばした。

このまま快楽の海にひとりで漂っていたくない。

ほどなく指先がぎゅっと握り込まれる。かろうじて薄く開いた目に、オーランドの紫の瞳が映り込んで、アンリエッタは言葉にできないほどの安堵感を抱いた。

同時に、疲れ切った身体と意識が、徐々に闇へと沈んでいく……。

全身がたくましい身体に抱きしめられるのを感じながら、アンリエッタは吸い込まれるように眠りの中へ落ちていった。

第三章　不穏な気配

翌朝は気持ちのいい天気だった。

娼館から城へ向かう馬車が止まり、御者《ぎょしゃ》が目的地へ到着したことを伝えてくれる。

アンリエッタは、未だ真っ赤に火照《ほて》った顔を恥ずかしく思いつつ、御者の手を借りしずしずと馬車を降り立った。

あとから降りてきたオーランドが、うつむいたまま目を合わせようとしない妃を、うかがうように見つめる。

だが彼が口を開く前に、城からアンリエッタの忠実な侍女が走り出てきた。

「アンリエッタ様！　お帰りなさいませ……！」

「まぁサリア」

厳しい表情で走ってきた侍女に、アンリエッタは目を丸くした。

「ご心配申し上げておりました。どこかお加減が悪いのですか？　お顔が真っ赤……」

アンリエッタはますます赤くなりながら、ことの次第を話そうと口を開きかける。

そんなふたりの横を、オーランドが無言で通り過ぎた。

「あ、あの、オーランド様！」

アンリエッタはハッと声を張り上げる。

「あの、その……っ」

「……明日からは、朝議の時間に迎えに行こう」

呼び止めたものの言葉が見つからないアンリエッタをどう思ってか、オーランドはそれだけ言うと、先に城へ入っていった。

アンリエッタは軽く目を瞠《みは》りつつも、緑色の瞳を輝かせて大きく頷《うなず》く。

「はい！　あのっ、お待ちしております！」

その傍《かたわ》らで、サリアが驚いたように主人とオーランドを見比べていた。

「いったいなにがあったのですか？」

彼女からすれば、今までほとんど口もきかなかったふたりが、たった一晩で約束を取りつけるような仲になったことが不思議でならないのだろう。

玄関へ続く階段を上りながら、アンリエッタは昨夜のことをぼそぼそと話して聞かせた。

「——では、先ほどからアンリエッタ様のお顔が真っ赤なのは……」

首元を手でぱたぱたと扇《あお》いで、アンリエッタは恥ずかしさにしきりに視線を泳がせる。サリアが少しあきれたような、面食らったような顔をしているのを尻目に、彼女はぽーっと昨夜のオーランドを思い浮かべた。

（ふれられている最中はただただ恥ずかしくて、ひどく戸惑ったけれど……思えば、あんなに大切に扱っていただいたのは初めて）

今朝目覚めて隣にオーランドがいることに気づいたときは、本当に嬉しくて、今日はこのままずっとこうしていたいと本気で願ったほどだ。

けれどオーランドが告げた約束は、明日の朝のこと。

そのことに思い至り、アンリエッタはたちまち顔を曇らせた。

（明日の朝に迎えにくるということは、夜はきてくださらないということだわ……）

昨夜のような恥ずかしい思いをするのはまだ少し抵抗があるが、はっきりこないと言われるとがっかりしてしまう。やはりアンリエッタでは満足できなかったのだろうか……

一転して悶々《もんもん》と悩み始めた主人に、サリアは慌てて励ましの声をかけた。

「けれど、よかったではございませんか。あのご様子ならば、明日からの朝議も変わらず出てくださるでしょうし、これでアンリエッタ様の憂《うれ》いのひとつは完全に取り払われましたわね」

アンリエッタはハッと顔を上げた。サリアの言うとおり、オーランドが朝議に出てくれれば、フィノーへの麦の供給はこれまで通り行《おこな》われるのだ。

そして、これまでオーランドが朝議に出てくれていたのはサリアのおかげであることを思い出して、アンリエッタは立ち止まって正面から侍女に向き直った。

「オーランド様から聞いたわ。サリア、あなたがあの方を朝議に出るように説得してくれたのでしょう?」

「説得なんて大げさですわ。わたしはただ、そうしないとアンリエッタ様とフィノー王国が大変困った事態に陥《おちい》ると漏らしただけです」

サリアはすました顔で、そんな風に言う。

けれど、それを聞いたからこそ、オーランドはこの一年徹底的に避けていた朝議に出てくれるようになった。そのことを思えば、彼が諸外国との交友や民の生活を気にかけていないわけではないのがわかる。彼は政務に関心がないフリをしながら、以前と変わらない王子らしい考えをしっかりと持っているのだ。

「……オーランド様はどうして、ご政務を蔑《ないがし》ろにするようになったのかしら……」

アンリエッタの呟《つぶや》きを聞いてか、サリアも困った様子で頷《うなず》く。

「それは城の者、皆が思っていることだと思いますわ。おかげで最近では第二妃様の派閥が城内をのし歩くようになって、わたしたち城勤めの者たちも迷惑しているんです」

「第二妃様の派閥？　というと、イザベラ様のご親族とかかしら？」

レオン王子の母である、美しくも高慢な美女を思い出し、アンリエッタは顔をしかめる。

サリアはうんざりとした面持ちで頷いた。

「第二妃様がレオン様を王位に就《つ》けようとなさっていることは、以前もお話ししましたよね？　その根回しなのか、近頃は第二妃様のご親族やお取り巻きの方々が、裏で多額の資金を動かして、有力な貴族をお味方に引き入れようと暗躍《あんやく》しているようですわ」

「まぁっ、そうなの？」

穏やかならざる話題に目を瞠《みは》るアンリエッタに、サリアは「間違いありません」と請け負う。

見えないところでそんなことになっているなどまるで気づかなかった。呆然とするアンリエッタは、きらびやかな装《よそお》いに身を包んでいたイザベラ妃を思い浮かべて身震いする。

「イザベラ様は、毎日の朝議でも王妃様以上に着飾っていらっしゃるけれど……あれは単に正妃である王妃様に対抗するためというだけではなく、もしかして、ご自分の財力を暗に示すためでもあったのかしら」

「おそらく、その通りかと。事実、第二妃様のご実家は位こそさほど高くないものの、国内でも有数の資産家です。国内の麦の三分の一はご実家の領地から取れるものですし、第二妃様のお父上はやり手の実業家としても知られていて、商人同士の繋がりも持っているようですわ」

そう考えると、イザベラがあれほど強気にローリエに突っかかっていけるのも納得だ。王の寵妃《ちょうき》というだけでは人前で王妃を罵倒《ばとう》するなどまずできない。おそらく実家の強い後ろ盾があってのことだろう。

イザベラの産んだ第二王子のレオンは、昔から放蕩《ほうとう》を繰り返していたようだが、オーランドの行状も今では大差ない。イザベラがこれを好機と捉《とら》えるのは無理からぬことだ。

「でも、王妃様のご実家がそれをお許しになるかしら？　確か王妃様は国内でも由緒ある公爵家のご出身ではなくて？」

「そのとおりです。王妃様のご実家のブラックフォード公爵家は、王妃を幾人も輩出している名門です。ですが王妃様のお父上に当たられる前公爵がお亡くなりになってからは、以前のような勢いが見られなくなりました」

「それは知らなかったわ……」

アンリエッタはほーっと息を吐く。

ようやくオーランドとレオンの背景にある対立図がはっきり見えてきた。

片や名家出身でありながら後ろ盾の弱い王妃と、片や家格は低いが確かな財力を持つ第二妃。

そしてそのふたりが産んだ、年の変わらない王子たち――

（これでは王太子争いが起こるのも無理からぬことかもしれないわね）

これまではオーランドが世継ぎにふさわしい行《おこな》いをしてきたから、ここまで露骨《ろこつ》な争いは起こらなかったのだろう。彼が突然態度を一変させたことで、今の混乱が引き起こされたのだ。

オーランドはこの状況をどう思っているのだろう。彼がなにを考えているのかさっぱりわからない。

わからないと言えばレオンもそうだ、とアンリエッタは顔をしかめる。

サリアを始め、王宮の人々は彼を放蕩者としか思っていないようだ。しかし初めて会ったとき、まるで探りを入れられているような感覚を覚えたアンリエッタは、彼が評判どおりの愚《おろ》かな人物であるとは思えなかった。それどころか、得体の知れない、少し恐ろしい感じがするとさえ思う。

(レオン様ご本人は、お母上や周囲がそうやって動いていることをどうお考えになっているのかしら？　ご自身が王位に就《つ》くかもしれなくなるわけだけど……)

果たして彼自身は王冠をかぶりたいのだろうか。

(とはいえ、わたしはオーランド様の妃だもの。レオン様のことより夫のことを考えなければ)

もっとも、そのオーランドがなにを考えているかわからない状況では動きようもない。もどかしさと切なさに胸をじりじりさせながら、アンリエッタは小さく唇を噛みしめた。

◇　◇　◇

翌朝から、オーランドは約束どおりアンリエッタを部屋まで迎えにきて、ふたりで議会場へ向かうようになった。

本当は同じ部屋で眠って、朝食をともにしてから向かいたいと思うが、初めの頃に比べれば見違えるほど贅沢《ぜいたく》な状況なのだ……と欲深になりそうな自分を諌《いさ》める。今はオーランドと心が通じたことを喜ぶべきだ。そう思うと、自然と笑みが浮かんでくる。

だがひとたび議会に入れば、そこは政治の場。緩《ゆる》んだ雰囲気はもちろんなく、アンリエッタも神妙な面持ちで交わされる議論を聞いていた。

ディーシアル特有の朝議の場には、重臣の奥方も多く参加している。だが、実際に女性が発言することはほとんどない。それでも、議長からは時折、王妃や宰相《さいしょう》夫人に確認や質問を求める言葉がかけられて、女性の意見もきちんと尊重されていることがうかがえた。

とはいえ、議題に対して、女性陣がしっかり答えられるか、というのはまた別問題だが。

今も、新しい教育案について議長がローリエ王妃に意見を求めたところだが、それに対する彼女の答えに、アンリエッタはついつい首を傾《かし》げてしまった。

「そもそも平民に教育の場を設《もう》けようという考えが間違っているのですわ。教育とは特権階級に与えられてこそ、意味のあるもの。それを下々の者に受けさせる利点があるとは思えません」

扇《おうぎ》でゆったりと首元を扇《あお》ぎながら、ローリエ王妃は涼しい顔でそう意見する。

王妃の近くに席を持つ議員たちはしたり顔で頷《うなず》いていたが、アンリエッタは同意できなかった。

というのも、アンリエッタの生国フィノーでは、教育は身分関係なく奨励されるものとなっているからだ。

アンリエッタはもどかしい思いを抱くが、隣に座るオーランドはつまらなそうな様子で顔を上げようともしない。

返答に困ったらしい議長が、助けを求めるようにオーランドに意見を求めるが、彼は軽く首を振るだけでこれを黙殺してしまった。

（このままでは民が教育を受けられる可能性がなくなってしまう）

直感的にそう思ったアンリエッタは、軽く息を詰めて腹をくくった。

「議長。あの、発言をしてもよろしいでしょうか？」

すると、議長だけでなく参加していた全員が驚いたようにアンリエッタを見つめた。

「も、もちろんです……、アンリエッタ王子妃殿下の発言を許可します」

アンリエッタは緊張しながらも立ち上がり、議席を見回しつつ口を開いた。

「先ほどの、王国の事業として各地に学校を設けようという案ですが、わたくしはとてもよい考えだと思います」

はっきりとしたアンリエッタの言葉に、参加者は度肝《どぎも》を抜かれた顔をした。

「幼い頃からきちんと教育を受けた子供たちが、いずれ国のために働いてくれるようになれば、それはこの国にとって、とても有益なことではないでしょうか」

ひとつひとつ言葉を選びながらも、アンリエッタは自分の意見をしっかり伝える。

最初は興味津々に見守っていた貴族たちも、この発言を聞いて様々な顔を見せた。

感心したように頷《うなず》く者もいれば、あからさまにいやな顔をする者もいる。けれど、議会場の人々はアンリエッタの発言を否定することはしなかった。

そこに、わなわなと震える声が鋭く響いた。

「いい加減なことを。根拠のない理想論など聞き苦しいだけです！」

顔を真っ赤にして立ち上がったのは王妃ローリエだ。彼女は憎々《にくにく》しげなまなざしをアンリエッタに向けると、扇《おうぎ》を突きつけて怒鳴りつける。

「これまでろくに国政に参加したこともないくせに、なんと生意気な！　そのような幼稚な発言でいたずらに議会を掻き乱すことは許しませんよ！」

頭ごなしに怒鳴られ、アンリエッタは首をすくめる。

王妃にとっては自分の意見を真っ向から否定されたようなものだ。気分を悪くされても仕方がない。だがここで謝っては、自分の意見を覆《くつがえ》すことになってしまう。アンリエッタはどうしていいかわからず、唇を噛んでうなだれた。

「……わたしは、妃の言うことには一考の価値があると思います」

だがそこで、それまで黙りこくっていたオーランドが不意に口を開く。

そのことに、アンリエッタのみならず議会中が驚き、大きなざわめきが起こった。

議会場全員の視線が集まる中、オーランドは感情の見えない面持ちで淡々と語る。

「妃が言うとおり、国のために働く人間が増えることは悪いことではない。さしあたっての問題は、安定した教育を授ける場を設《もう》け、運営していく資金だが、これは王家が負担することで充分にまかなえる」

「王家が負担……？」

どよめきがさらに大きくなった。

「ここ五年間の王家の収入を鑑《かんが》みた上での結論だ。無用な舞踏会を年間で五つ程度減らせば、充分可能だろう」

興味がないという表情ながら、その発言はなめらかだ。落ち着いた口調から、思い付きやでまかせではなく、しっかりとした根拠に基づいて述べているという雰囲気が伝わってくる。

やがて議会場には抑えきれない話し声が聞こえてきた。あちこちで議論がされ始める。

そんな中、ローリエと、末席に座るイザベラ妃は、あっけにとられた様子でオーランドを凝視していた。

第二妃の隣には、レオン王子が座っている。彼が議会に出ているのをアンリエッタは初めて見た。彼は、おもしろいものを見たという表情で微笑《ほほえ》んでいたが、アンリエッタの視線に気づくと、にやりと意味深に笑いかけてくる。

アンリエッタはどぎまぎして、つい助けを求めるようにオーランドを振り返った。だが彼は言うべきことは言ったとばかりに、目を伏せて黙り込んでいる。

なんとも居心地の悪い状態に、アンリエッタはこっそりため息を漏らした。

そうして白熱の朝議が終わり、散会となる。

オーランドに続いて議会場を出たアンリエッタは、広い背中をじっと見つめたあと、思い切って口を開いた。

「オーランド様、……その、すみませんでした」

「なぜ謝る？」

「王妃様を怒らせるようなことを言ってしまって……」

アンリエッタの言葉に、先を歩いていたオーランドはぴたりと立ち止まった。

「自分が言ったことが間違いだと思っているのか？」

「……いいえ」

「なら、それでいいだろう。おれもおまえが言っていることを間違いだとは思わない」

てっきり不用意な発言はするなと怒られるかと思っていただけに、この答えは意外だった。

ぱちぱちと目を瞬《またた》くアンリエッタに気づいているのか、肩越しに振り返ったオーランドは「しかし」と付け加えた。

「さっきの主張を認めさせたいなら、この国のことをもっと知る必要がある。どんな意見も、それを裏付けるだけの根拠がなければ、ただの妄言として切り捨てられるからな」

「わたし……お許しいただけるなら、そういったことを勉強していきたいです」

アンリエッタが前向きに答えると、オーランドはちょっとだけ目を瞠《みは》る。

だが彼が口を開くより先に、ふたりのうしろから金切り声が飛んできた。

「おまえは！　なぜわたくしに刃向かうようなことを申したのですか！」

キンキンと響く声と猛烈な勢いで近づく足音に、アンリエッタは驚いて飛び上がる。

慌てて振り返った瞬間、頬に決して軽くはない衝撃を受けてのけ反った。

叩かれた、と気づいたのは、憤怒《ふんぬ》の形相で扇《おうぎ》を振り下ろしたローリエ王妃を視界の端に認めたからだ。突然のことに踏ん張りがきかず、アンリエッタは危うく倒れそうになる。

それを、オーランドがしっかり受け止めてくれた。

「お、王妃様……」

夫の腕の中で目を白黒させるアンリエッタを、ローリエは唾を飛ばす勢いで怒鳴りつ

けた。

「二度とわたくしに逆らうような意見を言わぬことです！　よく知りもしないくせに、あんな大きな口を叩いて。おかげでわたくしが恥をかいたではないの！　今後同じようなことがあれば容赦しません。おまえの祖国にそれなりの措置を――」

「それ以上、なにもおっしゃいますな」

呆然としてなにも言い返せないアンリエッタのうしろで、地を這《は》うような低い声が聞こえてくる。

ローリエがハッと口を閉ざした。見れば、オーランドが眉根を寄せた険しい表情で、実の母であるローリエを冷たく睨《にら》みつけている。

「お、王子……？」

「今後同じことがあれば、とはこちらの台詞《せりふ》です。――王妃殿下、自分のお立場が大事なら、二度とわたしの妃にそのような暴言をぶつけないでいただきたい」

アンリエッタは、こんな状況だというのに、思わずどきんと胸を高鳴らせた。

（今、オーランド様はわたしのこと、『妃』と言ってくださった……？）

彼が自分をかばってくれたことも驚きだが、なによりはっきりとそう口にしてくれたことが信じがたくて、アンリエッタはついつい夫の顔を凝視してしまった。

一方のローリエは虚《きょ》を衝《つ》かれた顔をしたあと、屈辱《くつじょく》によりじわじわと真っ赤になっていく。

「な、なっ……！　こ、この母に向かって、そのような口を利くとは……！」

「先に言いがかりをつけてきたのはそちらでしょう。我々は失礼します」

「ま、待ちなさい……！　オーランド！　この母に向かって、なんてことを言うのですか！」

だがオーランドは立ち止まらずに、アンリエッタの肩を抱いたままずんずんその場を歩き去る。

アンリエッタも慌てて足を動かすが、もともとの歩幅が違う上、動きにくいドレスを着ていてはそうそう早く動けない。案の定、裾が絡まって転びそうになり、アンリエッタは短い悲鳴を上げてオーランドにしがみついた。

その時点でようやく、オーランドも早足になっていたことに気づいたらしい。

アンリエッタを引き起こすと、おもむろにその肩を引き寄せた。

「すまない……」

耳元で囁《ささや》くように呟《つぶや》かれ、アンリエッタの胸の鼓動はとくんと大きく鼓動を打つ。

どきどきしながら首を横に振ると、オーランドは近くの扉に手をかけ、その中にアンリエッタを引き入れた。

どうやらそこはサロンなどが催《もよお》される部屋のようで、長椅子などが部屋の隅に並べられている。

オーランドは手近な長椅子にアンリエッタを座らせると、労《いたわ》りに満ちた仕草で左の頬を撫《な》でた。

「とっさのことで止められなかった。痛みはないか？」

「だ、大丈夫です。さほど強く叩かれたわけではないので……」

本当はヒリヒリと熱を持っているようだが、間近でのぞき込んでくるオーランドのほうが気になって、痛みなど感じなくなる。

「口を開けてみろ」

言われたとおり唇を開くと、オーランドは身をかがめて口内をのぞき込んだ。

「切れてはいないようだが、よく見えないな……」

「あ、あの、オーランド様、そんなに心配していただかなくても、わたしは大丈夫――」

続く言葉は、唐突な口づけで遮《さえぎ》られる。

驚いて息を呑むと同時に、オーランドの舌がぬるりと口内に差し入れられて、アンリエッタはびくんと全身を硬直させた。

「あむ……、ん……っ」

熱くぬめる舌が、腫《は》れた頬の内側をなぞる。そこは確かに痛みを感じているはずなのに、うごめく舌を感じるとたちまち別の感覚がわき上がって、眉間がむずむずするような感覚が生じた。

「ふぅ……」

頭の中がぼうっとしてくる頃、アンリエッタの口内を探り終えたのか、オーランドがゆっくり唇を離した。

「血は出ていないようだ。少し腫れるかもしれないから、すぐに冷やしたほうがいい」

「あ……」

落ち着いた声音で言われ、アンリエッタの身体からわずかに熱が引いていく。

見ればオーランドの表情はいつもと変わりなく、自分ばかりが動揺していることに、アンリエッタは急に恥ずかしさと切なさを覚えた。

(キスだけでこんなふうになってしまうなんて……)

未だ心臓はとくとくと速い鼓動を刻んでいる。全身が火照《ほて》って、特に足のあいだはかすかに熱を持っているようだ。

口づけだけで、こんな淫《みだ》らに反応してしまう自分にうろたえずにはいられない。同時に、オーランドがもっとキスを続けてくれればいいのにとさえ思ってしまう。

キスだけでなく、その先も……あの娼館で過ごした夜からそろそろ一週間近く。ひとり寝台に横たわりながら、あのときの愛撫《あいぶ》と痺《しび》れるような愉悦を思い出して、もどかしい思いに襲われたことは、実のところ一度や二度ではない。

オーランドの濃厚で労りに満ちた口づけがあの夜を思い出させ、アンリエッタの募《つの》りに募った欲求を急激に押し上げてきた。アンリエッタは知らず、こくりと喉を上下させる。

「そろそろ部屋に戻るか……」

扉に向かおうとするオーランドを、アンリエッタはとっさに腕を掴んで引き留めた。

「あ、あの。もう少しだけ、こちらにいてもよろしいでしょうか」

せめて、彼ともう少し一緒にいたい。その思いで縋《すが》るように見上げると、オーランドはそれをどう感じ取ったのか、わずかに痛ましげな面持ちで目を細めた。

「……そうだな。いきなり手を上げられたのに、すぐに動けるようになるはずがないか。気がつかなくて悪かった」

どうやらオーランドは、アンリエッタが王妃の暴力におびえていると受け取ったようだ。彼女の隣に腰を落ち着けると、その細い肩を抱き寄せ、護るように胸に抱え込んでくれる。

衣服越しとはいえ、これ以上ないほど身体が密着して、困ったことにアンリエッタの欲求はさらに昂《たか》ぶるばかりだった。

だが今なら……暴力におびえていると思われている今なら、ほんの少し、甘えることを言っても許されるのではないだろうか。

アンリエッタは短い逡巡《しゅんじゅん》のち、そっと、オーランドの衣服を指先で握り込んだ。

「あの、オーランド様」

「ん？」

アンリエッタはそっと伸び上がって、こちらに顔を向けたオーランドに自分から口づける。以前は恥ずかしすぎてできなかったが、勇気を振り絞って、彼の唇にそっと舌を差し入れた。

オーランドが驚いたようにたじろぐ。だが突き放すことはせずに、寄りかかってくるアンリエッタを抱き留めた。そのままぎこちない彼女の舌戯を受け入れる。

「ん……、んん……っ」

彼がしてくれたことを思い出しつつ、舌先で彼の舌を突いて、そっと舐《な》め上げる。でもアンリエッタの小さな舌ではとても絡め取ることなどできなくて、つい彼の上唇をなぞり上げてしまった。

「……っ」

するとオーランドがかすかに息を呑んで、アンリエッタの肩に手を置き身体を離してくる。

唐突にぬくもりから引き剥《は》がされて、アンリエッタは泣きそうに顔を歪《ゆが》めた。

「どうした？　そんなに怖かったのか？」

アンリエッタは小さく首を振る。首を傾《かし》げたオーランドは、もしかして、という面持ちでそっと尋ねてきた。

「さっきのキスに、感じたのか？」

直截《ちょくさい》な物言いに、アンリエッタの頬がカッと赤らむ。緑色の瞳がわずかに潤《うる》むと、オーランドはひどく驚いたようだが……やがて少し意地の悪い笑みを浮かべた。

「おれのキスはそんなによかったのか？　自分からしたくなるくらいに」

からかいまじりの言葉に真っ赤になりながら、アンリエッタは小さく頷《うなず》いた。

「そうです。とってもよくて……したくて、たまらないのです。また、してくださいませんか？」

かすかに震える声で、精一杯お願いすると、オーランドの口元から笑みが消える。

怒らせただろうかと不安になるが、オーランドの唇から漏れ聞こえたのは、いつかと同じような長いため息だった。

「娼館のときも思ったが、おまえのその無邪気さは罪だな」

「え……？」

「そうやって可愛い顔でねだられたら——」

「あっ、……ふ……」

「どんな男でも止まらなくなる」

ふわりと身体が浮かされ、次の瞬間には長椅子に静かに横にされる。そして、肩を柔らかく押さえられながら再び口づけをされた。

「んっ……、オーランド、さま……」

「だがあまり長居はできないからな。一度イくだけで我慢しろ」

「あ……」

「声は抑えておけ」

首筋につぅと唇を這《は》わせながら囁《ささや》かれ、アンリエッタの背がふるりと震える。

胸元のリボンに指がかかり、次のときには音を立ててほどかれた。

そのまま下着をずらされ、乳房が露《あら》わにされる。まだろくにさわられてもいないのに、口づけだけで、薔薇《ばら》色の頂《いただき》は勃ち上がりかけていた。

「期待しているのがよくわかるな」

オーランドはからかうように呟《つぶや》いて、首筋をたどっていた唇を左胸へ寄せていく。そのまま乳輪ごと咥《くわ》えてほしいと思ったが、オーランドは伸ばした舌先で淡く染まった縁《ふち》をぐるりとなぞるだけで、一番敏感なところを避けるように動いた。

もう一方の乳首もふれるかふれないかのところを指先でこすられ、物足りなさともどかしさに、腰が自然とねだるように揺れてしまう。

「ん、んぁ……、あ、オーランド、さま……っ」

誰かがくるかもしれないと言っていた割には、肝心なところをわざと避けるように愛《あい》撫《ぶ》される。いやいやと首を振ると、なだめるように唇を重ねられた。

「ふ……」

当たり前のように潜《もぐ》り込む舌先に、歯列の裏をなぞられてぞくぞくする。声を出せない代わりにのけ反ると、大きな手が腰元をゆったりと撫《な》でながら下へと下がっていくのを感じた。

「あ、ぁ……」

「足を開け」

耳元で囁《ささや》かれ、後れ毛のあたりがぞわぞわと痺《しび》れた。言われるままそっと足を開くと、オーランドの膝がドレスの襞《ひだ》を押し上げ入ってくる。

そのまま足の付け根を圧《お》すようにそっと膝を押しつけられ、アンリエッタは思わず足を閉じた。そうすると彼の膝を太腿で挟む形になって、内腿に感じる熱さにびくっとする。

そんなアンリエッタを紫の瞳で見つめながら、オーランドは色濃く勃ち上がった乳首を舌でねっとりと舐《な》め回し始めた。そのまま手を腹に滑らせ、ドレスに包まれたままの下腹を思わせぶりに撫でてくる。それが信じられないほど腰にきて、膝で圧される部分がじっとりと熱を帯びてきた。

お臍《へそ》のあたりを親指でこするようにされると、そこを執拗《しつよう》にいじられたときの記憶がよみがえって、身体の奥がぐずぐずと煮え滾《たぎ》ってくる。

「ふっ、うぅ、あ……っ！　あ、あぁん……んん……！」

「声は抑えろと言っただろう？」

手袋から指を引き抜いたオーランドは、指先でアンリエッタの唇をなぞる。ふっくらとした唇は、口づけと絶えず漏れる喘《あえ》ぎにすっかり腫《は》れて、淫靡《いんび》に濡れ光っていた。

それを意識させるように指を滑らせながら、オーランドはおもむろに、中指と人差し指をアンリエッタの口内に差し入れてくる。

「ふ、く……、んん……」

アンリエッタはほとんどなにも考えずに、節くれ立った指に舌を這《は》わせる。唾液を纏《まと》わせるようにねっとりと舐《な》め上げ、関節の部分を舌先でくすぐるように撫《な》でてみた。

「いやらしいな……」

思わずといった様子で漏れたその一言には、かつてのような蔑《さげす》む色は見当たらない。逆に少し上擦《うわず》った感じがたまらなく艶《つや》っぽく聞こえて、よけいに煽《あお》られていく。

「ん、んぅ……っ」

もっと彼から平静さを奪い取りたくて、アンリエッタは夢中になって舌を動かし続けた。

だがドレスの裾をたくし上げた彼が、あいた手で下着の紐に手をかけるのを感じてびくりと動きを止める。

「あぁ……」

薄い下着があっという間に腰から剥《は》がされ、長椅子の足下に音もなく落ちる。胸元が大きく開かれているとはいえ、ドレスを纏ったまま下着だけ取られるなんて……。

だが次の瞬間、蜜口のあたりを膝でくっと押し上げられて、アンリエッタは短い悲鳴を上げた。

「ずいぶん濡れているな……。布越しでも、おまえのここが蜜にまみれているのがよくわかる」

「や、やっ……！　言わないで……っ」

口で説明するだけではなく、膝頭でかすかにそこをこすられ、くちゅりとはしたない水音が響く。

立ち上る快感に喉を反らすと、オーランドは膝を動かして秘所を柔らかく刺激し始めた。

「あ、あん、……うふ……う……っ」

膝頭がゆっくりと花芯から秘裂までを行ったり来たりする。と同時に、あいた手で乳房を包まれ、首筋に唇を寄せられ、あちこちから与えられる刺激にアンリエッタはのけ反った。

負けじと舌を動かし、オーランドの指をしゃぶるが、逆に指の腹で頬の感じるところを押されてぞくぞくする。秘所をゆっくり刺激されるのもたまらなく気持ちよくて、アンリエッタはいつしかみずから腰を動かして、彼の膝に恥ずかしいところをこすりつけていた。ぬちゅぬちゅという水音が大きくなって、うっとりと目を伏せて悦楽に感じ入る。

「……これなら、挿《い》れるのも大丈夫そうだな」

「え……、あっ」

口内に含まされていた指と膝が、同時にスッと引かれる。

離れていくぬくもりに心許《こころもと》なさを覚え、まなざしで切なさを訴えると、オーランドは彼女の目尻に軽くキスを落とした。

「そんなに物欲しげな顔をしなくても、きちんとくれてやる」

「それ、は……、あっ、あぁっ……？」

アンリエッタの唾液にまみれた二本の指が、これまでの愛撫《あいぶ》でじっとりと濡れたところに這《は》わされていく。

羞恥心《しゅうちしん》と不安でかすかに震える襞《ひだ》を指先でそっと掻き分け、オーランドは「挿《い》れてもいいな？」と確認してきた。

ぬぐいきれない痛みの記憶が、一歩を踏み出すことを躊躇《ためら》わせる。だが、こちらをじっと見つめるオーランドの瞳に真摯《しんし》な色を感じ取って、アンリエッタは静かに頷《うなず》いた。

オーランドはかすかに笑みを浮かべ、中指をそっと蜜口へと潜《もぐ》り込ませる。

「はっ、あぁん……、んっ……」

太い指が入ってくる。オーランドは無理に突き進むことなく、第一関節までを沈めて、それからゆっくりと抜き差しを始めた。

浅いところをくすぐるようにいじられ、これまでにない刺激に蜜口がひくつく。彼の指の動きに合わせて、くちゅくちゅと水音が聞こえてくると、羞恥心が煽《あお》られて心臓がどくどくと高鳴った。

「あう……、う、んっ……」

「きついか……？」

オーランドが心配そうに尋ねてくる。その気遣いにきゅんとして、アンリエッタは首を振った。

「だい、じょうぶ……、あ、はぁぁ……っ」

唐突にオーランドが身をかがめ、再び胸元に口づけてくる。

淡く染まった肌を唇でたどられ、乳首をそっと舌で転がされると、痛みを掻き消す勢いで愉悦が戻ってきた。

「ふぅ、う……！」

指がつぷりとさらに奥へ入ってくる。身体の内部でうごめく異物の感覚に動悸が激しくなった。

はっはっと浅く呼吸しながら、アンリエッタは力を抜いて彼を受け入れようとする。

「んく、はっ……、あぁ、あ……、やぁぁん……っ」

時間をかけてほぐされたせいか、痛みは徐々に遠のいて、悦楽だけを感じるようになってくる。

そうすると声を抑えるのがさらに難しくなって、アンリエッタは左手の甲を口元に当てて、必死に喘《あえ》ぎをこらえた。

「そうやって耐えている姿を見ると、おれも……我慢できなくなるな」

一度身を起こしたオーランドが、自身のズボンに手をかけるのを見て、アンリエッタはハッと息を呑んだ。

袷《あわせ》の部分を開くと、彼の半身が勢いよく飛び出してくる。

明るいところで初めて見る屹立《きつりつ》に、アンリエッタは真っ赤になった。それはすでに天を向いてそそり立ち、みっちりと張り詰めている。

「ま、まださわってもいないのに……」

「おまえが可愛らしく喘ぐせいだ。……まったく、おまえだけを高めて終わろうと思ったのに」

憎まれ口を叩きながら、オーランドはあいた手を自身に添えて、ゆっくりしごき始める。

その様子を思わず唾を呑んで凝視したアンリエッタだが、内部に埋められた指がゆっくり抜かれ、今度は人差し指も添えて二本で入り込んできたのを感じ、それどころではなくなった。

「ひゃっ、あぁう……！　だ、だめ、オーランド様……っ」

圧迫感が大きくなって、アンリエッタはかすかにうろたえる。

「まだ痛むか？」

「痛くはない、けど……、やぁうっ！」

「なら、そのまま気持ちよくなっていろ」

そんな、と返す間もなく、ずぷりと音を立てて二本の指が奥まで入ってくる。指の付け根まで沈められ、中を探るように少しだけ動かされ、腰にぞくりとしたものが這《は》い上がってきた。

そして、指先がお腹側のある一点を擦《す》り上げた瞬間、アンリエッタの華奢《きゃしゃ》な身体がびくんと大きく跳ね上がる。

「ひ、あぁっ？　やっ……そこ、だめ……！」

「ここか……？」

再び指先がうごめき、アンリエッタはこくこくと必死に頷《うなず》く。

だが駄目だと言っているのに、オーランドは執拗《しつよう》にそこを指の腹で擦り立ててきた。

「ひっ、あっ、やぁぁ！　そこっ……いやぁ、だめぇぇ！」

「ほら、声を出すな。通りかかった誰かが、扉を開けるかもしれないだろう？」

「だっ、だめっ、そんなのいや……きゃあぁん！」

アンリエッタの身体の上からどいたオーランドは、そのまま床に跪《ひざまず》いて、アンリエッタの足を大きく開かせる。

たくし上げられたスカートが邪魔で、彼の栗色の髪がわずかに揺れる様子しか見えなかったが、秘所にふっと温かな吐息がかけられるのを感じ、アンリエッタは飛び上がった。

「駄目です、そこ、今舐《な》めては……ぁぁあああっ！」

制止も虚《むな》しく、ぷっくりと膨《ふく》れた快楽の芽を唇で挟まれ、アンリエッタはたちまち腰砕けになる。

ふれられるだけでも身体が溶けそうなのに、温かな舌でぞろりと舐め上げられると、開かれた足が痙攣《けいれん》したようにがくがくと震えた。

「や、やぁ、だめ……、あぁぅ……っ！」

唾液をまぶした舌で花芯を舐められながら、膣壁の感じるところを細かく擦《す》り上げられ、身体中が蕩《とろ》けそうに熱くなる。

それまで舐め回されていた乳首も勃ち上がったまま天を向いて、乾ききらない唾液にてらてらと光ってよけいに羞恥《しゅうち》を煽《あお》ってくる。快感にさざめく肌も薄桃色に染まって、涙の浮いた緑色の瞳は今にもこぼれ落ちそうだった。

「はっ、あぁう……んんっ、あ、あ、あっ……！」

そうしてアンリエッタを喘《あえ》がせながら、オーランドも片手で自身をしごいていく。

指が抜き差しされる音と、ぴちゃぴちゃと舐められる音にまざって、オーランドが手を動かす衣擦《きぬず》れの音も響き、アンリエッタは声を抑えることも忘れて、高い天井にあえかな声を響かせた。

淫《みだ》らな水音もはしたない嬌声《きょうせい》も、耳にするだけで恥ずかしいのに、それが身体中をさらに敏感に作り替えていく。

「や、やぁん……っ、ん、ん、……んんン……ッ！」

息がうまくできなくて、何度も激しく喘ぎながら、アンリエッタは身体が徐々に押し上げられていく感覚を覚えて、首を左右に打ち振った。

「だ、だめ……っ！　このまま、じゃ……イッちゃ、う、ぅン……！」

「イッてもいいぞ。欲しかったんだろう？　……おれも、もう限界だ……っ」

「うっ、うぅ、あっ、あぁ、あっ……！」

身体中が引き攣《つ》って、白い喉が自然と反る。情熱的な愛撫《あいぶ》はもちろん、彼の欲望にかすれた声にひどく感じて、肌がわななくように熱く震えた。

絶頂が近いアンリエッタを見て、オーランドも動きを速める。執拗《しつよう》に舌を使い、包皮を剥《む》いた花芯をぬるぬると舐《な》め回しながら、自身をしごく手に力を込めた。

下腹が燃えるように熱く滾《たぎ》る。身体の内側から大波が押し寄せ、アンリエッタはたちまち絶頂へと打ち上げられた。

「ひ、あっ……やぁ、あああっぁあ――ッ!!」

身体中をびくびくと引き攣《つ》らせて、アンリエッタは泣き声のような悲鳴を上げる。快感が身体の奥から噴き出して、指を咥《くわ》えたままの蜜口がきゅうとすぼまった。

「くっ……」

同時にオーランドも低くうめいて、首元のタイを引きちぎるように外す。それを自身の先端へあてがうと、欲望の飛沫《ひまつ》をどくどくとほとばしらせた。

達してもびくん、びくんと引き攣ったままの身体をもてあまし、睫《まつ》毛《げ》を震わせながら小さく震えるアンリエッタに、吐精を終えたオーランドが崩れるように覆《おお》い被さってくる。

彼の荒い呼吸が剥き出しの乳房にかかり、アンリエッタはひくんと反応しながらも、そっと彼の頭を抱え込んだ。栗色の髪が首筋をくすぐるのが、なんとも言えず心地いい。

「はぁ……、う、ん……っ」

身体を起こしたオーランドが、そのまま伸び上がってアンリエッタの唇に吸いつく。

そっと唇を開くと、隙間から舌が差し入れられ、緩《ゆる》やかな仕草で舌先を掠《かす》め取られた。

「は、ふ……、んん……」

ぬるつく舌先をこすり合わせると、燻《くすぶ》ったままの下腹が再び熱を帯びそうになる。

オーランドもそれを察してか、アンリエッタの下唇を一度強く吸いあげると、そっと身体を起こして離れていった。

「大丈夫か？」

アンリエッタはまだ少しぼうっとしながら、こくんと静かに頷《うなず》く。

オーランドは手早く自身の身なりを整えると、アンリエッタの乱れたドレスを直してくれた。

だが愛撫《あいぶ》と絶頂ですっかり蕩《とろ》けたアンリエッタの下肢は、気づけば内腿のほうまで濡れている。

床に放られていた下着もそれまでの蜜でじっとり湿っていて、オーランドは苦笑して、それを上着の袷《あわせ》にしまい込んだ。

「オ、オーランド様……っ」

「濡れた下着を穿きたいならおれは構わないが？」

アンリエッタが真っ赤になったままなにも言えないでいると、オーランドは意地悪く口角を引き上げて、スカートの膨《ふく》らみを整えていく。アンリエッタも慌てて胸元のリボンを結んだ。

「あ、あの、オーランド様、よろしければこれを……」

彼の襟元を見たアンリエッタは、腰帯にしまっていたハンカチーフを取り出す。それをタイに見えるようにうまく折って、彼の襟に挟んでみた。本物には及ばないが、緩めたままの襟を晒《さら》すよりはいいだろう。

「悪いな。助かる」

そう言って優しく髪を撫《な》でられ、アンリエッタは頬を染めてはにかむ。

先ほどのような情熱的なふれあいも悪くないが、こんなふうに優しくふれられるのも、胸がくすぐったくてとても幸せに思えた。

だが浮き足だった気持ちも、長椅子から立ち上がった瞬間にすっと冷える。下着を身につけていないぶん、足下がいつもよりスースーしていて心許《こころもと》ない。

「階段を上がるときは気をつけないと、下手をすれば下から見えてしまうぞ」

「い、意地悪なことをおっしゃらないでくださいっ。こうなさったのはオーランド様なのに……」

「してほしいと言ったのはおまえだろうが」

そのとおりであるだけに反論できず、アンリエッタは頬を膨らませて、彼の腕にしがみつく。

オーランドは小さく苦笑すると、アンリエッタの腰を抱いて歩き出した。

（こんなふうに身体を寄り沿わせて歩ける日がくるなんて……）

本当に夢のようで、アンリエッタはうっとりと夫の腕に頬を寄せた。

その幸福感たるや、叩かれた頬の痛みなど吹き飛ぶほどで、部屋に戻るまでの短い時間を、アンリエッタは存分に楽しんだのだった。

◇　◇　◇

翌日は朝議がなかったため、アンリエッタは朝の時間をゆっくり過ごして、日差しがきつくなる前に中庭へ散歩に出ることにした。

オーランドの助言に従い、昨日一日冷やしていた頬は、腫《は》れも引いて痛みもほとんど感じない。アンリエッタは穏やかな気持ちで、いつもの散歩道をゆったり歩いて回った。

「薔薇《ばら》がずいぶん咲いてきたわね。見て、サリア。ここに咲いている赤い花、とっても綺麗だわ」

「本当ですわね。お部屋に飾れるように、少し切っていきましょうか」

「まぁ、素敵な案だわ。じゃあはさみを持ってきてくれる？」

承知いたしました、と笑顔で頭を下げて、サリアが小走りにその場を離れる。

彼女が戻ってくるまで、近くのベンチに腰かけていようと踵《きびす》を返したアンリエッタは、反対側から歩いてくる人影を見つけて軽く目を瞠《みは》った。

「レオン様……」

「ご機嫌よう、義姉上《あねうえ》。今日もおひとりで散歩ですか？」

ひとりで、とわざわざ言われたところに少しむっとしたが、アンリエッタは殊勝《しゅしょう》に頷《うなず》いた。

「ええ。レオン様もおひとりですか？」

近くに従僕や侍女はいないのだろうかと視線を巡らせると、彼はおかしそうに噴き出した。

「庭を一緒に散策できるような恋人も妃もいないもので。そんなに警戒しないでください」

そう言われても、今はそばにサリアもいないだけに、レオンとふたりきりというのがどうにも落ち着かない。

つい視線を泳がせるアンリエッタに、レオンはなんでもない調子で問いかけた。

「頬の腫《は》れは大丈夫ですか？　扇《おうぎ》で叩かれていたから、心配していたのですが」

アンリエッタはぎょっと目を瞠る。顔を上げると、以前も感じた探るような視線がこちらに向けられていることに気づき、うっと言葉に詰まってしまった。

「な、なんのことでしょうか……」

「昨日の朝議のあと、王妃様となにやら揉めていたでしょう？　遠目からうかがい見ただけでしたが、王妃様の声はよく響きますからね」

もっとも、とレオンは青い目をかすかに細める。

「サロンに入ったあなたと兄上がなにを話しているかまでは聞こえませんでしたが。あんなところで長話など不用心もいいところです。次からは気をつけたほうがいいですよ」

にっこりと人好きのする笑みを添えて言われ、アンリエッタは首筋までかーっと赤くなる。

まさか昨日の情事を見られたわけではないだろうが、思わせぶりな台詞《せりふ》からは「あなた方がなにをしていたかなどお見通しです」と暗に言われている気がして、平静でいることは難しかった。

「ご、ご忠告は胸に留めておきますわ」

精一杯虚勢を張って答えるが、こちらの動揺などお見通しなのだろう。レオンは笑みを浮かべたまま「そうなさってください」と頷《うなず》いただけだった。

「ですが、安心しました。兄上はあなたを大切にしておいでのようだ。この一年は娼館へ行くことも多いと聞いていたから。と……ああ、失礼」

アンリエッタが眉をひそめたのを見てレオンは口元を覆《おお》う。わざとやっているのかそうでないかの判断はつかないが、正妻相手に言う言葉でない。アンリエッタはすまし顔でとはいえ、ここで取り乱したりすれば相手の思うつぼだ。アンリエッタはすまし顔で「いいえ、お気になさらずに」と流した。

レオンは、さらに笑みを深めて言葉を告げてくる。

「仲がよろしいようでなによりです。あなたになら、兄もここ一年の行状の理由を話したのでしょうね」

なにを言われてもツンとすまして通そうと思っていたアンリエッタは、この一言にあっけなく決意を崩された。

「レオン様、それはどういう……？」

「どういう、とは？　僕は単にあなた方の仲の良さをうらやんでいるだけですが」

「いえ、そうではなく……なぜ、わたしならオーランド様がその理由を話されるなんて……」

「だって、そうでしょう？」

レオンは意味深にアンリエッタを見つめた。

「兄はもともと生真面目なひとだから、愛する妃に隠し事などするはずがない。なら、王宮の誰もが知りたいと思っている兄の変貌の理由についても、あなたは聞かされているだろうと思ったまでのことです」

アンリエッタは強張《こわば》りそうになる表情を必死にこらえた。

聞かされるどころか、アンリエッタはオーランドがなにも話してくれないことにじりじりしている。

（レオン様の言うように、オーランド様にとって、わたしはまだ理由を話すほどの存在ではないということ……？）

それを認めるのはショックで、アンリエッタはこらえきれず唇を噛みしめてうつむいた。

自分がオーランドにとってまだその程度の存在でしかないのだと思うと、彼が話してくれるまで待とうと思っている気持ちが揺らいでくる。

アンリエッタは切ない気持ちを押し隠して顔を上げた。

「そういうレオン様は、オーランド様からなにかお聞きになっていらっしゃるのですか？」

「まさか。だからこそ義姉上《あねうえ》にこうしてお伺《うかが》いしているのです。あまり交流のない異母弟などより、愛する妃相手のほうが何事も話しやすいでしょう？」

アンリエッタは思わず口をへの字に曲げた。

そんな彼女の反応をどう思ってか、レオンが少し気の毒そうな表情を浮かべる。

「もしかして、兄上からなにもお聞きになっていないのですか……？　だとしたら失礼しました。おふたりがあんまり仲睦《なかむつ》まじいので、よもやそんなことはないだろうと思ったのですが」

嫌味で言われるなら怒りもわくが、本当に申し訳なさそうな顔つきで言われると、より惨《みじ》めさが増してくる。

「……別に、気にしておりませんわ」

おかげでついつい可愛くない答え方をしてしまう。これでは気にしていると言っているようなものだと、アンリエッタは臍《ほぞ》をかんだ。

それまで少し離れたところにいたレオンは、なにか思案するようにちょっと首を傾《かし》げたあと、おもむろにアンリエッタに近づいてくる。

アンリエッタはびっくりして後ずさろうとするが、正面から耳元に唇を寄せられ、とっさに動けなくなった。

「兄上がどんな秘密を抱えているのか、知りたくてたまらないのでしょう？　なら本人の口から聞けばいい。王宮には不穏な噂がすでに流れ始めていますからね——」

「不穏な噂……？」

気になる言葉に、アンリエッタはつい聞き返す。

思いの外、近い距離で青い瞳と目が合って、思わずひるむと——

「アンリエッタ！」

突然、城のほうから鋭い声が聞こえてきて、アンリエッタは飛び上がった。

「オ、オーランド様……!?」

城へ続く小径《こみち》を、オーランドが厳しい顔つきで歩いてくる。そのうしろには、花籠を手にしたサリアが続いていた。

「これは兄上、ご機嫌麗《うるわ》しく。朝からそんな怖いお顔をなさって、いったいどうしたのです？」

アンリエッタが口を開くより早く、レオンがすかさずオーランドの前に進み出る。

芝居がかった仕草で両腕を広げる異母弟を一瞥《いちべつ》してから、オーランドは背後のサリアに向け、さっと手を払った。サリアは心配そうにアンリエッタを見たものの、一礼して会話の届かないところへ下がっていく。

サリアが完全に見えなくなってから、オーランドはレオンに視線を戻した。

「侍女の目を盗んで義姉《あね》に言い寄るとはいい度胸だな、レオン」

「それは誤解です。義姉上がお悩みのご様子だったので、相談に乗っていただけのことですよ。ね、義姉上？」

にっこりと綺麗な笑みを向けられ、アンリエッタは慌ててぶんぶんと首を横に振る。

確かに最後はそうなりかけていた気がするが、断じて彼に相談事を振ったりはしない。

オーランドの眉間の皺《しわ》が深くなる。だがその視線はレオンに据えられたままだった。

「今後は断りなく妃に近寄るな」

「おお、怖。男の嫉妬《しっと》は醜《みにく》いですよ。それほど奥方を愛していらっしゃるなら、彼女につらい顔はさせないことです。今も兄上がなにも話してくださらないと沈んでいらしたのですから」

そこでようやく、オーランドはレオンの背後にいるアンリエッタへ視線を向ける。鋭く睨《にら》むような視線に、アンリエッタの肩がびくりと揺れた。オーランドの表情がますます険しくなる。

「あ、あの、違います。わたしは決してそのようなこと……」

「嘘はいけませんよ、義姉上。いくら兄上を困らせたくないからって、過剰な気遣いは不和のもとです。素直におっしゃったらいかがですか？　――王宮に不穏な噂が流れているようですが、それは真実なのですか？　と」

オーランドをまっすぐに見て、レオンはそう問いかけた。

アンリエッタははらはらしながら対峙するふたりを見つめる。

眉をひそめ、かすかな緊張を滲《にじ》ませるオーランドを、レオンはわずかに顎《あご》を引いてじっと見据えていた。

「兄上のおかげで、僕の周りは大変な盛り上がりですよ。母を始め、僕を王位に就《つ》けようとする者たちがあっちこっちで画策していて。誰が言い出したのか、もともと王位は僕が受け継ぐもので、兄上にはその資格がないなんて噂まで流れているんですよ」

レオンの言葉にオーランドはなにも答えない。それをどう思ってか、レオンはさらに追及してきた。

「――知っていますか？　今やあなたは、生まれながらにして罪を背負った、いつわりの王子と呼ばれているんです」

オーランドが鋭く息を呑む。アンリエッタもぎょっと目を瞠《みは》った。

「いつわりの王子？」

不穏どころか、耳を疑うような呼称だ。

「ご気分を害されたのなら失礼いたしました。ただ、そういう噂が流れているということは義姉上《あねうえ》も知っておいたほうがいいかと思いましてね」

そう言って、レオンはひらりと踵《きびす》を返した。

「お話しできてよかった。義姉上──兄上とも」

軽く手を振って去っていくレオンに、アンリエッタは不安を煽《あお》られる。言うだけ言って姿を消されるなど、気持ちのいいことではない。

「レオン様はいったいなんのおつもりだったのでしょう。オーランド様、……っ？」

困惑して振り返ったアンリエッタは、オーランドの顔色を見て仰天した。

「オーランド様⁉　どこかお身体の具合でも悪いのですか？」

慌てて近寄ると、苦しげなオーランドは、ハッと瞬《まばた》きをして我に返る。

アンリエッタと目が合うと、なにか痛みを感じたようなつらい表情を一瞬だけ浮かべた。

「オーランド様……」

その表情には見覚えがある。もう何度も目にした、なにかをこらえるような、苦しげな面持ちだ。

アンリエッタはいつにない様子のオーランドを前に、込み上げる疑問をなんとか呑み込んで、努《つと》めて笑みを浮かべた。

「心配ございませんわ。そんな噂、広まる前に笑い飛ばされて終わりです。腹は立つでしょうが、気にされることはありません」

言葉とともにそっとオーランドの腕を撫《な》でる。

だが「……ああ」と答えながらも、オーランドはどこか心ここにあらずといった様子だ。

アンリエッタはさらに不安になる。

ここ一年は別として、これまでのオーランドを見てきた人々なら、誰もこんな噂を信じることはないはずだ。他国から嫁いできたアンリエッタでさえそう思うのに、オーランドは違うのだろうか……？

（オーランド様……）

アンリエッタはなにも言えず、オーランドを見つめる。

（あなたは一体、なにを抱えているのですか……？）

オーランドは小さく息をつくと、アンリエッタの肩をそっと引き寄せた。

「薔薇《ばら》を切ろうとしていたんだろう？　一緒に選んでやる」

優しくそう言って歩き出すオーランドを、アンリエッタは心配するように見上げる。

オーランドは微笑《ほほえ》むだけで、なにも言おうとはしなかった。

（『生まれながらにして罪を背負っている』というのは……）

咲き初《そ》めの薔薇《ばら》を見つめながら、アンリエッタは考え込む。

これまでになく、オーランドがなにを抱えているのか知りたい気持ちに駆られた。

だが、彼が隠していることがもしレオンの言う噂に関係するなら……あるいはそれに近いことならば、軽々しく尋ねることなどとうていできるはずもない。

せっかくオーランドが薔薇を選んでくれているのに、それを見つめるアンリエッタの緑の瞳は、切なさと憂《うれ》いで深く沈み込んでいた。


その夜、アンリエッタは久々にオーランドの部屋を訪れた。

薔薇を摘んだあと、オーランドは従僕の呼び出しを受けどこかに行ってしまい、満足に話をすることができなかった。

レオンの言うことが気にならないわけではないが、それ以上にいつにないオーランドの様子が気がかりで、アンリエッタはそわそわと落ち着かない気持ちで一日を過ごした。

このままでは眠れそうにないと、思い切って訪問の先触れを出すと、待っていると返事があった。これまではねのけられることばかりだっただけに、そう言ってもらえるだけでも嬉しく思える。

就寝の支度をしてからオーランドの部屋へ行くと、従僕は心得た様子で、アンリエッタを奥の寝室へと案内した。

オーランドはいつかと同じように寝台に仰向《あおむ》けになっていたが、目元を腕で覆《おお》っていて、眠っているのか考え込んでいるのか一見してわからない様子だった。

「オーランド様?」

部屋の入口でおずおずと声をかけると、オーランドはゆっくりと顔を向けてきた。

「……ああ、悪いな、気づかなかった。考え事をしていて……」

のろのろと腕を下ろす彼を見つめ、寝台に歩み寄ったアンリエッタは眉を寄せた。

「昼間の……レオン様がおっしゃっていたことに関してですか?」

オーランドは答えなかったが、眉間に皺《しわ》を刻んで難しい顔をしている。

(レオン様はどうしてあんなことをおっしゃったのかしら……)

レオンが王位を欲しているなら、対抗するオーランドに攻撃的になるのはわかる。だが、あのときのレオンからはそういった雰囲気は感じられなかった。むしろ周囲の盛り上がりを、自分とは関係のないもののように語っていた気がする。

（つまりレオン様は王位を継ぐ気はないということ？　じゃあ、私やオーランド様への真意のつかめない言動はいったいどういうつもりで……？）

まったくわからなくて、頭痛を感じ始めたアンリエッタに、「すまなかった」と唐突に声がかかった。

「え？」

「昼間、駆けつけるのが遅れて。レオンになにか、いやなことを言われたんじゃないのか？」

アンリエッタは少し驚いて、ぶんぶんと首を横に振った。

「い、いいえ。ひとりでいたわたしを気にして声をかけてくださっただけだと思います。いやなことを言われたわけでは……」

そう言いながら、アンリエッタはおずおずと夫を見やった。

「どうした？」

「その……オーランド様は、レオン様とはあまりお話しにならないのですか？　レオン様は、その、わたしがオーランド様と親しくしているか気にかけてくださったので、もしかするとオーランド様のことを心配なさっているのかな、と」

あり得ない、とも言い切れないわよね、と曖昧《あいまい》に思いながら聞いてみると、オーランドはめずらしくきょとんとした表情を浮かべる。

それにアンリエッタが驚くと、オーランドは苦笑して身体を起こした。

「まぁ、子供の頃は、顔を合わせれば話すくらいはしていた。母親同士の仲が最悪だから、長じてからはそれもなくなったが……」

一度言葉を切ったオーランドは遠くを眺めるような目をする。

その横顔には時折見せる苦しげな表情が滲《にじ》んでいて、アンリエッタは胸の奥がきゅっと締めつけられるような気がした。

「……とにかく、今後はレオンとふたりきりにならないことだ。あいつはあんな姿形《なり》をしているから軟派に見えるだろうが、実際は違う。そこはおまえも気づいたかもしれないが」

アンリエッタは素直に頷《うなず》く。レオンが噂や見かけによらず、なにか深く考えているらしいことは以前から感じていたことだ。

(では、わたしたちに向かってあんな噂を伝えてきたことにも、なにかしらお考えがあってということなの？)

考え込むアンリエッタをどう思ってか、オーランドが気遣わしげな面持ちでこちらを見上げた。

「おまえには苦労をかけるな」

いきなりそんなことを言われて、アンリエッタは先ほどよりずっと驚いてしまった。

「まぁ。苦労って、なにがですか？」

「いろいろと……こんなおれの妃になったばかりに、よけいな面倒ばかり抱えることになって」

いつになく弱気なオーランドに、アンリエッタは慌ててオーランドの前に膝をついた。

「オーランド様、わたしはあなたに嫁いできたことを喜びこそすれ、そのように思ったことは一度もありません。愛するひとと一緒になれて、悲しいことなどあるはずがないですもの」

オーランドはじっとアンリエッタの瞳を見つめた。

「だがおまえも、いろいろ聞きたいことがあるんじゃないか？　それこそ、この一年ろくなことをせず、遊び回っているのはなぜなのか、とか」

いきなり核心にふれられ、アンリエッタはわずかに肩を揺らす。

オーランドの紫の瞳には、その場しのぎの嘘は通じない真剣さがあって、アンリエッタは少し考えてからゆっくりと答えた。

「確かに、聞きたくないと言えば嘘になります。オーランド様がどうして政治の場に出られなくなったのか、なぜ娼館に通うようになられたのか、知りたくて知りたくてたまりません」

「だったら――」

「けれど、それを聞いたら、きっとオーランド様はお困りになるでしょう？　もし気軽に話せることであれば、もっと早くにお話しくださっているはずですもの。違いますか？」

　すると、今度はオーランドのほうがかすかに身体を強張《こわば》らせる。

　アンリエッタは小さく微笑《ほほえ》んで、彼の膝にそっと両手を置いた。

「ですから、オーランド様がみずからお話しくださるまで、わたしは待とうと決めたのです。そうすることも愛情だと思ったから……」

　そう言うと、オーランドはほんの少し泣きそうに顔を歪《ゆが》めながらうつむいた。

「わたしは、こうしておそばにいられるだけでも嬉しいのです」

「そう可愛いことばかり言うな。またおまえが欲しくなる」

　どこかほろ苦い笑みを浮かべられ、アンリエッタは切なくなる。夫が妻を求めることに、なにを躊躇《ためら》うことがあるのだろうか？　欲しいならそう言って、手を伸ばせばいいのに。

「オーランド様がどれほどのものを背負っていらっしゃるのか、わたしには見当もつきません。けれどそれがどんなものであれ、わたしも一緒に背負うつもりでおります」

彼の大きな手をそっと自分の頬に押し当てて、アンリエッタは微笑《ほほえ》んだ。

「なにがあっても、わたしはあなたのそばにおります。ですから、本当につらいときは言ってください。欲しいときは……どうか欲しがって。あなたに求めていただけるのは、わたしにとってなによりの喜びなのです」

少しはにかみながら告げると、オーランドはまぶしいものを見るような瞳でアンリエッタを見つめる。その唇がなにかを言いたげに小さく震えたが、言葉が紡がれることはなかった。

代わりにオーランドはそっとアンリエッタを引き起こし、自分の腕に囲い込んで、静かに抱きしめてくる。

ふれあったところからわずかに震えが伝わる気がして、アンリエッタの胸がまた切なくなった。

(オーランド様……泣いていらっしゃるの？)

なぜそう思ったかわからないが、言葉もなくアンリエッタを抱きしめる彼が、ひどく弱っているように思えた。アンリエッタはそっと腕を伸ばして、彼の頭を抱え込む。

栗色の髪に指を通して優しく撫《な》でると、オーランドは額を彼女の肩口に埋めて、細腰をより自分の身体へ引き寄せた。まるですがりつくような動きに、彼の苦悩の深さが伝わってくるようだ。

（やっぱり……わたしのほうから理由を知りたいなどと口にはできないわ。こんなに苦しんでいらっしゃるのに、傷口をえぐるような真似はできない）

けれど、彼のそばにいて抱きしめることはできるのだ。

なにもできないわけではない。そのことはアンリエッタにとっても救いのように思えた。

「……おまえは温かいな」

「オーランド様も温かいです」

現にふれあっているところはぽかぽかと温かくて、アンリエッタは彼の頭にそっと頬ずりした。

その瞬間、アンリエッタはオーランドから、身体を引き離される。

突然のことに目を白黒させていると、「すまない」とオーランドが顔を背けた。

「だが、これ以上ふれたら……本気で、おまえを離せなくなる。おまえと繋がりたくてたまらないんだ。途中でやめられる自信もない」

なにか気に障《さわ》ったのだろうかと不安に思ったアンリエッタは、その言葉を聞いてたちまち顔を赤らめる。見れば、そっぽを向いたオーランドの目元もほんのわずかだが赤らんでいる。

アンリエッタは羞恥心《しゅうちしん》を抑え込み、えいっとばかりに彼の胸に飛び込んだ。

「っ、だから」

「あなたに求めていただけることが喜びだとわたしは言いました。欲しいと思ってくださるなら、どうか最後までしてください……っ」

「……アンリエッタ」

戸惑ったような呼びかけに、アンリエッタは「ああ」と思わず声を漏らした。

「名前、もっと呼んでください」

「名前？」

「だって今まで『おまえ』と言うばかりで、名を呼んではくださいませんでしたもの」

「ああ……」

少し拗《す》ねる響きが入ってしまって、それを聞いたオーランドは気まずげに視線を泳がせた。

「アンリエッタ。これでいいか？」

「ええ、オーランド様」

嬉しくて抱きつく腕に力を込めると、オーランドはやれやれと苦笑する。だが再びアンリエッタの腰を抱き寄せ、しっかり抱きしめてくれた。

そうやってしばらく、お互いのぬくもりに浸るようにして抱き合っていたが……

「……抱いてもいいか?」

やがてオーランドがぽつりと呟《つぶや》いてくる。

恥ずかしさよりも喜びが身体の隅々まで広がって、アンリエッタは頷《うなず》いた。

「わたしはいつだって、あなたのことが欲しいのです」

オーランドがゆっくり身体を離す。

まるでアンリエッタの姿を目に焼きつけるようにじっと見つめてから、その顔を上向かせ、静かに唇を重ねてきた。

「アンリエッタ……」

低く、耳に染み入るような呼びかけに、アンリエッタの胸がとくんと高鳴る。身体の奥がじんわりと熱くなって、もっともっと彼を感じたくてたまらなくなった。

「おまえを感じさせてくれ」

口づけながら、そっと褥《しとね》に倒される。彼も同じことを望んでいるのだと嬉しくなって、アンリエッタは泣きそうな顔で微笑《ほほえ》んだ。

「わたしも、あなたを感じたいです」

オーランドも口元を緩《ゆる》めて、アンリエッタに覆《おお》い被さってくる。

夜着の紐がほどかれ、袷《あわせ》から入り込んだ手が直に乳房を覆った。

大きな手に小さな膨《ふく》らみがすっぽり収まる。そのままやわやわとほぐすように刺激され、アンリエッタは「ん……」とあえかな声を響かせた。

指のあいだに乳首を挟まれ、強弱をつけて擦《す》られると、知らず甘い声が漏れてしまう。

「感度がいい胸だな。少しふれただけなのに、もうここを尖らせて……」

「ん……っ、以前は、小さいって、文句を言っていらしたのに……」

するとオーランドは「気にしていたのか」と呟《つぶや》いた。

「あ、当たり前です。……んぅ……っ」

「なら、訂正しておこう。小さいが形はいい。それに」

「あ、ふぅ！」

「ここの色も綺麗だ」

言いながら、軽く乳首をつままれ、アンリエッタはのけ反った。

「そ、そんな、ところを褒められても……んんっ……、嬉しくなんて、……ひぁっ⁉」

悶《もだ》えるアンリエッタは、オーランドが思いがけず近くに顔を寄せているのにびっくりする。思わず頬を赤らめると、彼はかすめるようにアンリエッタの唇を奪った。

「んっ、あ……」

「……唇も柔らかくて、甘い」

上唇をふれ合わせたままで言われて、アンリエッタの胸は否応《いやおう》なくドキドキしてくる。

一度身体を起こしたオーランドは、アンリエッタの夜着をするすると脱がせていった。

それを助けるように身をよじったとき、硬くなっている乳首が見えて、たまらない羞恥《しゅうち》心《しん》に見舞われる。

思わず肩をすぼめて隠そうとすると、めざとく気づいたオーランドが、アンリエッタの肩を押さえながらそっと胸元に顔を埋めてきた。

「あ、いやっ……」

先ほどまでの愛撫《あいぶ》ですっかり硬くなった乳首に、舌のぬめりと熱さを感じて、身体の奥に甘い痺《しび》れをもたらしていく。

「あ、だめ……、そんなふうに吸っては……っ」

ちゅう、と音がするほどに吸われ、アンリエッタはびくびくと背筋を震わせた。

刺激を受けているのは胸なのに、下腹がずくりと疼《うず》いて、足のあいだに熱がたまっていく。

「こら。あまり身をよじるな」

「だ、だって……、あんっ、あぁ……っ」

舌先で乳首を弾くように舐《な》め回され、腰が自然と揺らいでしまう。もう一方の乳首も指先でくにくにとしごかれて、ジンジンとした愉悦が立ち上った。

そうして胸を愛撫《あいぶ》しながら、オーランドのあいた手がするするとお腹のほうへ下がっていく。

その親指が臍《へそ》の周りをぐるりとなぞったとき、アンリエッタはびくりと全身を強張《こわば》らせた。

「あ、やっ……」

「ここが弱いんだったな」

「だ、だめです、お臍はっ、――や、あぁぁ！」

小さなくぼみに親指を入れられ、くすぐるように刺激される。それだけで下腹の奥が煮え立つようで、足先がピンと強張った。

「本当に弱いな」

「ひゃう……、だ、だめ、あぁ……！」

制止も虚《むな》しく、胸から顔を上げたオーランドは舌先でつぅと柔肌をなぞり、臍のくぼみへ到達する。尖らせた舌先でくぼみをちろちろと舐め回され、アンリエッタは背を反らせてびくびくと打ち震えた。

舌の動きに合わせ、両方の指で小さな乳房を包み込むように愛撫される。指のあいだに勃ち上がったままの乳首を挟まれ、緩《ゆる》やかに揉まれると、快感がじわりと肌を焦《こ》がした。

「は、あぁ……、やぁう……っ」

さほど激しくはない、ゆったりとした愛撫を続けられ、アンリエッタはひくひくと断続的に震える。ぎりぎりまで焦《じ》らされるようなもどかしさに、自然と呼吸が浅いものへ変わっていった。

「はっ、はぁ……、オーランド……さま……、あ、やぁぁぁ……！」

たまらず名前を呼ぶと、舌先の動きがさらに細かく執拗《しつよう》になり、腰が敷布から浮き上がる。焦《じ》らされる愉悦にびくびくと引き攣《つ》る内腿の奥から、とろりとあふれ出るなにかを感じて、アンリエッタはきゅっと眉根をしぼった。

「濡れてきたのか？」

「ち、ちが……、やっ、あぁん……！」

「どこが違うって？」

乳房から離れたオーランドの右手が、おもむろに秘所を覆《おお》ってきて、アンリエッタは上擦《うわず》った声を上げる。

オーランドは指先を秘裂に沿うようにあてがうと、浅いところを掻き回すように細かく動かしてくる。くちゅくちゅという粘性の水音が響いてきて、アンリエッタはふるりと睫毛《まつげ》を震わせた。

「音が立つほど、あふれてきているようだが」

「い、言わないで……」

恥じらってそっぽを向くアンリエッタを見つめ、小さく笑ったオーランドはいったん指を引いた。

「こちらも舐《な》めてやる」

「だ、だめですっ……、きゃ、あぁぁんっ！」

慌てて足を閉じようとするが、両手を使って大きく広げられてしまう。

次のときには膨《ふく》らみ始めた花芯に吸いつかれ、アンリエッタは喉を反らして悲鳴を上げた。

指先で皮を剥《む》かれ、ぬるつく舌で舐められると、下腹の奥が一気に燃え上がりそうになる。

「や、やぁぁ……、あん、そん、な……あっ……！」

赤い舌をいっぱいに伸ばし、こちらに見せつけるようにして花芯を舐めしゃぶるオーランドを視界の端に捉《とら》え、アンリエッタの心臓はばくばくと壊れそうなほど早鐘を打つ。

恥ずかしくてたまらないのに、どうしようもなく気持ちいい。彼の舌先が動くたび、頭の中が真っ白になって、快楽を追うことしか考えられなくなる。

「はふ……、ん、んンっ、ん……！」

はしたない声を上げながら、気づけばアンリエッタはみずから腰を突き出すようにして、オーランドの愛撫《あいぶ》を全身で求めた。

オーランドはそれに応《こた》えるように、舌だけでなく指先も秘所にあてがい、ひくつく秘裂を割って奥を目指して潜《もぐ》り込んでくる。

「ひあっ！　あ、――あぁぁ……ッ」

痛みを感じないどころか、満たされなかった部分が埋められたような充足感に胸が震える。甲高い声が自然と漏れて、反り返った細い身体が敷布の上を滑った。

剥き出しの花芯に吸いつかれながら、膣壁の感じるところを指の腹でこすられて、蕩《とろ》けるような快感が這《は》い上がってくる。

じっとしていられないほどの愉悦に、アンリエッタはいやいやと首を振って激しく身《み》悶《もだ》えた。

「ひ、ひぅ！　……あぁ、あんっ、……も、もう……っ、あんン……！」

長い指が抽送《ちゅうそう》を始め、最奥からあふれる蜜がぐちゅぐちゅと音を立てて掻き出される。膣孔からとろりとあふれていくものを感じるたび、アンリエッタは恥ずかしさと興奮に、はぁはぁと浅い呼吸を繰り返した。

身体も頭も熱くてたまらなくて、息を吸うたびに身体の奥に愉悦が溜まっていく。指を咥《くわ》えた蜜口がそのたびにひくひくと震えて、オーランドの指をきゅうっと切なく締めつけた。

「く、うぅん……！」

「すごい締めつけだな……。こうされるのは好きか？」

「あ、あ……、んぅ、すき、なんかじゃ……」

否定しようとするが、媚壁のざらついたところをこすられた瞬間、煮え立つほどの愉悦に襲われ言葉が継げなくなる。

「ひあっ！　あっ、あぁん……ンン……！」

「おれのことは好きだと言うくせに、おれがこうするのは好きじゃないとでも？」

「んんン……ッ！」

からかいまじりの言葉に聞こえるが、ほんの少し拗《す》ねているような響きもあって、アンリエッタはそっとオーランドをうかがい見る。

目が合うと、オーランドはどうなんだとばかりに紫の瞳をすっと細めた。

「あっ……、す、すき、です……」

思いがけず真剣なまなざしにかち合って、アンリエッタはつい本心を漏らした。

「あ、あなたがしてくださることなら、……んンっ……、ど、どんなことでも好き……、ただ、は、恥ずかしくて、言えないの……、あ、あっ、やぁっ……！」

オーランドの指の動きが速くなって、アンリエッタの腰がびくびくと浮き上がる。

薄い瞼《まぶた》を震わせながら、悦楽に悶《もだ》えるアンリエッタをじっと見つめて、オーランドはわずかに苦笑した。

「本当に……可愛らしいな、おまえは。そんなおまえだから——」

「な、に……？」

オーランドの声に切なげな響きが滲《にじ》んだ気がして、アンリエッタは目を見開く。

だが再び媚壁のいいところをこすられ、たちまち意識がそっちへ持って行かれた。

「あっ、あぁいや、あっ、ああ——……ッ！」

剥《む》き出しの花芯にも口づけられ、じゅっと音を立てて吸われた瞬間、燻《くすぶ》っていた熱が一気に弾け飛ぶ。

「あ、あぁぁ――ッ……‼」

いきなり襲ってきた絶頂に息が止まりそうになる。身体中が強張《こわば》り、指を咥《くわ》え込む膣壁がきつく締まった。腰がびくびくと激しく波打って、敷布の上に崩れ落ちる。

「はっ……、あ、あぁ……っ」

「――イッたか」

オーランドが、どこか満足そうな声音で小さく呟《つぶや》く。

挿《い》れられたままの彼の指が、膣壁の奥でくいっと曲げられたのを感じて、細かく震えていたアンリエッタはびくんと再び跳ね上がった。

「はぅっ……、あ、ま、まって……っ」

「待たない」

「だ、め……、――あぁぁ……ッ！」

かぎ爪のように曲げられた指が、内部のざらつくところを押し上げるように刺激し始める。

まだ絶頂が抜けきらないうちに新たな刺激を与えられ、アンリエッタの身体は火をつけられたように熱くなった。

指だけでなく、膨《ふく》らんだままの花芯まで再び舌で転がされて、立て続けに押し寄せる愉悦の波に、下腹の奥がずくずくと焦《こ》げついてたまらなくなる。

「や、やぁう……、あっ、あぁぁ……」

全身がびくびくと大きく震える。舐《な》め上げるぴちゃぴちゃという音と、掻き出される蜜が泡立つくちゅくちゅという音が入り交じって、性感と羞恥《しゅうち》をさらに煽《あお》り立てるようだ。オーランドの熱い吐息を感じるたび、腰から下がどろどろに蕩《とろ》けそうになる。

（身体が……溶けちゃう……っ）

「あっ、あぁッ！　だめ、そこは、……あぁ……っ！」

なおざりになっていた臍《へそ》周りの愛撫《あいぶ》も再開され、強すぎる刺激に息が詰まる。

再び大きな波にさらわれそうな予感に、アンリエッタは激しく首を打ち振った。

「だ、だめ……、あ、あぁ、……やあぁう……ッ!!」

細い身体が海老ぞりになった瞬間を狙い定めて、オーランドが花芯を強く吸い上げる。

痛いほどの刺激に愉悦が弾け、アンリエッタは真っ白な中に放り出された。

がくがくと大げさなほどに身体が震えて、あられもない声が寝室いっぱいに響き渡る。

「は、ぁ……、あぁ……」

あふれる唾液でしっとりと濡れた唇を震わせ、アンリエッタはぐったりと寝台に沈み込んだ。

立て続けに押し上げられたせいか、身体中がふわふわして、自分の乱れた呼吸音と動悸しか耳に入ってこない。

そうしてどれくらい横たわっていたか。ふと気づくと、オーランドが横にぴたりと寝そべって、アンリエッタの頬や鼻先に柔らかく口づけを落としていた。

「……あ……、わたし……？」

「気がついたか？」

目元に柔らかく吸いつかれ、アンリエッタはぱちぱちと目を瞬《またた》いた。

「すみません、わたし、眠って……？」

「いいや。ほんの少し意識を飛ばしていただけだ」

緩《ゆる》く抱き寄せられ、アンリエッタもほっと息をついて広い胸に顔を埋める。

そのとき、太腿に覚えのある硬い感触を感じ、ハッと我に返った。

小さく苦笑したオーランドは、緊張するアンリエッタをなだめるようにそっと髪を撫《な》でてくる。

「……やはり、恐ろしいか？」

「い、いいえ。驚いただけですから」

答えながら、アンリエッタはそろそろと手を伸ばして、その部分にふれてみる。衣服越しとは言え、そこが熱を持って勃ち上がっているのがはっきりわかって、頬にうっすらと赤みが差した。

「もうこんなに硬くなって……」

胸をドキドキさせながら、アンリエッタはおずおずと口を開いた。

「あの、これに……さわっても、よろしいでしょうか？」

オーランドは大きく目を瞠《みは》り、次いで心配そうな面持ちを向けてくる。

「無理をするな」

「無理なんて……。わたしもオーランド様にふれたいのです」

オーランドは迷うように眉を寄せたが、アンリエッタが引かない構えであるのを察して、そっと力を抜いた。

アンリエッタはそろそろと身体を起こして、彼の下穿きに手をかける。

以前同じことをしたときは、羞恥心《しゅうちしん》と恐怖心しか感じなかったが、今は不思議とそういった気持ちは起こらなかった。代わりに少しの緊張と、ドキドキとわくわくが入りまじったような高揚感が胸を満たしている。

袷《あわせ》の部分を開くと、充分な硬度を持った雄芯が跳ねるように顔を出して、アンリエッタはこくりと喉を鳴らした。

少しの躊躇《ためら》いののち、アンリエッタはそっと身をかがめてその根本を握り込む。

（熱い……）

じっとりとした熱さは、彼が抱えている欲望の大きさそのもののように感じられた。反り返った竿《さお》部に指を滑らせ、軽く握り込んだそれをゆっくりしごき始める。

「……っ……」

オーランドがわずかに息を詰める気配がした。たどたどしい動きだという自覚があるだけに、これでいいのか不安だったが、彼が感じていることがわかり、アンリエッタの中に自信が芽生える。

自分の愛撫《あいぶ》で彼が感じてくれると思うと嬉しくて、アンリエッタは一心に手を動かした。

やがて彼の先端から透明な液があふれてきた。その液がピリッと苦いことも、雄芯を口に含むと苦しくなることも知っているのに、アンリエッタは身を乗り出して、その先端に唇を押しつけた。

手の中の屹立《きつりつ》がどくりと鼓動を打つように震えた。それが嬉しくてたまらなくて、アンリエッタはそのまま唇を開き、口腔に彼の欲望を迎え入れた。

「く……」

オーランドの綺麗に割れた腹筋がかすかに引き攣《つ》るのが見える。アンリエッタは剛直を舌の上に載せて唇をすぼめ、ゆっくり頭を動かし、指でしたのと同じように熱い皮膚をしごいていった。

「ん、んぅ……、ふ……」

以前のように無理やり奥まで咥《くわ》えていないせいだろうか。多少の息苦しさはあっても、嘔吐《えず》くほどの苦痛はない。それどころか、彼の丸い先端が頬を圧してきたりすると、アンリエッタの身体までむずむずと疼《うず》き始めてしまう。

「ふ、ぅ……、あむ、んっ……」

彼を気持ちよくしたくて、自分も気持ちよくなりたくて、気づけばアンリエッタは一心不乱に彼の欲望をしゃぶっていた。

すると、オーランドが低くうめいて、アンリエッタの肩を強い力で引き剥《は》がした。

「きゃっ……！」

次の瞬間には仰向《あおむ》けに返され、腰を抱かれて熱烈な口づけを浴びせられる。

先ほどまで彼を含んでいた口に、彼の舌がねじ込むように入ってきた瞬間、アンリエッタの奥底もじゅわりと濡れて、あふれた蜜が後孔のほうまで滴《したた》り落ちた。

「んっ、あふっ……、はっ、はぁ……っ！」

角度を変えながらやや乱暴に唇を吸われ、舌を絡め取られ、あふれる唾液を啜《すす》り上げられる。

じゅ、と淫《みだ》らな水音が重なった部分から響くと、ひどく卑猥《ひわい》な欲望に駆り立てられて、アンリエッタも夢中で彼の首にしがみついた。

奪い合うような口づけを繰り返しながら、オーランドはこれ以上ないほど張り詰めた剛直を、ぐっとアンリエッタの下肢に押しつけてくる。

じっとりと濡れてひくつく秘裂に、竿《さお》部をぴたりと押し当てられて、そのまま腰を動かされた。

剛直が秘所をこするように上下していき、舌や指とはまた違う感覚がアンリエッタを翻弄《ほんろう》してくる。

「はっ、あぁう！　はっ、はぁ、はぁ……ッ！」

「……ッ、アンリエッタ」

「やぁ、あぁ！　はっ……、んっ、んぅ……ッ！」

悲鳴を呑み込むように激しく口づけられ、あふれる愉悦が行き場を失い、身体の中で暴れ回る。

あまりの熱さと疼《うず》きに腰をよじって身悶《みもだ》えると、剛直のくびれが花芯を強くこすっていき、弾けるような快感が身体の芯を貫いた。

「うっ、う！　はっ……ッ――!!」

声にならないうめきを漏らし、アンリエッタはがくがくと激しく痙攣《けいれん》する。三度目の絶頂が襲ってきて、オーランドの腕の中で細い身体が弓なりにしなった。

息もできない快感の中、一度腰を引いたオーランドが、剛直の先端を蜜口にあてがい、一気に腰を押し進めてくる。

「きゃっ、あ……ッ!!」

抜けきらない絶頂に震える濡れ襞《ひだ》を、左右に割るようにして熱塊が挿《はい》り込んでくる。ずん、と奥の奥まで一息に貫かれ、アンリエッタは目を見開いたまま引き攣《つ》った息を漏らした。

「や、ぁぁ……ッ」

絶頂で熟れた媚壁が、硬く張り詰めた剛直に吸いつくように蠕動《ぜんどう》する。

オーランドが顔を上げ、ぐっと奥歯を噛みしめ硬く目をつむった。アンリエッタを抱える腕に力が籠もり、指先に絡んだ髪が引っ張られて、頭皮にわずかな痛みが走る。

敏感になった身体にはそれすら気持ちよく感じられて、アンリエッタはがくがく震えながら、必死に彼の首にしがみついた。

（あっ、い……大きい……っ）

呑み込んだ塊《かたまり》のあまりの存在感に、息も絶え絶えになっていると、やがて大きく息を吐き出したオーランドが、そっと顔を上げてアンリエッタをのぞき込んできた。

「……すまない、痛かったか……？」

目を伏せていたアンリエッタは、おずおずと瞼《まぶた》を押し上げる。

紫の瞳を潤《うる》ませ、頬を上気させたオーランドの艶《つや》っぽい表情が視界に飛び込んできた。

わずかに皺《しわ》の寄る眉間をつぅと汗が伝うのを見て、アンリエッタの胸がどきんと高鳴る。同時に彼を咥《くわ》え込む媚壁がきゅんと反応して、「あんっ……」と上擦《うわず》った声が漏れた。

「だ、だいじょうぶ……。痛みは、ないです……」

驚くことに、これだけ太く大きなものを呑み込みながら、下肢は不思議と痛くない。

だが経験が浅いせいか、絶頂を迎えたばかりだからか、はっはっと呼吸が浅くなって少し苦しい。

無意識に身体を縮めるアンリエッタをしっかりと抱え直し、オーランドは彼女の背をゆったりとした仕草で撫《な》でた。

「深く息を吸って、ゆっくり吐き出してみろ」

アンリエッタも彼の背にしがみついて、言われたとおりに深い呼吸を繰り返す。

そうするとだんだん身体からよけいな力が抜けて、呼吸もしやすくなった。

だが下肢の圧迫感は相変わらずで、わずかに身じろぎするだけで剛直が媚壁にすれて、苦しいようなぞくぞくするような、不思議な心地が広がっていく。

だがオーランドにはそれがたまらないらしく、やがて大きく息を吐いて、アンリエッタの額に唇を押し当ててきた。

「……動くぞ。もう、こらえきれない」

「あ、あんっ……、ひあ、ああ……ッ」

オーランドの腰がゆっくりと離れ、再びぐっと押しつけられる。身体を貫く剛直がぎりぎりまで引き抜かれ、また押し込まれる感覚が背筋をぞくぞくと伝わってきて、愉悦が再びゆらりと舞い戻ってきた。

「う、はっ……、ひあぁ……っ」

「く……」

オーランドの苦しげな声が耳をつく。

お互いを馴染《なじ》ませるようにゆっくりと動いていたオーランドだが、その動きも徐々に激しく速くなり、アンリエッタの身体は荒々しく揺さぶられる。

汗ばんだ手が腰から臀部《でんぶ》へ移動し、柔らかな尻肉を掴まれると、その熱さと激しさに

アンリエッタはたまらず彼の首にしがみつく。食らいつくような口づけが浴びせられて、吐息まで密に絡まり合った。

「ふ、うっ……、んむ、んン……！」

「……はぁ、ぐっ……、アンリエッタ……！」

「あぁ、あっあっ……！　や、やぁ、やあぁぁ……ッ！」

身体が上下に激しく揺れる。

オーランドの剛直が身体の奥を突き上げるたびに、目の前がぱちぱち弾けるようだ。

一方でずるりと引き抜かれると、喪失感に意識まで持って行かれそうになり、ねだるような声が抑えられなくなる。

抽送《ちゅうそう》に合わせ絶えずあふれる蜜が荒々しく掻き出され、じゅぷじゅぷと音が立った。それが身体の丸みをつぃと伝っていくのにすら感じてしまって、アンリエッタは大きく開いた唇から絶えず甘い喘《あえ》ぎを漏らし続けた。

「はっ、あぁ、やあ……、ンン……ッ、あ、あ、あ……ッ！」

こすられる媚壁が甘く震えて、さざ波のような快感を身体中に伝えてくる。

喘ぎとともにあふれた唾液が唇の端からこぼれそうになるのを懸命に抑え、アンリエッタはオーランドの背にしがみつく。

「あっ、あぁう……！　ふ、うっ……」

勃ち上がったままの乳首がオーランドの胸板に擦《す》れて、じりじりと熱を持ち、剛直の根本にこすられる花芯が痛いほどに脈打つ。

身体中が愉悦を求めて、甘く激しくすすり泣いているようだ。

「も、もう……っ、オーランド、さま、わたし……ッ」

気持ちよさのあまりぽろぽろと涙をこぼしながら、アンリエッタは限界を感じて目を細める。

だがそれはオーランドも同じだったようで、「ああ」とかすれた声が聞こえたかと思うと、ぐっと強い力で腰を抱え込まれた。

「おれも、もう……っ」

「く、ふっ……、んっ、んあぁぁ——ッ!!」

それまでより深い角度で、最奥を穿《うが》つように激しく抽送《ちゅうそう》され、アンリエッタはたまらず甲高い声を上げた。身体の奥から立ち上った熱さが全身を痺《しび》れさせ、四肢がびくびくと甘く引き攣《つ》る。

同時に、オーランドを包む膣壁がうごめくようにきつく締まった。

「……っ！」

オーランドが息を詰めて、アンリエッタの腰を掴む手に力を込める。熱くうねる媚壁に応《こた》えるように、彼の雄もぐぅっとその質量を増し――

「ひっ、――あぁん！」

絶頂にひくついていたアンリエッタは、膨《ふく》らんだ剛直が一息に抜かれるのを感じて大きくのけ反った。

直後、アンリエッタの薄い腹に、欲望の飛沫《ひまつ》が放たれる。

「あ……、あぁ……」

びゅくびゅくと叩きつけるように注《そそ》がれる白濁に、アンリエッタはふるりと総身を震わせた。

（あ……、赤ちゃんの、もととなる液……）

絶頂で潤《うる》んだ瞳で、アンリエッタはオーランドが自身をしごいて、最後の一滴まで絞り出すのをじっと見つめた。

激しく呼吸を繰り返していたオーランドは、未だ力を失わない自身から手を離すと、熱を帯びた身体を投げ出すようにしてアンリエッタの隣にうつぶせになる。

アンリエッタも指一本動かすことができずに、ふたりはしばらく上がった息を整えることだけに終始していた。

「……悪い。汚したな」

やがて、オーランドが髪を掻き上げながら起き上がる。彼はアンリエッタの身体を見下ろすと、腕に引っかかっていた自分の夜着を脱いで、それで放たれた白濁を丁寧にぬぐった。

綺麗になっていく身体を見ながら、アンリエッタはなんとも言えない気持ちを抱く。

二度目の行為のあとで、彼が自分との子供を作る気がないのかもしれないと嘆《なげ》いたことが思い出される。

あのときのオーランドはアンリエッタを疑っていたようだから、そんな娘とのあいだに子を作ろうとは思わなかったのだろう。

だが、今は？　こうしてお互いを欲しがって、心から繋がりたいと思えるようになった今も、彼はアンリエッタとの子を持つ気にはならないのだろうか？　それとも……

後処理を終えたオーランドは、アンリエッタの表情に気づいてわずかに顔を曇らせる。

アンリエッタは慌てて笑みを浮かべようとしたが、オーランドは首を振ってそれを止めた。

「無理をしなくていい。言いたいことがあるなら、言ってみろ」

アンリエッタは身体を起こし、少し悩んだ末、おずおずと口を開いた。

「オーランド様は……わたしとのお子を、望んでいない、のでしょうか？」

尋ねるのは勇気がいることだけに、言葉尻はどうしても震えてしまう。

オーランドの顔にさっと緊張が走る。同時に、時折見せる苦悩の色も。それだけで、アンリエッタは自分の考えが正しかったことを知る。

「なにか、お子を作れない理由があるのですね？」

「アンリエッタ……」

「いつか――」

泣きそうになるのをこらえて、アンリエッタはまっすぐオーランドの瞳を見つめた。

「あなたの抱えている苦しみが晴れて、なんの問題もなくなったら……もし、その日がきたなら、わたしに、あなたのお子を授けてくださいますか？」

オーランドは唇を噛み、苦しみをたたえた瞳で、ただアンリエッタのことを見つめ返してくるだけだった。

アンリエッタは自分の視界が涙でみるみる歪《ゆが》んでいくのを感じて、とっさにうつむく。

「アンリエッタ……」

オーランドの腕が伸びて、震える身体をきつく抱きしめられた。

裸の胸同士が合わさり、伝わってくる温かさに胸が震える。必死に嗚咽《おえつ》をこらえて、アンリエッタも彼の背に腕を回してひしと抱きついた。オーランドの腕にさらに力が籠もる。

「ごめんなさい……」

「おまえが謝ることはひとつもない」

鼻をすするアンリエッタに、オーランドは静かな口調で呟《つぶや》く。そして労《いたわ》りを込めて髪を撫《な》でてくれた。

きっと、彼が抱える苦悩のほうが、自分が感じている悲しみより大きい。

そう思ったアンリエッタは、奥歯を噛みしめて涙を呑み込んだ。この上で彼にさらなる重石《おもし》を背負わせたくはない。

少しのあいだ彼のぬくもりに甘えてから、顔を上げたアンリエッタは、オーランドの沈んだ表情に胸を痛めながらも、あえて明るい声を出した。

「あ、あの、オーランド様。明日のことなのですが」

「明日……？」

いぶかしげなオーランドに、アンリエッタはとびきりの笑顔を向ける。

「明日は朝議がお休みでしょう？　よかったら、その、朝食をご一緒いたしませんか？　それから庭に出てお散歩など……、また薔薇《ばら》を選んでいただけたら嬉しいのですが」

アンリエッタを見つめたままなにも言わないオーランドに、笑みを刻む唇が震えそうになる。

「明日は……出かける用事が入っている」

やがて返ってきた答えに、アンリエッタは落胆の色を隠せなかった。

「そう、ですか……」

がっかりしながらうつむいたとき——

「一緒にくるか？」

「……え？」

「視察のための外出だ。行き先はなじみの村だから、おまえのことも歓迎してくれるだろう」

どうだ？　と問われ、アンリエッタは大きく目を見開く。

考えるより早く、アンリエッタはこくこくと首を縦に振っていた。

「は、はいっ！　ぜひ、ご一緒させて下さい！」

沈んだ気持ちから一転、喜びがあふれるようにわいてきて、アンリエッタは頬を紅潮させる。

きらきらと輝く緑色の瞳に面食らった顔をしながらも、オーランドもほっとしたように笑顔になった。

「なら、決まりだな」

そうして彼はアンリエッタの身体に夜着を着せかけ、自分は上半身は裸のままで寝台に横たわった。アンリエッタが隣に寝そべると、毛布を肩まで引き上げてくれる。

「明日は早いから、もう寝なさい。朝食を食べたらすぐに出発する」

「わかりました」

おやすみ、と挨拶《あいさつ》をしてオーランドは早々に瞼《まぶた》を閉じる。

娼館で一夜をともにしたときは、気を失うように眠り込んでしまったから、アンリエッタにとっては今回が初めての共寝と言える。オーランドのぬくもりを感じると、心がゆっくり癒《いや》されていくような安らぎを覚えた。

ほどなく寝息を立て始めたオーランドを、アンリエッタはじっと見つめる。

(この方のために、わたしができることはないのかしら……)

彼の抱える秘密は、子供を持つことすら困難にさせるものらしい。

そんな大変な事情を、たったひとりで抱えていらっしゃるなんて……

彼が理由を話してくれない以上に、そのことがひどく苦しく思えて、アンリエッタは
そっとオーランドの頬を撫《な》でた。

せめて眠りの中にいるときくらいは、苦悩や秘密から解放されて、心穏やかでいてほしい。

そんなことを考えながら、アンリエッタも静かに眠りの中へ沈んでいった。

第四章　明かされる真実

オーランドが言っていた『村』は、王城からは馬で一時間もかからないところにあるらしい。

アンリエッタがひとりで乗馬できないと告げると、オーランドは彼女をひょいと抱え上げ馬の背に横向きに押し上げた。

「いちいち馬車を引かせるのは面倒だからな」

馬の高さにおののくアンリエッタを尻目に、うしろにまたがったオーランドはさっさと手綱を引いた。ぽこぽこと従順に進み始めた馬の振動を感じて、アンリエッタは慌ててオーランドの胴にしがみつく。

「そんなにおびえなくても大丈夫だ。少しは周りの景色を見てみたらどうだ？」

笑いまじりに諭《さと》され、アンリエッタはおそるおそる薄目を開けてみた。

「まぁ……！」

視線がいつもより格段に高くなったためだろう。丘の下に広がる城下町をずっと遠くまで見渡すことができて、アンリエッタは目を輝かせた。馬車の中にいては決して味わえない風景と、頬を流れる風や日差しの温かさにすっかり魅了される。

「なんだか視界が、すごく開《ひら》けて……」

「世界が広がった感じがするだろう？」

オーランドの言葉に、アンリエッタは深く頷《うなず》いた。大げさかもしれないが、まさにそんな心境だったのだ。

「おれも最初に馬に乗ったときはそう感じた。視線が高くなっただけで、充分心が弾んだものだ」

「オーランド様は、おいくつのときに乗馬を始められたのですか？」

「十か、そこらのときだったかな。それまでは世話係や騎士と一緒に乗せてもらっていたが……」

流れゆく景色を見ながら、アンリエッタとオーランドはたわいもない会話を続ける。

季節はもう春の終わりだが、道ばたにはまだ野の花が咲いていて、ふたりの目を充分に楽しませてくれた。

途中休憩を挟んだこともあって、疲れを感じることもなく視察先の村に到着する。

「おおっ、お待ちしておりましたぞ、王子殿下！」

村に入ると、村人たちがこぞって出迎えてくれた。

オーランドの到着を知り、わざわざ家の中から走り出てくる者たちもいて、その熱烈な歓迎ぶりにアンリエッタは驚いてしまう。

オーランドは村の男に馬を預けると、まずアンリエッタを紹介した。

「隣国から嫁いできた妃だ。アンリエッタという」

「あ……初めまして、みなさん。アンリエッタと申します」

「これはこれは、なんとも愛らしい奥方様で」

村長はふたりを見比べると、まるで孫が嫁を迎えたような喜びようで祝福の言葉をかけてくれた。

「王都と比べると寂《さび》れたところですが、どうぞごゆっくりなさってくださいませ」

「いくつか見学したい場所があるんだが――」

「ご要望とあらばすぐにご案内いたしましょう。ささ、まずは屋内でお茶でも」

勧められるまま村長の家へ上がるが、オーランドは呼びにきた村の男たちと連れ立って、すぐに出かけて行ってしまった。

残されたアンリエッタには、村長の孫娘がお茶を用意してくれた。

「この地方の特産品です。お口に合えばいいのですけど」

「とてもいい香りがするわ。ありがとう」

ふんわりとした花の香りに誘われて一口含めば、スッとした香りが鼻へ抜ける。味は少し癖があるものの、甘いお菓子と一緒にいただくととてもおいしくて、アンリエッタはすぐにこのお茶が気に入った。

一息ついたアンリエッタは、裏の花畑へ行くという村長の孫娘について行く。

家の裏の小径《こみち》を抜け開《ひら》けたところに出ると、そこにはアンリエッタの初めて見る木が多く植えられていた。

「これはなんという花なの？」

「カメリアですわ。つい最近、我が国に入ってきたばかりの品種なんです」

アンリエッタより少し背の高い木には、深い緑色の葉と、それに囲まれるように真っ赤な花が点々と咲いていた。

厚みのある葉は、指先が切れてしまいそうな鋭さがあり、対して赤い花の花びらはとても柔らかく、光沢があって大変美しかった。

「城の中庭でも見たことがない花だわ。とても美しいのね」

「オーランド殿下がこの花の種から油が取れることをお聞きになって、他国よりお求めになったのだそうです」

「オーランド様が？」

驚くアンリエッタに、村長の孫娘は嬉しそうに微笑《ほほえ》んだ。

「ここは殿下のご領地ですからね。あたしたちは『殿下の実験場』と呼んでいるんですけど」

「実験場……」

呆然と繰り返したアンリエッタは、まじまじとカメリアの木を見上げた。

「種から油が取れる、と言ったわね。その油は、やっぱり薔薇《ばら》から取れるものと同じように、香油になったりするのかしら」

「その通りです。食用の油としても使われるそうですが、主に髪に塗る香油として使われます」

そうしてアンリエッタは、その香油を作っている作業場に案内された。

「よろしければお試しください」

作業場には花摘みの女たちが詰めていて、アンリエッタが訪れると山ほどの試作品を持って出迎えてくれた。

アンリエッタはそのうちのひとつを手に取り、匂いを嗅いでみる。薔薇とはまた違った、なんともいい香りが広がって、思わず感嘆のため息をついた。

「素敵な香りねぇ……。あなた方もこれを使っているの？」

「ええ。髪が本当につやつやになるんですよ」

そう言って笑う女たちの髪は、確かに艶《つや》があってとても美しい。

好きなだけ持っていっていいと言われ、アンリエッタは遠慮なく籠ごと頂戴した。

自分で使ってみて気に入れば、サリアたち侍女にも勧めて、最終的に城の女たちに広まればいいと考えたのだ。

（もしかしてオーランド様は、それを狙ってわたしを連れてきたのかしら？）

香油を使うのは主に女性だ。アンリエッタがこれを周りに広め、そこからさらに広まっていけば、オーランドの助けになれるかもしれない。アンリエッタは目を輝かせた。

その後、アンリエッタが女たちと気ままにお喋《しゃべ》りを楽しんでいると、オーランドがようやく戻ってきた。

すっかりくつろいでいるアンリエッタを見て、思わずといった調子で苦笑を浮かべていた。

「おまえは、どこにでもすぐ順応できるんだな」

「そんなことはありませんわ。ここの方々がとてもよくしてくださるおかげです」

隣に座る女たちと「ねぇ？」と言い合って、みんなでくすくす笑った。

「おまえに見せたいところがある」

オーランドにそう促《うなが》され、アンリエッタは女たちに別れを告げて、彼と連れ立って歩き始めた。

彼に連れてこられた場所は、なんと、学校だった。

ちょうど授業中らしく、広々とした教室内では子供たちが教師の言葉に続いて詩の一編を朗読している。

下は五歳くらいから、上は十五歳ほどまで、多くの子供たちがそこで学んでいた。

「オーランド様、ここは……？」

「おれの私設学校だ。二年前から始めている。ここには他の村や遠くの街からやってきている子供たちもいるんだ」

そういった子供たちには寮が用意されており、本人の希望と親の同意があれば、誰でも無償で入れるということだった。

「学びの場所だけではなく、子供たちの寝食の場も設《もう》けたということですか？」

これまで聞いたことがない画期的な施設に、アンリエッタは文字通り目を丸くする。

「ただ学ぶだけの場を設けたところで、ひとが集まるかと言ったらそうではない。こうして無償で、食事と温かい寝床が与えられる環境があれば、親も子供を学校に行かせることに同意しやすくなるかと考えたんだ。その結果、これだけの子供たちが集まった」

アンリエッタは驚きと感動にじっと夫の横顔を見つめた。

先日の議会でアンリエッタが発言したのは、教育を受けた子供が増えれば、将来的にそれが国の利になるという、言わば理想論だった。

しかしオーランドはそこからさらに踏み込んで、ずっと実践的な試《こころ》みをしている。オーランドはアンリエッタより……いや、おそらく議会に集まっていた議員の誰よりも、この国の教育について考えていたのだ。

（オーランド様は今も国のためを思って、立派に働いていらしたんだわ）

やはりオーランドは、三年前にアンリエッタが恋したままの王子様だったのだ。国内だけでなく、国外の危機にも駆けつけてくれるような優しい王子様。その優しさは自国の民にも惜しみなく向けられ、多くの政策の原動力となってきたのだろう。

彼が成し遂げてきたこと、そしてこれから成し得ようとしている一端をかいま見られて、アンリエッタの胸に愛おしさと尊敬の気持ちが泉のようにわき出してくる。

そんなアンリエッタに気づいているのかいないのか、大きな声で詩を朗読する子供たちを見つめながら、オーランドはぽつぽつと語り始める。

「おまえが議会で言っていたように、ここで学んだ子供たちはいずれ、この国の働き手として大いに貢献してくれるはずだ。そうすれば、今は民に教育を受けさせることに否定的な者たちも、その重要性に必ず気づく。将来的にすべての子供たちが読み書きと計算を覚え、どこへでも働きに出られるようになれば、王国はまた違った様相を見せ始めるだろうな……」

どこか遠くを見つめるオーランドの瞳には、すでにその未来が見えているようだった。

――それだけの理想を持ちながら、なぜ彼は自分から政治の場を離れてしまったのだろう。

アンリエッタの胸はじりじりと焼けつくように苦しくなる。

（本当は議会でもこのことを発表して、教育の大切さを訴えたかったはずだわ。それなのに……）

彼の抱える秘密が、彼に王子としての務めを放棄させ、彼の理想を壊していく。

それほどまでの、秘密――アンリエッタの脳裏に、先日のレオンの言葉が浮かんだ。

『もともと王位は僕が受け継ぐもので、兄上にはその資格がないなんて噂まで流れているんですよ』

『今やあなたは、生まれながらにして罪を背負った、いつわりの王子と呼ばれているんです』

（生まれながらにして罪を背負った、いつわりの王子……）

同時に真っ青な面持ちで立ち尽くしていたオーランドの姿がよみがえり、まさか、とアンリエッタの中で不穏な考えが膨《ふく》らみ始める。

戸惑いが大きくなったとき、オーランドの静かな声がした。

「突然こんなところに連れてきてすまなかった。だが、おれと同じ考えを持っていたおまえには、ここを見ておいてほしかったんだ」

アンリエッタはハッと顔を上げる。オーランドは視線を教室からアンリエッタへと移し、自分をまっすぐ見上げる妻をまぶしそうに見つめていた。

「今後なにがあるかわからないから、おまえにここのことを知っておいてほしかった。学校だけでなく、カメリアやこの村の人々のことも。少しでいいから心に留めて、覚えていてほしい」

まるで彼自身がどこか遠くへ行ってしまうような言葉に、全身がスッと冷えていくような不安と恐怖心がわき起こる。

アンリエッタはたまらなくなって、オーランドの腰にひしと抱きついた。

「あなたがこれまで大切にしてきた村のことですもの。もちろんわたしも大切にしていきます。でも、でも、どうかそんな悲しい言い方はなさらないで。この村の方々はみんなあなたを慕っています。ですから、今後なにがあるかわからないなんて、そんな悲しいこと……二度と口にしないで」

「アンリエッタ……」

「あなたはこれからもこの村に足を運んで、この国のことを考えて生きていく方です。今までずっとそうやって生きていらしたのだもの。それが変わるはずがないわ」

アンリエッタの言葉に、オーランドの身体がわずかに強張《こわば》る。

彼はしばらくなにも言わなかったが、やがてそっとアンリエッタの髪を撫《な》でた。

「……そうだな。なにがあろうと、この国のために働きたいという気持ちが変わることはない」

ハッと顔を上げたアンリエッタに、オーランドはわずかな痛みの見える表情で微笑《ほほえ》んだ。

「今日はせっかく外へ出てきたんだ。のんびり羽を伸ばしていこう」

アンリエッタは静かに頷《うなず》く。正直、彼の言葉はこちらをなだめるだけのものに聞こえたが、それが今の彼が言える精一杯の返事であろうことも、なんとなく察せられたから。

「そろそろ戻ろう。きっと村長たちが茶と菓子を用意して待ち構えている」

アンリエッタも微笑んで、明るいことを口にする彼に「ええ」と頷いて見せた。

だが村長の家へ戻る道すがら、オーランドを探していたらしい男たちがこぞって笑顔で近づいてくる。彼らは口々に相談を持ちかけてきた。

オーランドはそのひとつひとつへ丁寧に答えを返していく。おかげであっという間に村人に囲まれてしまった。

朝議のときとはまるで違う積極的な姿だ。これが彼本来の姿なのだろうと思うと、先程口にした思いは、やはり間違っていないと確信できる。

（やっぱり、オーランド様はこの国のために生まれてきた方なのよ）

もしレオンが言っていた噂が真実に近いものであったとしても、その事実はきっと揺るがない。

それと同じように、アンリエッタがオーランドを思う気持ちもまた揺るぎないものだ。自分は彼を愛し、支えるためにここにいる。今後彼がどういう道を歩くことになろうと、そのそばに居続けることが自分の望みであることははっきりしていた。

（今も、これからも、オーランド様のそばにいて、オーランド様を愛していく。だから、彼の抱える事情に悩むよりも、彼が少しでも楽に生きられるように心を砕いていこう）

アンリエッタはそう決意を固めて、オーランドの姿をじっと見つめていた。

すると、通りかかった女性がちょいちょいとアンリエッタを手招きする。

「どうやら長くなりそうですよ。こっちで少し休んで行かれてはどうです？　ちょうどお茶を淹《い》れたところですから」

「そうね。お気遣いありがとう」

確かにここに突っ立っていても邪魔になるだけだ。アンリエッタはありがたく女性の申し出に頷《うなず》いた。

女性はどうやら出店でスープとパンを売っていたようだ。村長の家で出された花の香りのするお茶を勧められ、喉が渇いていたアンリエッタは礼を言ってそれに口をつける。独特の香りとほっとする温かさに、自然とため息が漏れた。お茶菓子を手に戻ってくる女性に気づいて、アンリエッタは再度礼を言おうと顔を上げるが、その瞬間視界がぐらりと歪《ゆが》む。

（なに？　なんだか、眠い……）

あっという間に瞼《まぶた》が重たくなって、カップを持つ手から力が抜けた。

おかしいと思ったときにはもう遅くて、アンリエッタは真っ暗な眠りに落ちていった。

ぱちん、と炎が弾ける音がして、アンリエッタはゆっくり瞼を持ち上げた。

霞《かす》む視界の端に、ゆらゆらと揺れる暖炉の火が映る。何度か目を瞬《またた》かせたアンリエッタは、自分がいつの間にか寝台にうつぶせになっていることに気がついた。

「お目覚めですか？」

突然声をかけられ、アンリエッタは驚いて顔を上げる。慌てて周囲を見回せば、暖炉脇の長椅子に腰かけている人影が目に飛び込んできた。

「れ……レオン殿下？」

レオンは手にしていた本をパタンと閉じると、いつもと同じ人好きのする笑みを向けてきた。

「気分はどうです？　眠り薬を口にしたでしょう」

（眠り薬……？）

アンリエッタはあっと声を上げる。出店の女性が差し出したお茶を飲んだあと、急激に眠くなったことが思い出されたのだ。

（あの中に薬が入っていたというの？）

「いったいどうして……」

呆然と呟《つぶや》くと、とんでもない答えが返ってきた。

「僕が命じたからですよ。これくらいのことをしないと、あなたと込み入ったお話をすることはできないと思いましてね」

なんでもない口調で言われたためか、アンリエッタの理解はすぐに追いつかなかった。

「……え？」

「穏便にことを運んだとはいえ、攫《さら》ってくるような真似をしたことは謝ります」

その一言で、ようやく現状を理解したアンリエッタは鋭く息を呑んだ。

「ど、どうして」

アンリエッタは手元の毛布を急いで引き上げ、身を守るように身体を包む。

ちらりと確認したが、外出用のドレスはそのままだ。靴と小ぶりの宝飾品だけが外されている。

続けて室内に目を走らせると、横になっていた寝台は上等なもので、そこここに置かれた家具も高価なものに思えた。

窓の外はすでに日が暮れ始めている。どれくらいの時間眠っていたのだろう。ここがどこだかわからない恐怖もあって、アンリエッタはみるみるうちに真っ青になった。

「一応、あなたを運んだ者たちには丁重に扱うように言いつけましたが、どこか身体に痛みなどはありませんか？」

――攫っておいて、そんなことを尋ねるの？

アンリエッタはじわじわと憤《いきどお》りを覚えながら、軽く身体を動かして怪我の有無を確認した。

幸いなことに痛むところはない。

「おかげさまで……」

低い声で答えつつ、いつでも逃げ出せるように態勢を整える。

それを、レオンはおもしろそうに眺めやった。

「そんなに警戒しなくても、ちょっとお話ししたいだけです。一応、それらしい痕跡は残しておくよう命じました。オーランドもすぐにここに気づくでしょう」

「ここはどこなのですか？」

「僕の母の実家が所有する別邸のひとつです。王都からはさほど離れてはいません。ただ、オーランドが立ち入るにはちょっと面倒な手続きが必要かもしれないですね」

確かに、イザベラと犬猿の仲である王妃の息子が易々《やすやす》と立ち入れるところではないだろう。

それでも彼がこちらに向かっていると思えば心強い。心配と迷惑をかけたことには心が痛むが、今はとにかくこの場をやり過ごすことが先決だ。

アンリエッタが腹をくくったのを察したのだろう。レオンももったいぶらずに言葉を継いだ。

「オーランドがくるまで時間もあまりないですし、さっそく本題に入りますね。――その後、オーランドはあなたに自分が抱えている『秘密』について話しましたか？」

「そ、そのようなこと……あなたにお教えする義理はございません」

「つまり、まだ話してもらえていないということですね」

「……」

ずばり言い当てられ、アンリエッタはとっさに言い返せなかった。

「そんな顔をなさらなくても、おそらくそうだろうと思っていました。むしろ、兄はあなたにだけは知られたくないでしょうから。よかったですね、義姉上《あねうえ》。兄はあなたが思う以上に、あなたのことを愛しているようです」

「……どういうことですか？」

思わせぶりな言い回しが、なんだかひどく馬鹿にされているように感じて、アンリエッタはいら立った声を出してしまう。

レオンはそれに対して獲物を釣り上げたような顔をして、くいっと口角を引き上げた。

「前にも言ったと思いますが、あの男は基本的に秘密主義者なんですよ。もっと言えば自分だけですべてを抱え込んで、ひとりで解決しようとするところがある。もしかしたらあなたがそれを変えてくれるかと期待したのですが、やはり持って生まれた性分はそうそう変えられないということでしょうね」

本を置いたレオンがゆらりと立ち上がる。

アンリエッタは急に怖くなって、寝台の上をじりじりと後ずさった。

このまま一息に寝台を飛び降り、扉を目指して走ろうと視線を逸《そ》らした一瞬を突いて、レオンが距離を詰めてくる。

次の瞬間には肩を押され、アンリエッタは寝台へ組み敷かれるように仰向《あおむ》けに倒された。

「なっ、なにをするのですか⁉」

「すみませんが、もう悠長に経過を観察している時間がないので、あなたを利用させていただきます」

「利用……っ⁉」

「あの男にいろいろと現実を知らしめてやりたいのでね。そのためには……彼の大事なものを、穢《けが》してやるのが一番ですから」

穢すという一言に、アンリエッタは心底から震え上がる。

レオンは本気だ。肩に食い込む指の力がそれを如実《にょじつ》に物語っている。

「や、やめて……きゃっ！」

胸元を覆《おお》っていた毛布を剥《は》ぎ取られ、ドレスの襟を乱暴に引っ張られる。薄い布地は男の力で簡単に引き裂かれた。

一方的に乱暴をされた初夜の恐怖が思い出されて、アンリエッタは涙目になる。

「こ、こんなことをして許されると……っ。やめて、お願いですから！」

「これはあなたのためでもありますよ。政略で嫁いできたとはいえ、あんな秘密主義な男と添い遂げることはありません――」

「いやっ、いやです、やめてぇぇぇッ！」

力の限り暴れるも、気づけばドレスは腰元まで裂かれ、胸の膨《ふく》らみがすべて露《あら》わになっている。

慌てて隠そうとしたところを鷲掴《わしづか》みにされ、こらえきれず涙がぼろりとあふれ出た。

「きゃあう……っ！」

強い力で乳房を揉まれて、痛みに顔が歪《ゆが》む。

（いやっ、いや！　オーランド様以外の方にさわられたくなんてない‼）

アンリエッタは相手が王子であることも忘れ、力の限り抵抗した。振り回した腕がレオンの顔や頭を打つが、当の本人は涼しい顔で受け流す。

「そうやって必死に抵抗するほど、オーランドのことが好きなのですか？」

「当たり前でしょう!!　離してッ！　もうやめて!!」

「……妬《や》けるな。あなたのような可愛らしい女性に、これだけ愛されてるオーランドが」

どこか苦笑まじりに呟《つぶや》きながらも、レオンの手は止まらない。

アンリエッタも必死に暴れた。

「こんなことをしてなにになるの!?　わたしは絶対オーランド様から離れたりしないのに……！」

「あの男についての噂は話したでしょう？　もしあれが真実で、あの男の妻であるあなた自身も罪に問われたらどうするのです？」

「そうだとしても、わたしはあの方の妃です！　なにがあってもあの方のおそばにいるの！　だからこんなこともうやめて……ッ！」

しかしとうとうスカートの中にまで手を入れられ、アンリエッタは絶望感に喉を震わせる。

（そんな、だめ。このままじゃ……！）

夫を裏切ることになる。不本意とはいえ、身体を見られ……こんなふうにまさぐられたとわかれば、オーランドはどう思うだろう。

アンリエッタを嫌いになるだろうか。軽蔑する？　いずれにせよ、彼の妻としてふさわしくない人間になってしまう。

（そんなの、絶対にいや！）

恐怖に塗りつぶされた頭の中に、オーランドの憂《うれ》い顔が強く浮かぶ。

ただでさえ苦しみを抱えたひとなのに。この上自分が新たな苦しみの種になることなど、とてもではないが耐えられない！

だが強がる気持ちも、太腿を撫《な》でられた瞬間、一気に恐怖に取って代わる。

（いやよ、こんなのいや！　助けて、オーランド様、オーランド様、オーランド様！）

「オーランドさまっ……！　オーランド様ッ、オーランドさまぁ――ッ!!」

喉も裂けよと、身を引き絞るようにして叫んだ直後だった。

「――アンリエッタ!!」

扉が蹴破られる勢いで開かれる。蝶番《ちょうつがい》が音を立てて壊れ、アンリエッタもレオンもハッとそちらを振り返った。

「あっ……」

涙まみれのアンリエッタは、戸口にたたずむ人影を見てふっと肩の力を抜く。

（オーランド様……！）

髪を乱し、いつになく焦った様子で駆け込んできたオーランドは、寝台の光景を見て一瞬だけ立ち尽くす。

だが次のときにはぞっとするほど恐ろしい顔をして、腰に下げていた剣を鞘ごと引き抜いた。

「あっ……！」

止める間もなかった。一瞬のうちにレオンに肉薄したオーランドは、そのまま剣を容赦なく振り下ろす。

ゴッ！　と鈍《にぶ》い音がして、顔をしたたかに打たれたレオンが寝台の下へ転げ落ちた。

「レオン！　貴様……ッ！」

「オ、オーランド様っ！」

アンリエッタは上擦《うわず》った声で慌てて制止に入る。殴りかかるだけでなく、そのまま白刃を引き抜こうとしていたオーランドは、その声にハッと振り返った。

「アンリエッタ！　無事か？　怪我は……ッ」

「わ、わたしは大丈夫ですから、オーランド様、どうか落ち着いて……」

だが襲われた動揺は抜けきらない。ぶるぶると全身で震えるアンリエッタに気づいたオーランドは、顔をくしゃりと歪《ゆが》めて、アンリエッタをきつく抱きしめた。

「駆けつけるのが遅れてすまない。怖い思いをさせて……っ」

全身がオーランドのぬくもりに包まれる。

助かったという思いが身体中を巡り、アンリエッタの目頭はたちまち熱くなった。

思わず彼に抱きつくと、オーランドはそれまで以上の力で抱きしめ返してくる。

「……オ、オーランド様、苦しぃ……」

嬉しい反面、息ができなくなるほど抱きつぶされて、アンリエッタは彼の腕を叩いた。

「……ったく、いちゃつくなら他でやってくれよ」

そのとき、寝台の向こうからぼやく声が聞こえて、アンリエッタはハッと身体を硬くする。

そんな彼女を護るように片腕に抱いたまま、オーランドが厳しい声を響かせた。

「どういうつもりだ、レオン！　アンリエッタになにをしようとした……!?」

「見ての通りだよ。というより、痛たた……。これ、絶対腫《は》れるんだけど。もうすこし手加減してくれてもいいだろうに」

「ふざけるな！」

「だから素直に殴られてやっただろう？　ああ、お願いだから剣を抜くなよ。君も第二妃の別宅で刃傷沙汰《にんじょうざた》を起こすのは本意じゃないはずだ」

降参とばかりに両手を上げるレオンの頬は、殴られたせいで早くも痣《あざ》ができている。もとが秀麗な顔立ちなだけに見た目以上に痛々しい有様だが、その表情はいつにも増して飄々《ひょうひょう》としていた。

だからだろうか。オーランドは目を吊り上げて剣を抜こうとしたが、アンリエッタがその手を押さえると、渋々といった体《てい》で剣から手を離す。

それを見たレオンがニヤリと笑う。

「どうやら奥方に骨抜きにされたみたいだなオーランド。いつも冷静沈着な君がこれほど取り乱すとは。とはいえ奥方に無礼を働いたことは悪かったと思っているよ。いくらオーランドを焚《た》きつけるためとはいえ、ひどいことをして怖がらせてすまなかったね、アンリエッタ」

「え？　あ、いいえ、……？」

いきなり名前を呼ばれてぎょっとすると、オーランドが「気安く呼ぶな」と低くうなった。

「いったいどういうつもりなんだ、レオン。こんなことをしでかしたからには、きちんと理由があるんだろうな？」

「それはむしろこっちの台詞《せりふ》だよ、オーランド。いったいいつまで逃げ回っているつもりだい？　いい加減に僕も焦《じ》れてきたんだけど。……まさか君がここまで堅物の馬鹿だとは思わなかった」

それまでのにこやかな様子が一変、吐き捨てるように告げたレオンに、アンリエッタは目を見開く。オーランドもぴくりと片方の眉を震わせた。

レオンの面《おもて》にもはや笑みはなく、青い瞳は射貫くような真剣さでオーランドを見据えている。

「この前も釘を刺したけど、王宮は今さんざんな状態だよ？　君がふらふらしているせいで母上とその取り巻きが勢いづいて、王宮の奥はもう大混乱だ。おかげで好き勝手に楽しむ僕の気ままな人生計画も台無しさ。本当にいい迷惑なんだけど」

なぜだろう。口にしている内容は決して褒められたものではないのに、言葉の端々に滲《にじ》み出る失望感が、彼のいらだちと怒りをあますことなく伝えてくるようだ。

アンリエッタはそっとオーランドを見上げる。オーランドもまた厳しい面持ちをしていたが、まなざしはレオンと同じくらい鋭かった。

そうしてどれくらい時間が経ったか。険しいまなざしで睨《にら》み合っている両者に、アンリエッタが居心地の悪さを感じ始めた頃、レオンがふっと肩の力を抜いた。

「まぁ君のことだから、どうにかしようとはしているんだろう。でもオーランド、現実的に考えて、君ひとりですべてに片をつけようなんて無理な話だよ。誰も巻き込まず、自分だけが罰を受ければそれで済むとは、まさか思っていないよね？」

「……」

「僕はまだいいよ。これでも王子として育ったわけだし、たいていのことには対処できる自信もある。なんの説明もないまま巻き込まれているのは腹が立つけどね。——でも、君の腕の中にいるその子はそうはいかない。なにかあったとき、君はどうやってその子を護るつもりなんだ？」

ぴくり、とアンリエッタの肩を抱くオーランドの手が小さく震える。

アンリエッタは不安を覚えて、そっとオーランドを見上げた。レオンが指す「その子」というのは、まぎれもなく自分のことだろう。

なにも答えない兄に眉をひそめて、レオンがさらに追及してきた。

「最悪、白熱している母上とその取り巻き連中が、さっき僕がやったみたいにその子を狙うかもしれない。わかっているのか？　事態はもう君ひとりの手には収まらないんだ。本気でその子を大切に思うなら、周りに頭下げてでもなんでも、しっかり護ってあげなよ。そうじゃなきゃ、君をここまで一途に思っているその子があまりに気の毒だ」

固唾《かたず》を呑んでやりとりを見守っていたアンリエッタは、レオンの口から自分を心配するような言葉が出て驚く。

（まさかレオン様の言った、私を利用し、オーランド様に知らしめるというのは、このこと……？）

肩に置かれたオーランドの指の力が強くなる。そっとオーランドをうかがえば、彼は神妙な面持ちで異母弟を見つめていた。

その視線をしっかり受け止め、レオンがやや尊大な様子で吐き捨てる。

「その子を大切にしたいと思うなら、腹の内を見せることも必要だと思うけどね。愛するひとが秘密を教えてくれないというのはつらいものだよ。信用されていないことと同じだと思うからね」

言いながら、レオンは壁際に下がった紐を軽く引っ張る。遠くでカラカラとベルが鳴り、やがて年老いた小間使いが入ってきた。

「彼女に新しいドレスを。着替えが終わったらふたりはそのまま城へ戻る。馬車の手配をしてやってくれ」

「承知いたしました」

「あ、あの、レオン様……」

アンリエッタはとっさにレオンを呼び止める。なんとなく、無言で立ち去るのは気まずかったのだ。

だがいざこちらを向かれると、なにを言っていいかわからなくなって口ごもってしまう。

そんな彼女を見て、レオンはふっと微笑《ほほえ》んだ。これまでとは違う、心からの親しみを感じられる笑みだった。

「怖い思いをさせてごめんね。けれど、君もこれからは少し気をつけたほうがいい。さっきも言ったが、僕の取り巻き連中が妙な気を起こさないとも限らないから。なるべく抑えるようにはするけどね」

「え？　あ、あの……」

「レオン」

戸惑うアンリエッタに被さるように、オーランドが呼びかける。

重々しい響きに、レオンのみならずアンリエッタも顔を上げる。それまで無口で考え込んでいたオーランドは、改まった様子で異母弟に向き合った。

「……殴ったことは謝らないが、それ以外のことについては改めて話をしたい。時間をくれるか？」

するとレオンは大げさなくらいに驚いた顔をして、それからニヤリと意地悪く笑った。

「君にお願いされるのは意外といい気分だね。——話によっては、協力は惜しまない。君もそうだろうが、僕も、今の状況を良しとは思っていないからね」

レオンはそう言うと、軽く手を振ってふたりに行けと合図する。

オーランドはアンリエッタの肩を抱くと、すぐに壊れた扉へ歩き出した。アンリエッタは慌てて振り返り、そっと頭を下げる。

腫《は》れ上がった顔で微笑むレオンの表情は、どことなく晴れやかだった。

◇　◇　◇

別室で新しいドレスに着替え、用意された馬車に乗り込むあいだ、オーランドはずっと黙り込みながらもアンリエッタのそばにいた。馬車に乗り込んでからも、アンリエッタを強く抱き寄せ、そばを離れなかった。

そうして城へ戻ってもずっと無言で、ようやく口を開いたのは自室に戻ってからだ。

「妃の侍女たちに、今夜はこちらで過ごすことを伝えておけ。それと、寝室には誰も近寄るな。居間への出入りも禁じる。いいな？」

主人の突然の厳命に、従僕たちは驚いたようだが、すぐに頭を下げて居間を出て行った。

オーランドはそれを見送ってから、アンリエッタを引き連れ寝室に入る。そして内鍵をしっかり締めると、アンリエッタのドレスの胸元に手をかけた。

「オ、オーランド様⁉　いきなりなにを……！」

「いつまでもレオンが用意したドレスを着ているな」

「なっ⁉」

無茶苦茶なことを言いつつドレスを剝《は》ぎ取ったオーランドは、満足げに小さく鼻を鳴らす。

下着姿になったアンリエッタは胸と腰元を隠して「もうっ」と真っ赤になった。

「子供ではないのですから、そんなやきもちみたいなことをおっしゃらないでください」

「『みたいな』じゃなく、本当に妬《や》いているんだ。我ながら驚いている」

あまりにさらりと言われたので、アンリエッタは聞き間違いかと思ってまじまじとオーランドを見つめてしまう。

そんな彼女をひょいと抱き上げ、いったん寝台に座らせたオーランドは、少し待つように言って、さらに奥の部屋からゆったりとしたローブと寝酒を持って戻ってきた。

「身体が冷えたんだろう。顔色が悪い。少し飲んでおけ」

大きめのローブに袖を通したアンリエッタは、言われるまま素直にお酒に口をつける。

ほろ苦い味が喉を滑り落ちて、身体をカッと熱くした。自然とため息が漏れて、肩の力が徐々に抜けていく。

アンリエッタが落ち着いたのを確認すると、オーランドは隣ではなく、彼女の足下に跪《ひざまず》いた。びっくりするアンリエッタの手を取り、彼はそのまま深々と頭を下げる。

「オ、オーランド様！」

「巻き込んですまなかった。怖い思いをさせてしまって……今さらだが、本当になにもされていないんだな？」

心配の言葉とともにさっと全身を改められて、アンリエッタは少しどぎまぎした。

「だ、大丈夫ですわ。危ないところで駆けつけていただきましたし……そ、それより、オーランド様こそ大丈夫なのですか？　ずっとなにかお考えの様子ですし、レオン様のことも、あんな痣《あざ》になるほど叩いてしまわれて……咎《とが》められたりなど」

するとオーランドはあきれたように苦笑した。

「あんな目に遭《あ》いながら、自分じゃなくおれを心配してくれるのか。本当に、おまえは……」

一度言葉を切ったオーランドは、しみじみとしたまなざしでアンリエッタを見上げる。

だがすぐに真面目な顔つきになった。

「レオンに言われたからそうするわけではないが……黙ったままことを収めようとすることが、これほどおれを思ってくれるおまえに対して不誠実だったことは間違いない。おまえはすでにおれと婚姻を結んでいる。巻き込みたくないと思っても……おまえを娶《めと》った時点で、それは叶わないことだったんだよな」

どこか自嘲めいた呟《つぶや》きを漏らすオーランドに、アンリエッタは胸が痛くなる。そんな彼女の手を、オーランドは許しを請うように額に押し戴いた。

「だが、勘違いしないでほしい。おれが今までなにも話さなかったのは、おまえを信用していなかったからじゃない。おまえを護りたかったからなんだ」

「護りたかった……？」

首を傾《かし》げるアンリエッタに、オーランドは一度瞼《まぶた》を伏せ、覚悟を決めたように再度顔を上げた。

「おれが『いつわりの王子』と噂されているとレオンは言っていたが、あれはあながち嘘ではない」

「……！」

「おれは、国王陛下の子ではない。本来なら、王子を名乗ることも許されない人間なんだ」

静かに告げられた真実に、アンリエッタは息を呑み、ただ相手を見つめることしかできない。オーランドのすべてを悟りきったような面持ちに胸の奥が締めつけられるようで、かける言葉が出てこなかったのだ。

そばに誰もいないのにもかかわらず、アンリエッタは声を潜《ひそ》めて尋ねた。

「……いったい、いつ、そのことにお気づきになったのですか？」

「一年前だ。それ以来ずっと、どうやったら穏便に表舞台から消えられるかと考えてきた」

「一年前……」

オーランドが王子としての務めを放棄し、娼館へ行くようになった頃と合致する。

アンリエッタは思わずオーランドの手を握った。重すぎる事実に指先が震えて、お酒で温まったはずの身体がスッと冷えていく。

そんなアンリエッタの手を労《いたわ》るように包み込んで、オーランドが「すまない」と呟いた。

「おれはきっと罰を受けることになるだろう。そのとき、妃であるおまえにもその罪が及ぶことをおれは恐れたんだ。だから話せなかった。真実を知らなければ、おまえが罰せられることはないかもしれない。もっと言えば……おれとおまえの仲が形だけの冷え切ったものなら、周囲がおまえを疑うことはないだろうと思ったんだ」

「……だから、わたしにひどいことをして、わたしを遠ざけようとなさったのですか？　本当はわたしのことを、護ろうとして……？」

あの初夜の席で『不貞を働いても構わない』と言い切ったのは、アンリエッタをみずからの罪から逃れさせようとしたから？

初めて知る彼の思いに言葉を詰まらせるアンリエッタを見て、オーランドは苦い表情で頷《うなず》いた。

「おまえは一国の王女で、おれの出生に関しては無関係の人間だ。状況を考えれば、おまえのことは遠ざけたほうがいいと思っていた。……しかし」

オーランドは唇を噛みしめ、まるで懺悔《ざんげ》するように、それまで以上に深く頭を下げた。

「本当は遠ざけなければいけないのに……できなかった。何度手ひどく扱っても、おまえはあきらめずにおれを追いかけてきたから」

「オーランド様……」

「いや、いいわけにもならないな。惜しくなったんだ、おまえのことが。まっすぐにおれを思い続けるおまえのことが、憎らしくていじらしくて……愛おしくて」

アンリエッタは息を呑む。

──今、彼はわたしのことを、愛おしいと言ってくれた？

「だからこそ、おれは心を鬼にしておまえを手放すべきだったんだ。なのに……それができない」

苦悩とあきらめがまじった声音で、オーランドは弱々しく呟《つぶや》いた。

「おまえが攫《さら》われたとわかった瞬間、心底肝《きも》が冷えた。手放さなければと思いながら、いざ姿が見えなくなっただけで、あれほど恐ろしくなるとは。レオンに組み敷かれて泣いているおまえを見たときは……本気で、あいつを殺してやろうかと思った。おれのほうがよほど、おまえにひどいことをしてきたのに」

かすかに震える言葉尻に、アンリエッタは胸がいっぱいになる。

オーランドの言葉は後悔に満ちているのに、それがアンリエッタにはまぎれもない愛の言葉に聞こえたのだ。こんなに思い悩むほどに、彼はアンリエッタのことを思ってくれていた。考えていてくれたのだ……！

しかしオーランドは「すまない」と、もう何度目になるかわからない謝罪を繰り返す。

「許してくれ、アンリエッタ。どうやっても、おれはおまえを手放せない。なにがあってもそばにいてほしいと思う。……だが、真実を知って、おまえがおれから離れたいと思うなら」

「オーランド様」

オーランドの言葉を遮《さえぎ》って、アンリエッタはひたと彼を見据えた。

「あなたの妃であるわたしにとって、一番つらい罰があるとしたら、それはあなたから遠ざけられることです」

「……アンリエッタ」

「あなたから離れることがなにより怖い。それは、あなたの秘密を隠匿《いんとく》していた罪に問われるより、ずっとずっと恐ろしいことなのです。わたしは――」

一度言葉を切り、アンリエッタは寝台を下りて、跪《ひざまず》くオーランドの前に膝立ちになる。

ふたりの視線の高さが同じになると、オーランドがゆっくり顔を上げた。

切なげに揺れる紫の瞳を見て、アンリエッタの胸は甘い疼《うず》きにとくりと高鳴る。彼がこれほど弱っているのもアンリエッタへの愛ゆえかと思うと、喜びで涙があふれてきそうだ。

「なにがあっても、あなたのおそばにいたいのです。以前も申し上げたこの気持ちにいつわりはありません。なにを知っても、この気持ちが変わることはないでしょう。あなたがこれだけわたしを思ってくださるとわかった今、離れることなんて絶対にありません」

「しかし……」

「もう悲しいことはおっしゃらないで。離れることを口にするくらいなら、愛していると伝えてください」

　わずかに驚いた顔をするオーランドに、アンリエッタは微笑《ほほえ》む。

「わたしのことを、そう思ってくださっているのでしょう？　違うのですか？」

　オーランドの顔が一瞬だけ、今にも泣き出しそうにくしゃりと歪《ゆが》んだ。わずかに震える唇が、アンリエッタが一番聞きたかった言葉を紡ぐ。

「愛している」

　囁《ささや》くような言葉は、まっすぐアンリエッタの胸を射貫く。

　アンリエッタの頬を両手で柔らかく包み、額をそっと合わせて、オーランドは繰り返した。

「愛している、アンリエッタ。おまえを絶対に離したくない――」

　愛情も欲望も苦しみも、すべてが内包されたような深い響きに、アンリエッタの瞳からこらえきれない涙がこぼれる。嬉しくて切なくて、でも幸せで、彼の思いの深さに身体中が震えた。

「離さないで。わたしも離れたくないの。あなたとずっと一緒にいたいんです」

「アンリエッタ……」

「あなたのことを愛しています。だからお願い。もう二度と、わたしを手放そうとしないで――」

アンリエッタの切ない願いに、オーランドも顔を歪《ゆが》める。

彼の手が後頭部に回り、強く引き寄せられる。答えを告げる代わりに熱い口づけを見舞われ、アンリエッタは陶然《とうぜん》と瞳を閉じた。

自然と唇を開き、彼の舌を迎え入れる。吐息とともに差し入れられたそれにみずからの舌を絡めて、彼の首筋に両腕を回してしがみついた。

オーランドもアンリエッタの細い身体に腕を回し、妻が望むまま深いところで繋がろうとする。

熱い吐息とぬるつく舌の交歓に、身体中がたちまち熱く滾《たぎ》った。

「んっ……、あっ」

唐突に抱え上げられ、寝台に背を押しつけられる。その状態で再び覆《おお》い被さられ、アンリエッタは口づけを受け止めながら、彼の厚い身体にみずからの身体を押しつけた。

ふわふわとしたローブ越しでも、彼が昂《たか》ぶっているのが伝わってくる。舌の裏をついとなぞられると、アンリエッタの欲望もむくむくと大きくなって、無意識のうちに彼の襟に手をかけていた。

それに気づいたオーランドが、アンリエッタのローブを荒々しく剥《は》ぎ取って、下着を下げて胸に手を入れてきた。

膨《ふく》らみを包む彼の手が信じられないほど熱い。アンリエッタは息を切らしながら、たどたどしい手つきで彼のシャツを脱がそうとする。

だが角度を変えて何度も口づけられ、勃ち上がった乳首を指先でこすられると、快感に力が抜けてうまくできなくなった。

「はっ、ぁ……、オーランド……」

「そんな声で呼ぶな。すぐにでもおまえの中に挿《はい》りたいのに、我慢できなくなる」

欲望を抑えつけた低い声でうなられ、アンリエッタの奥底がきゅんと疼《うず》いた。

「あ……、もう、きて」

「アンリエッタ」

「わ、わたしも、早くあなたを感じたいの……。んっ……」

オーランドの手が足のあいだに入り込んで、アンリエッタはびくんと背をしならせた。

指先が震える襞《ひだ》を掻き分け、薄紅色の秘裂をくすぐるように探る。くちゅ……とまぎれもない水音がそこから響いて、アンリエッタは目元を真っ赤に染めた。

「確かに、もう充分に濡れているな」

その声にすら感じてしまって、アンリエッタは白い喉を反らして懇願《こんがん》した。

「だ、だから、もう大丈夫です……、挿《い》れて……？」

「まだ駄目だ」

アンリエッタの身体から下着を脱がせて、オーランドは彼女の内腿をそっと押して足を大きく開かせる。

「やぁ……、きゃ、うぅ！」

はしたない恰好に恥じらう間もなく、彼の唇が潤《うる》んだ蜜口に吸いついてきて、アンリエッタは嬌声《きょうせい》を上げてびくんと大きく跳ね上がった。

蜜ですっかり濡れそぼったところを、舌先で細かく舐《な》め上げられ、足がびくびくと引き攣《つ》るのを止められない。

「はっ、はぁ……！　あ、だめ、そんな……、あぁッ！」

秘裂をつぅと舐め上げた舌先が、ひくひく震える敏感な芽へとたどりつく。薄い包皮を剥《む》かれ、露《あら》わになったそこをねっとりと舐め上げられ、アンリエッタは高い声を漏らして身悶《みもだ》えた。

「こんなに濡らして……。まさかレオン相手でもこんなふうになったんじゃないだろうな？」

少しの心配と、多大な嫉妬《しっと》心がうかがえる声音に、アンリエッタは傷つくよりもきゅんとする。

本来なら怒るところだろうに、彼の気持ちが自分にあることを知った今は、妬《や》かれることすら嬉しいと思えてしまった。

「あ、んぁ！　……なりま、せん、こんなふうに、……んンッ、なる、のは……ッ、オーランド様だけ……、ッ……あ、あぁ、やぁぁぁ……ッ！」

本当かとばかりにちゅるちゅると音を立てて花芯を攻め立てられ、アンリエッタは身をよじる。

はぁはぁと荒い息を繰り返しながら、アンリエッタはなんとか言葉を継いだ。

「誰が、さわっても……、やうっ！　うぅ……っ、こんな、気持ちよくならない……、あ……ッ、オーランド様だから……、感じる、の……ッ」

「また、そんな可愛いことを言って……。おまえはどれだけおれを虜《とりこ》にすれば気が済むんだ」

アンリエッタの秘所から顔を上げ、オーランドがため息とともに苦笑した。

上がった息を整えながら、アンリエッタはオーランドが自身の衣服に手をかけるのをぼんやり見つめる。

シャツも下穿きもすべて脱いでしまうと、枕元の明かりに褐色の肌が浮かび上がる。

愛する男の肉体美にほれぼれしながら、その下肢にそそり立つ欲望の証《あかし》を見やって、アンリエッタはずくんと下腹の奥を疼《うず》かせた。

自身の根本を掴んだ彼が、丸い切っ先をぬかるんだところへあてがってくる。

彼とひとつになれると思うと、アンリエッタも興奮ではち切れそうになる。濡れに濡れた蜜口が物欲しげにひくひく震えるのがはっきりわかった。

「挿《い》れるぞ」

短く告げられ、アンリエッタは頷《うなず》く。

ずっ……と熱い塊《かたまり》が襞《ひだ》を割って押し入ってきて、その質量と熱さに、愉悦が一気に燃え上がった。

「あ、あっ、……やぁっ、あああ――ッ！」

傘の部分が挿入され、そのまま一気に腰を進められる。このときを待ちわびていたとばかりに、媚壁がきゅうっときつく締まって、アンリエッタ自身も高みへ押しやられた。

唐突に襲ってきた絶頂に全身を強張《こわば》らせると、オーランドも苦しげに顔を歪《ゆが》め、妻の細腰をぐっと掻き抱いた。

裸の身体がぴたりと合わさり、その一体感にアンリエッタの胸は震える。喜びは興奮をさらに後押しして、彼が奥まで入ってくるあいだ、アンリエッタはずっとびくびくと細かく痙攣《けいれん》していた。

ようやく彼が根本まで収まり、耳元ではぁっと息が吐き出されるのを聞くと身体中が震える。彼を迎え入れているところが熱くてたまらなくて、アンリエッタは無意識に腰をよじった。

「こら」

「だ、だって」

「焦らなくてもイかせてやる」

なだめるように髪を撫《な》でられ、目元に口づけられる。口づけて欲しいのはそこではないとばかりに顎《あご》を上げると、オーランドは心得たように唇を重ねてきた。

「ふ、ぁん……っ」

舌先が我が物顔で口腔を探ってくる。アンリエッタも負けじと舌を絡めるが、そうするとよけいに下肢が疼いてたまらなくなり、ねだるように彼の腰に足を回してしまった。

それなのにオーランドは動かない。思わせぶりに髪を撫でられ、脇腹を掌《てのひら》でなぞられて、アンリエッタはたまらず首を打ち振った。

「いやっ、お願い、焦《じ》らさないで……ッ」

涙目になって懇願《こんがん》する。すると、オーランドは大きく腰を引いた。

「あっ……」

彼が出て行ってしまう。ずるりと引き出される剛直の気配に、アンリエッタはとっさに彼の胴を太腿で締めつけた。

だが次の瞬間、ずんっ、と勢いよく最奥を突かれ、想像以上の刺激に目の前に火花が散る。

「あっ！　ぁあぁっ！　だめ……っ、やぁぁ――ッ！」

腰をきつく掴まれ、それまで焦らされていたのが嘘のように、激しく攻め立てられる。

蜜にまみれた剛直がぎりぎりまで引き抜かれ、一気に奥まで入り込む。それを息が詰まるような速さで繰り返されて、アンリエッタは上擦《うわず》った悲鳴を上げた。

「や、やぁっ、あ……！　あぁ、あう！　オー、ランド……きゃああっ！」

剛直のくびれた部分が、内壁のもっとも感じるところをかすめて、アンリエッタはびくんと身体を反らせる。気づいたオーランドが細腰を抱え直し、その部分に先端を押しつけてきた。

ぐりぐりと押すように刺激され、アンリエッタはまともに息も継げなくなる。

「はっ、やああ……！　そこ、だめ、そこはぁぁ……ッ！」

「どう駄目なんだ？　アンリエッタ？」

「だって、溶けちゃ……っ、あっ、あぁ、ああぁ……ッ！」

擦られたところが熱くて、もっとして欲しいとねだるように疼《うず》いて。だが実際に刺激されると、じっとしていられないほど激しく感じて身悶《みもだ》えてしまう。気持ちよくて苦しくて、いつの間にかあふれた涙が、首の動きに合わせてぱたぱたと飛び散った。

「は、あぁうっ！　う、うぅ……ッ！」

身体中を焦《こ》がす愉悦が再びの解放を訴えてきて、アンリエッタはオーランドの背に爪を立てる。彼女の限界が近いことを察して、オーランドも苦しげに息をついた。

「ふ、うあ……、あ、あぁ、あぁぁ……ッ！」

膝が胸につくほど折り曲げられ、最奥を目指して何度も剛直を突き入れられる。奥に入り込むたび息が詰まるような衝撃があり、引き抜かれるたびすべてを持って行かれそうな喪失感が襲ってくる。

もっと繋がっていたいと思う一方、積もりに積もったこの快感を解放してほしくて、膣壁がきゅうっと剛直を締め上げた。

オーランドが低くうめいて、アンリエッタの頬や首筋に口づけを降らせながら尋ねる。

「中に、出してもいいか？」

愉悦に翻弄《ほんろう》されながら、アンリエッタはハッと身体を伝った白濁の感触を思い出す。外に出されたときの悲しみを思い出し、胸の奥がきゅっと締めつけられた。

「出し、て……ください。……わたしの、中……オーランド様で、いっぱいにして……っ」

激しく身悶《みもだ》えながら、アンリエッタは必死に言葉を紡ぐ。

身体だけでなく、心もようやく繋がって、離れないことを誓ったのだ。

もっともっと彼に近づきたい。もっともっと彼を感じたくて、アンリエッタは熱く滾《たぎ》る雄をきつく咥《くわ》え込んだ。

「あなたが欲しいの……！　あなたの、全部が……っ」

「……っ、おれもだ。おまえのすべてが欲しい」

細い身体を抱きしめる腕に力が籠もる。耳元をかすめる彼の吐息が荒々しくなり、腰の動きがさらに激しくなった。肉と肉がぶつかる音の合間に、じゅぷじゅぷと蜜が掻き出される水音が響く。

卑猥《ひわい》な響きはさらに身体を熱く滾らせ、アンリエッタは快感のあまり噎《むせ》び泣いた。

「アンリエッタ……！」

オーランドの切ない声が響く。限界まで愉悦を溜め込んだアンリエッタは、その呼びかけに一気に絶頂へ押し上げられた。甲高い嬌声《きょうせい》とともに身体がきつく強張《こわば》って、膣壁がうごめくように彼の雄に絡みつく。

搾り取るようなそのさざめきに、オーランドが低くうめいて欲望を解放した。

熱い奔流《ほんりゅう》が身体の奥で噴き出し、アンリエッタは初めて感じる吐精の勢いに呑み込まれる。下腹をじんわり濡らす感覚が信じられないほど心地よくて、意識が最果てへと導かれた。

「ひあ、あ……っ、あぁ、ン……ッ」

吐精は長く続いた。しかし剛直は力を失わず、アンリエッタの中でびくびくと震えて、新たな快感を送り届けてくる。

それを感じながら、アンリエッタはうっとりと瞳を閉ざして、全身を包むぬくもりに浸った。

彼女をきつく抱きしめるオーランドも、その胸元に顔を埋めて浅い呼吸を繰り返している。

その吐息が肌を焦《こ》がす感覚にすら小さく震えながら、アンリエッタはゆるゆると意識を手放した。

「おれが陛下の血を引いていないことを知ったのは、一年前、王妃殿下と彼女付きの騎士が言い争いをしているのを聞いたからだった」

ゆらゆらと揺れる水面を見つめながら、オーランドは訥々《とつとつ》と語り始める。

彼の腕にすっぽり抱かれ、その肩口にもたれかかっていたアンリエッタは、少しだけ顔を上げて夫の横顔を見つめた。

ふたりは寝室の隣に備えつけられた浴室にいた。アンリエッタが意識を失っているあいだ、オーランドが支度を調《ととの》えてくれたらしく、広々とした浴槽には胸の下まで湯が張られている。

「王妃様に騎士などおりましたか……？」

情事のあとの気怠《けだる》さに、まだ少しぼうっとしながらも、アンリエッタは頭を働かせる。

オーランドはそんな彼女の肩に湯をかけながら、感情の籠もらない声音で答えた。

「今はもう亡くなっている。おれが真実を知ってすぐのことだ」

オーランドはくっと歪《ゆが》んだ笑みを浮かべた。

「正しくは、殺されたんだろうけどな。母か、その手の者に」

アンリエッタはにわかに緊張するが、オーランドの手つきは落ち着いている。その肩口におずおずと再びもたれると、オーランドはどこか遠くを見つめながら語った。

「王妃殿下の騎士……グウェンという名だが、彼は母とは従兄妹《いとこ》同士で、幼い頃から親しくしていた仲だ。顔立ちもよく似ていて、髪の色も目の色もまったく同じ……そして彼を知る者はこぞって、おれを見るとこう言った。『若い頃のグウェンとそっくりだ』とな」

アンリエッタは鋭く息を呑む。

オーランドは自分が国王陛下の子ではないと言った。つまりは、父親が別にいるということだ。そしてその可能性が高いのが……

「王妃殿下は公爵家の出身で、陛下とは幼い頃からの許嫁《いいなずけ》同士だった。だが……陛下の心を射止めたのはイザベラ妃だった。そのことで実家の父親からずいぶん責められたらしい。なんとしても先に跡継ぎをもうけろとせっつかれて……あろうことか、自分の騎士と関係したんだ」

グウェンのほうも、日に日に窶《やつ》れていくローリエを前に平静ではいられなかったのだろう。幼い頃から密かに慕っていた女に請われ、罪と知りながら関係を持ってしまったのだ。

「そうして王妃殿下の腹に宿ったのがこのおれだ。当時はわずかとはいえ、陛下が王妃殿下のもとに通うこともあったから、懐妊はおおむね喜びを持って受け入れられたようだ。グウェンは青くなったようだが……ちょうど同じ時期にイザベラ妃も懐妊したことから、罪を告白することはできなくなったらしい」

そうして生まれてきたのが、オーランドとレオンというわけだ。幸いオーランドは母親似で、陛下以外の男性が父親であると疑われることはなかったという。

だが、年々自分に似てくるオーランドに、グウェンは強い危機感を覚えたのだ。オーランドが王子として申し分のない資質を備えていることから、彼が王太子に推挙されるのはもはや時間の問題。

取り返しがつかなくなる前に、陛下に事の次第をすべて話したほうがいい。グウェンは王妃にそう訴えていたのだ。

しかし王妃は、これをとんでもないことだと言って取り合わなかった。

『ですがローリエ様、このことが明らかになり、なにも知らぬオーランド殿下が罰を受けるような事態になったらいかがなさるおつもりか。生真面目なあの方のこと、ご自分が陛下のお子でないと知れば、ひどい衝撃を受けられることでしょう！』

『秘密が明らかになるなどあり得ないわ。オーランドが生まれるときに関わった者たちは、もう全員死んでいるもの。侍女も産婆も、皆すでにこの世にはいない。証拠はなにもないのだもの。明らかになりようがないわ』

『全員、死んでいる……？』

繰り返すグウェンの声に、恐れと衝撃がまざっていた。

『ええ、そうよ。だからあなたも妙な考えは捨てて、これまで通り過ごしなさい。オーランドはまぎれもなく陛下のお子。この国の第一王子にして、王位を継ぐ者よ。そうでなければ、なんのためにここまで耐えてきたのかわからないじゃない……っ』

手にした扇《おうぎ》をきつく握りしめ、彼女は紫の瞳に妄執《もうしゅう》を燃やして吐き捨てた。

『陛下に背を向けられ、実家から罵《ののし》られ、絶望の中でようやくあの子を産んだのよ？なのに陛下が可愛がるのは第二王子ばかり！　見ていなさい、オーランドが王位に就《つ》いた暁《あかつき》には、憎き第二妃どもを城から一掃してくれる。そうして最後に笑うのはこのわたくしよ。誰にも邪魔させるものですか……！』

「まさか……王妃様は、ご自分のために、愛を交わした騎士のことまで手にかけたと……？」

知らず、アンリエッタの声は震える。お湯に浸かっているはずなのに足下が冷えるようで、無意識のうちにオーランドにしがみついた。オーランドもその肩をしっかり引き寄せる。

全身をぬくもりに浸しながら、アンリエッタは信じられないと小さく首を振った。愛を交わし、身も心も通わせた相手を、いくら自分を虐《しいた》げた者たちを見返したいからと言って、手にかけるなんて。

アンリエッタは、今まで見てきた王妃の高慢で刺々《とげとげ》しい言動を思い出す。初夜の翌日アンリエッタを脅し、駒のように扱ったことも。すべては息子を王位に就《つ》かせ、これまで蔑《ないがし》ろにされてきた自分の存在を誇示するためにしたことだったのだ。

そこで、アンリエッタはオーランドが王妃のことを一度も「母」と呼んでいないことに気がついた。彼はいつだって王妃様のことを敬称で呼んでいた……

（オーランド様はお母上の企みや考えをすべて知っていて……王妃様を忌避《きひ》なさっていたのだわ）

「王妃殿下の言うとおり、おれの出産に関わった者たちは、産婆から侍女にいたるまで全員亡くなっていた。グウェンも、それからすぐに訓練中の事故で死んでいる」

アンリエッタは小さくうめく。ようやく明らかになったことの子細に、身体中の震えが止まらなかった。

（なんということかしら——）

真実が明らかになってから一年近く。オーランドはずっとひとりで、この秘密を抱え続けていたのだ。

誰にも言えないはずだ。言えば、その人物は口封じのために殺されてしまう。

それを阻止するために真実を明らかにすれば、今度は母親や自分に連なる者たちが無事では済まなくなる。

オーランドのことだから自分の身はどうなっても構わないと思っていただろうが、真相が明らかになることで、周囲の人々や陛下に悪い影響を与えることになるのを恐れたはずだ。

（ああ、オーランド様……っ）

いったいこの一年、彼はどれだけ神経をすり減らして生きてきたのだろう。

彼が生来、アンリエッタが恋に落ちた通りの優しく真面目な青年であるなら、このような秘密を抱えて王子を名乗り続けることには相当の抵抗があったはずだ。

自分を王位に就《つ》かせるために行《おこな》われたことを知った、彼の絶望感はいかほどのものだったのか。

考えることすら苦しい。アンリエッタは一度きつく唇を噛みしめ、それからゆっくり口を開いた。

「それでは、オーランド様がこの一年、政務をおろそかにしていた理由は……」

「陛下に、王太子の推挙を考え直していただくためだ。真実を公《おおやけ》にできない以上、おれにできることと言ったら、それくらいなものだったからな。王位を継がせようと考えていた王子が、いきなり放蕩《ほうとう》を始めて国政を放り出せば、周囲は当然考え直すだろう」

とはいえ、とオーランドは表情を改めた。

「いつまでも真実をひた隠しにしておくわけにはいかない。陛下にすべてをお伝えしてもいらぬ混乱が起きぬように、方々への根回しを続けていた。ただ、第二妃の一派が思った以上に大胆な動きを始めていたからな。急がなければと焦っていた」

オーランドのその言葉に、アンリエッタはレオンのことを思い出した。

「レオン様は、オーランド様に『自分ひとりで収められると思っているのか?』とおっしゃっていたけれど……」

「レオンもあれで頭の切れるやつだ。おれが裏でこそこそ動いていることに気づいて、様子を探っていたんだろう。正直……あいつにだけは真実を明かしたほうがいいとも考えていた。だがここ数年まともに顔を合わせていないこともあって、あいつが真に信用できる相手かどうか測りかねていたんだ」

「ではわたしを拐《かどわ》かすような真似をなさったのも、本当はオーランド様になにをなさっているのか尋ねたかったから……?」

レオン自身が『オーランドを焚《た》きつけるため』と言っていたこともあり、アンリエッタはほぼ確信した状態で尋ねる。

オーランドは神妙な面持ちで頷《うなず》いた。

「やり方は褒められたものではないし、そうそう許せることでもないが、言っていることは正論だった。……おかげでおれも、おまえに真実を打ち明ける決意を固めることができたわけだし」

しみじみと呟《つぶや》くオーランドは、肩口にもたれるアンリエッタの額にそっと口づける。くすぐったさにはにかみながら、アンリエッタは腹に回された彼の手にそっと自分の手を重ねた。

「もしかして……レオン様がずっと放蕩《ほうとう》を繰り返していらしたのは、わざとだったのでしょうか。あの方はオーランド様が王太子になることを当然のように語っていらっしゃいましたわ」

「おそらく、そうなんだろうな」

そこでオーランドは薄く苦笑を浮かべ、それに、と言葉を続ける。

「あいつが賭場で盛大にばらまく金は、国庫ではなく、第二妃の実家の金だ。もう知っていると思うが、第二妃の実家は国内有数の資産家だ。娘が国王の寵妃《ちょうき》になった途端に王宮に押しかけ、賄賂《わいろ》をばらまき政治に口を出してきた過去がある。レオンは今まで、賄賂として用意された資金を賭場の借金返済にあてさせることで、第二妃の財力をそれとなく削《そ》いでいたんだ」

繁華街に入り浸ることで遊び人を印象づけられるので、レオンにとってもそれは都合のいいことだったというわけだ。

「第二王妃の一派も一度陛下に叱責されておとなしくなったが、最近また同じことを始めているようだ」

「レオン様を王位に就《つ》かせるためですね」

アンリエッタはそっとため息をつく。そう考えると、レオンも気の毒な立場だと同情心が芽生えてきた。

もともとレオンは本人が言ったとおり王位にあまり執着がなかったのだろう。正妃の息子であり、王子として優秀なオーランドの存在があったのならなおさらだ。

きっとレオンにとっては、王太子と目《もく》される現状は予定外もいいところなのだ。だからこそアンリエッタを攫《さら》うなどという暴挙に出てまで、オーランドの真意を確かめようとした。

そう考えると色々と納得がいって、アンリエッタは繰り返し頷《うなず》いた。

初めて会ったときからレオンを噂と違う人物だなと思っていたが、あの人好きのする笑みの裏でそのようなことを考えていたなら、彼はオーランドの言うとおり思慮深い青年なのだろう。

「だからこそ、あいつが優秀であることを隠して、わざと自分を貶《おとし》めているのを心苦しく思っていた。それが、おれを王位に就《つ》けるためだとうすうす感じられたからな。本人は認めたがらないだろうが……」

オーランドはそっとため息をついて続きの言葉を呑み込む。

そんな彼を見つめながら、アンリエッタはオーランドがレオンの本心に気づいていたように、レオンもオーランドの苦悩に気づいていたのではないかと思った。

同じことを考えていたのだろう。オーランドが「馬鹿だよな」と自嘲まじりに呟《つぶや》いた。

「おれもおれだが、あいつもあいつだ。不満があるならおれに直接言えばいいのに。おまえまで巻き込むなんて……だが、あいつにそうさせたのはおれか」

アンリエッタはもう気にしていないというつもりで、オーランドの胸をそっと撫《な》でる。

その手を掴んで、オーランドは細い指先にそっと唇を押し当てた。

「近いうちに……それこそ明日にでも、おれは真実を国王陛下へ伝えようと思う」

静かにそう告げるオーランドの瞳には迷いはない。だが深い憂《うれ》いが瞳に翳《かげ》りを落としていて、アンリエッタの胸はきゅっと締めつけられた。

「おれの身が今後どうなるかは、結局は陛下の御心次第だ。場合によっては、もっとも重い罰を受ける可能性もあるだろう。陛下を謀《たばか》るというのはそれだけの重罪だ。おまえにはその火の粉が降りかからないよう懇願《こんがん》するつもりだが、万一の場合は……」

言いにくそうに口を閉ざすオーランドに、アンリエッタは柔らかく微笑《ほほえ》む。

「たとえあなたと同じ罰が下されることになっても、わたしはそれを受け入れます。わたしはあなたの妻なのですもの。苦しいことや悲しいこと、罪や罰も、ともに背負っていくのが夫婦のあり方でしょう？」

「しかし……」

「どうか、わたしだけは助けるだなんておっしゃらないで。あなたとこうして思いを交わせて、本当の夫婦になれて、とても嬉しいのです。だから、苦しいことをひとりで背負い込もうとしないで。わたしにも同じものを分けてください」

オーランドの胸から離れ、彼を正面から見つめたアンリエッタは、その頬にそっと手を添えた。

「三年前、あなたはわたしを絶望から救ってくださった。今度はわたしが、あなたのことを支え助けます」

そうしてそっと彼の唇に唇を重ねる。誓いのような口づけに、オーランドの唇がかすかに震えるのが伝わってきた。やがて腰を引き寄せられ、舌を差し入れられる。迎え入れたそれにみずからの舌を絡め、アンリエッタは彼への思いをいっぱいに伝えた。

「……おれは、こうして真実を話すことが、おまえをもっと苦しめる結果に繋がるのではないかと恐れていた」

　ゆっくりと唇を離して、オーランドがかすれた声を漏らした。

「ましておまえは一国の王女だ。今回のことで問題が生じて、それがおまえの母国にまで飛び火する可能性を考えると、なにも言わないことこそが最善だと思っていた」

　なのに……、とオーランドはゆっくりと目を開ける。

　美しい紫色の双眸《そうぼう》は、これまでにはない熱を孕《はら》んで、アンリエッタをひたと見据えていた。

「おまえは秘密を負うことをいやがるどころか、嬉しいと言ってくれる。どんなおれでも愛していると、迷わず言い切って……、おれが抱えている悩みなど、まるで問題ないと言わんばかりだ」

　少しあきれたように言われるが、アンリエッタを見つめるまなざしは、これまでで一番優しかった。

「そういうおまえだから、おれも……突き放すことができなかった。もっと優しく扱って、たくさん笑顔にさせてやりたくて――すべてを、話したくもなった」

　親指でアンリエッタの目元をそっと撫《な》でて、オーランドがしみじみとした声音で呟《つぶや》く。

　耳に心地よい声音と真摯《しんし》なまなざしに、アンリエッタの胸はとくんと大きく鼓動を打った。

「おれが今、どれだけの喜びを感じているか……幸せを感じているか、おまえにわかるか？」

「オーランド様……」

熱いまなざしで見つめられ、アンリエッタは身体の芯までジンと痺《しび》れるような錯覚に陥《おちい》る。

ほんの少し息を詰めて、そろそろと彼の胸に手を這《は》わせれば、とくとくと少し速い鼓動が掌《てのひら》に伝わってきた。

そっと顔を上向かせられ、再び口づけられる。羽がふれるような優しい口づけが、頬にも額にも与えられ、アンリエッタは甘く震えるため息をついた。

睫毛《まつげ》を震わせ目を開けると、オーランドの熱のこもったまなざしとかち合う。

「愛している、アンリエッタ」

真摯《しんし》な言葉が、これ以上ないほど胸に沁みた。

オーランドの姿がぼやけて、次の瞬間には頬を静かに涙が伝う。

喜びと愛おしさで胸が震えた。愛するひとに、これほど情熱的なまなざしを向けられ、愛を囁《ささや》かれて……幸せで仕方がない。

それは、この先に苦しみが待っているかもしれなくてもなおわき上がってくる、熱い愛の奔流《ほんりゅう》に他ならなかった。

「はい。オーランド様」

オーランドの手に手を重ね、アンリエッタは泣きながらも微笑《ほほえ》む。

この瞬間がどれほど幸せなものか、アンリエッタのほうこそ彼に伝えたくて、声が震えそうになるのを必死にこらえた。

「あなたのことが好きです。ずっとずっと、初めてお会いしたときから、あなたのことが大好きでした――」

「アンリエッタ……」

「これからもずっとおそばにいたい。愛しています、オーランド様……！」

愛している。愛している。際限なく膨《ふく》らむ思いは胸をいっぱいにして、言葉ではなく涙をあふれさせる。

この幸せをもっときちんと伝えたいのに、愛している以上の言葉が見つからなくてもどかしい。

オーランドはアンリエッタの涙を親指でぬぐうと、そっと唇を重ねてきた。

しっとりと唇同士をふれ合わせ、慈《いつく》しむようについばんでくる。

深い口づけとはまた違う優しいふれあいに、アンリエッタは瞳を閉ざしてうっとりと感じ入った。

だが、口づけを繰り返していくうち、落ち着きかけていた熱情が再び身体の奥底で渦《うず》を巻いて、アンリエッタは無意識のうちに身をよじる。

それに気づいたオーランドが唇を離して、アンリエッタを抱えて立ち上がった。

勢いで浴槽の湯がざぶりと音を立ててこぼれる。湯をしたたらせながら脱衣所に入ったオーランドは、自身とアンリエッタの身体を荒っぽくぬぐうと、再び寝室へ向かった。

性急に、だが優しく寝台に下ろされて、アンリエッタの胸がきゅんと疼《うず》く。壊れ物を扱うように丁寧にふれられると、大切にされている事実がいっそう強く感じられた。再び覆《おお》い被さってきた彼から、チリチリするような劣情の兆《きざ》しを感じて、下肢がたちまち甘くわななく。

そっと上体を重ねてきたオーランドに、アンリエッタは腕を伸ばしてその首筋にひしと抱きつく。オーランドも妻の細腰に腕を回して、湿り気の残る身体を温めるように抱きしめた。

裸の胸同士がふれあい、とくとくと速いリズムを刻む鼓動が直に伝わってくる。

言葉がなくても、その鼓動を感じるだけで……こちらをじっと見下ろす、熱の籠もった視線を浴びるだけで、自分たちが同じ気持ちでいることがはっきりわかった。

「オーランドさま……」

自然と、呼びかける声も甘さを含んだものになる。

オーランドの手が優しく髪を撫《な》で、再び唇が重ねられた。濡れた唇同士がしっとりと重なり合い、それだけで下腹がじわりと熱くなって、アンリエッタは腰を浮かして彼との繋がりを求めた。

くちゅくちゅと音を立てて舌先を絡めながら、オーランドもわずかに腰を動かして、勃ち上がりかけた半身をアンリエッタの秘所に擦《す》りつける。

「ん、んぁ……、ぁ……」

決して激しくない、優しい波にもまれるような行為に、アンリエッタは鼻にかかったような吐息を漏らす。内腿や秘裂に彼の欲望の熱さを感じるたび、むらむらとした気持ちが身体中をわき立たせて、早く彼とひとつになりたくてたまらなくなった。

「あ、あ……、オーランド様……」

「そんな声で呼ぶな。また加減できなくなる」

「んっ……、いいの、加減なんて、しなくても……」

「おまえがよくても、おれがいやだ。今夜は一晩中おまえを愛したい」

アンリエッタの頬から耳朶《じだ》へ唇を這《は》わせながら、オーランドが情熱を秘めた声音で囁《ささや》いた。

そしておもむろにアンリエッタの秘所に手を入れる。

「あっ、あぁん……っ」

長い指がぬるりと秘裂に入り込んで、アンリエッタはびくんと腰を跳ね上げた。

長く湯に浸かって身体がほぐれたせいか、あるいはその前の情交で慣らされたせいか、オーランドの中指は根本まで簡単に挿《はい》っていく。ひくひくと震える媚壁のあいだで、長い指がくんと曲げられるのを感じ、アンリエッタはわき上がる愉悦に唇を震わせた。

「ん……っ、あ、あぁ……」

「熱く蕩《とろ》けているな。……これなら、もう挿《い》れても大丈夫か」

「あ、ふっ」

指が引き抜かれるのに合わせて、最奥からわき出した熱い蜜がとぷりとこぼれる。ひくひくと震える蜜口から彼の指先まで、銀色の光がつぅと糸を引いているのを見て、アンリエッタは大きな瞳を潤《うる》ませた。

(こんなに濡れるなんて……)

オーランドはあきれてはないかと、ほんの少し怖くなって、アンリエッタはおずおずと目を上げた。

　アンリエッタの腰を抱え直し、自身が挿入しやすいように角度を変えたオーランドは、それまでと変わらず優しいまなざしで微笑《ほほえ》んでいる。

「言葉だけでなく、身体でも、おれを愛していると伝えてくれるんだな……」

　再び蜜口に指を這わされ、アンリエッタは胸と下肢を疼《うず》かせる。はしたないと言われるどころか、そんなふうに言ってもらえて、喜びと恥じらいに白い肌がたちまち上気した。

「本当に、可愛いな……」

　おまけに蕩けるような声音で囁かれて、アンリエッタもたまらなくなる。

　彼が蜜口をくちゅくちゅといじるのに合わせ腰をよじると、大きな手が尻の柔肉に食い込んだ。

「あ、んっ……」

「挿れるぞ」

　アンリエッタはそっと足を開いて、体重をかけてくるオーランドを息を吐きながら受け入れる。

　ずぷ……とかすかな音を立てて、硬く屹立《きつりつ》した彼がゆっくり挿《はい》ってきた。

「あ、は……、あぁぁ……っ」

膨《ふく》らんだ傘の部分がひくつく秘裂を押し広げ、じわじわと押し入ってくる。

驚くほどゆっくり腰を進められ、じれったさともどかしさに、最奥がうずうずと泣き声を上げるようだ。すべて埋められる前から媚壁がうねるようにさざめいて、オーランドも少し苦しげに眉を寄せる。

「……っ、すごいな」

「あ、あ、ッ……オ、オーランド様、もう……早く……っ」

オーランドの指が尻肉に食い込む。次の瞬間、一気に最奥まで押し進められて、ずんっという衝撃にアンリエッタは息を呑んだ。

「ああ……っ！」

背が自然と反り返って、見開いた瞳に涙が浮かぶ。遅れて熱い奔流《ほんりゅう》が最奥から噴き出し、ピンと強張《こわば》った手足ががくがくと激しく震えた。

「やっ、あぁ――ッ……!!」

一気に駆け抜けた絶頂の波に、アンリエッタは為す術《すべ》もなく嬌声《きょうせい》を上げる。根本まで入り込んだ剛直を媚壁がきつく締め上げ、背に回るオーランドの腕にぎゅっと力が籠もった。

「あ、あぁ……、あぅ、う……っ」

急に襲ってきた絶頂に戸惑い、アンリエッタは半泣きになる。

涙が盛り上がる目元にそっと口づけて、オーランドはなだめるようにアンリエッタの背を撫《な》でた。

だが過敏になった身体はそれだけの刺激にも悦楽を感じて、アンリエッタはぷるぷると首を振る。

「ひゃ、やぁぁ……い、今はだめ……！　やあう！」

かぷりと耳朶《じだ》に噛みつかれて、アンリエッタはオーランドの厚い身体の下で身をよじらせた。

「だめって、言ってるのに……っ」

「許せ。おまえが可愛くて仕方がない」

笑いまじりの声とともに、耳孔に舌を差し入れられる。ぴちゃりという音に、思考まで快楽に塗りつぶされていく気がした。

「ん、んン……っ」

耳孔だけでなく、尻を掴んでいた手が胸に這《は》い上がって、乳房を包み込んでくるのもたまらない。そのままやわやわと揉まれると、熱塊を咥《くわ》え込んだままの膣壁が勝手にうごめいて、じっとしていることもできなくなった。

「や、あ……、はぁ、はぅっ、……ンンッ……！」

「腰が動いているぞ」

アンリエッタは羞恥心《しゅうちしん》に駆られながらも、思わず恨みがましい目を夫に向けた。

「だ、だって、オーランド様が……っ」

「おれが？」

「んん！……そ、そんなふうに、ふれてくる、か、らぁ……っ」

乳首をきゅっとつねられ、下腹に直に響く愉悦に、アンリエッタはたまらず腰を突き上げる。そうすると彼の剛直が媚壁にすれて、痺《しび》れるような快感が生まれた。

「は、あぁ……っ」

「っ……おまえこそ、こんなにおれを締めつけて……。これ以上おれを溺《おぼ》れさせて、どうするつもりだ……？」

「ふ、うぅ……ううぅ……っ」

悦楽に溺れているのはアンリエッタのほうだ。彼が与えてくれる刺激のすべてが腰にきて、指先まで蕩《とろ》けるような感覚に甘いため息がひっきりなしに漏れていく。

やがてオーランドも我慢できなくなったのか、アンリエッタの腰に手を添え、ゆっくりと動き始めた。

「はっ、あぁ、や……、やあぁぁぁ……っ」

ずる……と音を立てて引き抜かれていく感覚に、アンリエッタは打ち震える。媚壁が擦《す》れて気持ちいい一方、彼が離れていく喪失感がたまらなく苦しくて、つい彼の腰に足を絡めて、引き留めるような動きをしてしまう。

だが、再びゆっくりと埋められると、息が止まるほどの快楽が背筋をぞくぞくと這《は》い上がり、欲求が喉元のほうまで熱く焦《こ》がして、大量の唾液をあふれさせた。

「はっ、はっ、あう、……う、ふぅ……っ」

「奥のほうまで、うねって……こうされるのは好きか？」

オーランドのかすれた声にも肌がさざめくようで、アンリエッタは唾液を呑みこみながら懸命に頷《うなず》いた。

「あ、す、好き……大好き……、オーランド様、好きなの……っ」

切ないまなざしで見上げると、熱を孕《はら》んだ紫色の瞳にかち合って、涙が出そうになる。

「おれも、おまえが好きだ。……明るい笑顔も、喘《あえ》ぐ姿も、すべてが愛おしい……」

「あ、あ……、やぁ、また……っ、あう、あっ、あっ……！」

オーランドの腰の動きが速くなる。彼が出て行くたびに大量の蜜がこぷりとあふれ、臀部《でんぶ》の丸みを伝って、敷布をじっとりと濡らし始めた。押し込めるたびに抽送《ちゅうそう》はなめらかになり、蜜口からじゅぷじゅぷと卑猥《ひわい》な音が絶えず響くようになる。

壊れるほどの動きではない。愛していると言葉以上に伝えてくるような、とても優しい交歓なのに、どうしようもないほど愉悦を感じて、アンリエッタは悩ましい声を漏らし続ける。

オーランドもそれに煽《あお》られるように、はぁはぁと息を荒くしながら、アンリエッタの髪を掻き上げ、こめかみに口づけ、喘《あえ》ぐ姿を熱いまなざしで見下ろした。

「このままずっと、おまえを愛していきたい……」

痺《しび》れるほどの快楽に溺れながらも、オーランドの言葉に切ない響きを感じ取って、アンリエッタの胸もきゅっとなる。こぼれそうになる唾液を必死に呑み込みながら、アンリエッタはそっと彼の頬を両手で包んで、その唇に唇を押し当てた。

濡れた唇同士がふれ合い、膣壁がまたきゅんと締まる。

それに小さくうめくオーランドを見つめ、アンリエッタは微笑《ほほえ》んだ。

「ずっと一緒ですわ、オーランド様……んっ……、なにがあっても、わたしはあなたを、ずっと愛しています」

「……アンリエッタ……」

「たとえ罰が下されることになっても、わたしはあなたのそばにおります。だから……

そんな悲しい顔をしないで」

男らしい頬から顎《あご》までのラインを優しく撫《な》でると、わずかに目を瞠《みは》ったオーランドが、ほんの少しだけ涙ぐんだような気がした。

胸を詰まらせたような表情で、今度はオーランドからアンリエッタに口づけてくる。

柔らかな唇が重なると、この時間が永遠に続けばいいのにと思えて、アンリエッタの瞳にもたちまち涙があふれた。

「ん、ン……、んぅ、う……っ」

腰の動きを緩《ゆる》やかに再開されて、アンリエッタは小さく喘ぐ。嬌声《きょうせい》は深い口づけに呑まれ、舌をくちゅりと絡ませるたび、膣壁もうごめいてオーランドをきつく締めつけた。

オーランドも硬く張り詰めた剛直をゆっくり抽送《ちゅうそう》させ、時折いいところを探るように腰を回して、アンリエッタをより高めていく。

「ふ、うぅ、うっ……、あむ、うっ……！」

身体中が熱くて、ふれあうところすべてが燃え上がりそうで、アンリエッタは眉を引き絞って悦楽に耐える。彼の首に回した腕が強張《こわば》って、とっさにその背に爪を立てた。

オーランドの動きも速くなる。口内のふれあいもより密になり、彼の舌先に舌の裏をくすぐられて、アンリエッタはほとんど悲鳴じみた声を漏らした。

すすり泣きのような声にまざって、淫《みだ》らな水音と、寝台が軋《きし》む音も大きくなっていく。

激しく揺さぶられるたびに勃ち上がった乳首や膨《ふく》らんだ花芯が彼の身体に擦《す》れて、苦しくて気持ちよくて、もう上りつめることしか考えられなくなった。

「は、ぁぁ……っ！　ふ、うっ……、オーランド、さまぁ……っ」

泣き声まじりに叫ぶと、オーランドもくっと息を詰めて、アンリエッタの腰を強い力で抱き寄せる。

腰の動きに凶暴なものがまざり、突如襲ってきた荒々しさに、アンリエッタは身体の芯から痺《しび》れた。彼の激しさが劣情を煽《あお》りに煽って、これ以上ないほど淫らな声を上げてしまう。

「ひぁっ！　あっ、あふ、あぁぁぁぁん……ッ！」

「アンリエッタ……！」

顔を上げたオーランドが苦しげに自分を呼ぶ。同時に最奥のもっとも熱い部分に楔《くさび》を打ち込まれて、快楽の火花が飛び散った。

「あ、あぁっ、……あああぁ——ッ!!」

絶頂へと身体が突き上げられる。身体中がきつく強張《こわば》って、彼を咥《くわ》え込む膣壁が欲望を搾り取るように激しくうごめいた。

オーランドもくっと息を詰めて、激しく腰を動かしながら熱い飛沫《ひまつ》を噴き上げる。熱い精のほとばしりがわき立つ身体をさらに高めて、アンリエッタはまともに息もできずにびくびくと身体を震わせた。

オーランドの腕がかすかに緩《ゆる》み、荒々しい呼吸が肌にかかって、アンリエッタはそれにも敏感に反応してしまう。

「ふ、うぅ……っ」

やがてオーランドが腰の動きを再開させ、アンリエッタはたちまち快楽の炎へと突き落とされる。解放されたはずの欲望が再び渦《うず》を巻いて身体の内側を焦《こ》がし始め、唾液に濡れた舌が物欲しそうに震えて口づけを求めた。

アンリエッタの後頭部を支え、それにしっかり応《こた》えながら、オーランドも再び昂《たか》ぶっていく。吐精しても硬度を失わない欲望が媚壁を擦り、蜜と白濁がくぷくぷと音を立ててあふれていくのを感じながら、アンリエッタはうっとりと目を伏せ、快楽に浸った。

オーランドも恍惚《こうこつ》の表情でアンリエッタの肌をたどり、媚壁が与える締めつけと熱に浮かされたように艶《つや》めいた吐息をこぼす。

思いを伝え合うための情交はその後も何度も続き、アンリエッタは今までにないほど愛しいひとの熱を感じながら、愛し愛されることの喜びをこれ以上ないほど感じた。

――たとえ罪に問われることになっても、自分はオーランドと運命をともにする。

その気持ちにいつわりはない。けれど本当は……仲睦《なかむつ》まじい夫婦として、ずっとずっと一緒に、穏やかな時間を生きていきたい。

この瞬間だけではなく、これからもずっと幸せを感じていたくて、アンリエッタはオーランドの頭をそっと胸に抱え込む。

それに気づいたオーランドが左胸にそっと耳を寄せて、愛おしげに膨《ふく》らみに頬ずりする気配が伝わってきた。

（オーランド様もきっと、同じことを願っていらっしゃるのだわ）

迫りくる朝日を見つめながら、アンリエッタは潤《うる》んだ瞳をそっと閉じる。

（どうか、この幸せがずっと続きますように……）

切ない願いを胸に抱いて、アンリエッタはしばしのまどろみにゆっくり身を横たえた。

第五章　新時代の幕開け

その年の夏。大国ディーシアルでは、長らく空席だった王太子がとうとう決定したという報《しら》せに国中が沸き立っていた。

指名されたのは第二王子レオン・レ・ジーエルス。正妃の子ではなく第二妃の子が立太子することに多くの民が驚愕《きょうがく》したが、おおむねは好意を持って受け入れられた。長く放蕩《ほうとう》者と呼ばれてきた彼も王太子に指名されたことで責任感に目覚めたらしく、この頃は立派に王子としての務めを果たしていると噂されていたからだ。

とはいえ、この決定に不服を覚える者ももちろん存在する。

その筆頭は、当然のごとく第一王子の母親である王妃ローリエだった。

「いったいどういうことです、陛下!? わたくしの息子ではなく、あの女の子が王太子になるなど……！　なにかの間違いとしか考えられませんわ!!」

うららかな午後にふさわしくない金切り声を響かせながら、激昂《げきこう》した王妃ローリエが単身国王の執務室へと乗り込んでくる。

だがそこにいたのは国王だけではなかった。

国王のそばに息子であるオーランドとその妃アンリエッタ、そして憎き第二妃の息子レオンがいることに気づいて、ローリエは口元を引き攣《つ》らせた。

「このっ、卑《いや》しい妾腹《しょうふく》の子が！　よくもわたくしの息子の地位を横取りして……！」

「王妃様」

レオンに向けて扇《おうぎ》を振り上げたローリエの手を、すかさず進み出たオーランドが押さえた。

「陛下の御前です。見苦しい振る舞いは控えてください」

「オーランド！　妾腹の子に未来の玉座を奪われて、おまえは悔しくないのですか!?　正妃の息子たるおまえが王位に就《つ》けないなど、あってはならぬことだというのに、なぜ陛下は我が息子を蔑《ないがし》ろに……」

「その原因を作ったのは他ならぬそなたであろう、ローリエ」

わめき続けるローリエに、重厚な椅子に腰かけ、組んだ両手に口元を押し当てていた国王がようやく顔を上げた。

御年五十を迎える国王陛下は、年齢よりずいぶん老け込んでいるようにアンリエッタの目には映る。

かつては黒かったという髪は、そのほとんどが白く色を変え、目元や頬の皺《しわ》ひとつひとつに疲れが滲《にじ》んでいるように見えた。

それでもなお、威厳を失わぬ国王の重々しい言葉に、ローリエはぴくりと眉を動かす。

だが、なにを言われているのかわからなかったのか、息子を振り切りつかつかと執務机に歩み寄った。

「まぁ、なにをおっしゃっているのやら……。だいたい陛下はこれまでもわたくしの息子には見向きもせず、そちらの妾腹《しょうふく》の子ばかりに構っておいでてしたわ。そのあいだ、わたくしがどれほど心を砕いて息子の養育に努《つと》めてきたか……」

「なんと言われようと、わしの決定は変わらぬ。王位を継ぐのはレオンだ。わしの血を引く息子は、最初からレオンただひとりなのだからな」

重苦しい国王の言葉に、ローリエの顔色がさっと青くなった。

「陛下……なにをおっしゃいますの？　オーランドは……わたくしの息子は、確かに陛下の」

「わしがおまえとグウェンの仲に気づいていなかったとでも？」

ぎくり、と目に見えて身体を強張《こわば》らせた王妃に、うしろに控えていたアンリエッタはなんとも言えない気持ちになる。

わかっていたこととはいえ、王妃の反応により、オーランドが真実、国王陛下のお子ではないことが明確になったのだ。アンリエッタでさえ重苦しい気持ちが胸にたち込めるのだから、果たしてオーランドの心中はいかばかりのものか……

ちらりとオーランドに視線を向けると、彼はなにかに耐えるような表情でローリエを見つめていた。

「な、なにをおっしゃるかと思えば……」

その場にいる全員がじっと自分を見つめていることに気づいてか、ローリエはしどろもどろになった。

「わ、わたくしが自分の騎士と通じていたと？　そんな……とんだ言いがかりです。だ、だいたい、先にわたくしから背を向けたのは陛下ではございませんかっ……！」

戸惑いに震えていた声が、途中から再び怒りを帯びて低く響く。

ローリエは国王をキッと鋭い視線で睨《にら》み据えた。

「わたくしがそのことでどれほど心を痛めていたか、陛下にはわかりますまい！　あなたがあの女を第二妃にしたことで、私が亡き父にどれだけ責められたことかっ……！　もう何度兄からも、陛下がオーランドを王太子に指名しないのはわたくしのせいだと、なじられたかわかりません!!　この王宮で生きていく上で、それがどれほどつらいことだったか、陛下にはわかりますまい！」

（王妃様……）

美しい面《おもて》を引き攣《つ》らせ、オーランドと同じ紫の瞳に暗い炎を宿すローリエからは狂気が感じられる。幼い頃からの婚約者に背を向けられ、頼るべき家族からも侮蔑《ぶべつ》され、公爵家の姫として生まれた彼女の矜持《きょうじ》はどれほど傷つけられてきたのだろう。

同じ女として王妃を気の毒に思う。けれど同情することはできない。彼女もまた罪を犯したのだから。

そのせいでオーランドはひどく苦しむことになり、一歩間違えば、この国に大きな混乱をもたらすことになっていたかもしれない。

だが自分の人生を狂わせた者たちへの怨嗟《えんさ》に燃えるローリエは、そのことに気づけない。彼女は鬼気《きき》迫る表情で気炎《きえん》を吐き続けた。

「陛下がただひとり、わたくしだけを愛し、わたくしだけを慈《いつく》しんでくれていればよかったのです!!　それを、さもわたくしだけが悪いように言われ……っ、挙《あ》げ句《く》、あの女の生んだ子にすべてを奪われるなど我慢できません！　あんな卑《いや》しい身分の女が国母になろうなど許されるはずが――」

「それ以上の無礼な発言はお控えください。次の王はレオンだ。陛下の血を引く者が玉座を継ぐ。そのことになんの不都合があるのか」

わめき散らすローリエにいたたまれなくなってか、オーランドが鋭い口調で割って入る。その顔は苦渋に満ちていたが、母親を見つめる瞳にはやりきれなさがちらついていた。

「他人を責める前にご自分の行《おこな》いを省《かえり》みるべきでしょう。いくら周囲からの圧力に負けたとは言え、自分の騎士と通じ、挙《あ》げ句《く》、邪魔になったからとその騎士まで手にかけるなど、断罪されて然《しか》るべき所行だ。……真に自分の息子を王位に据えたいと思っていたなら、あなたは陛下のお子を身ごもるべきだった」

王妃の毒に当てられたのか、オーランドの言葉もどことなく感情的だ。

だからだろうか。ローリエの顔からさっと血の気が引いていく。特に最後の一言に過敏に反応したように見えた。

「――こ、の……言わせておけば……！」

ローリエの両手が怒りでぶるぶる震える。扇《おうぎ》をぎゅっと握りしめたローリエは、かつてアンリエッタにしたときと同じように、それを息子の頬目がけて振り下ろした。

バシッと鞭《むち》で打ったような音が響き、オーランドの白い頬に赤い筋が浮かぶ。アンリエッタは短く悲鳴を上げるが、その声を掻き消すほどの金切り声でローリエがまくし立てた。

「おまえこそ、王太子への道を着実に歩んでいると思わせながら、ここへきてわたくしを裏切るような真似をして!!　ここ一年の行状はもちろん、この母を責めるとは何事ですか!　まして、産んでやった恩も忘れて、説教をするなど……!」

ぎりっと赤く染めた唇を噛みしめ、ローリエは叫ぶ。

「わたくしがおまえを産んだのは、おまえを王太子に据えて、わたくしを蔑《ないがし》ろにしてきたすべてを見返してやるためです!　おまえの存在価値はそれだけだというのに、王太子になれないことを悔しがるどころか、この母を責めるなど!　思い上がりも甚《はなは》だしい!!」

その瞬間、オーランドの表情が強張《こわば》る。紫の双眸《そうぼう》が動揺に大きく揺れ動くのが、アンリエッタにははっきりわかった。

「これまでおまえに費やしてきた時間はなんだったの?　わたくしをこれほど苦しめて楽しい?　このような親不孝をする人間になるなら、おまえのことなど産まなければよかった。わたくしの思い通りにならない息子など、もう顔も見たくない!」

「――そんなひどいことをおっしゃらないで!!」

アンリエッタは、自分の立場も国王陛下の御前であることも忘れて、衝動的にローリエの前に飛び出していた。

「アンリエッタ……っ」

「王太子になるだけしか存在する価値がないなんて、そんなことは絶対にあり得ません！」

感情が高ぶって涙が込み上げてくる。鼻の奥がつんとするのを必死にこらえて、アンリエッタはローリエに対峙した。

「オーランド様は賢くてお優しくて、わたしにとってはかけがえのない方なのです。いくら王妃様といえど、そんなことをおっしゃるなんて許せません。訂正してください……！」

潤《うる》んだ緑色の瞳に気圧《けお》されてか、ローリエがわずかにひるむ。アンリエッタは拳《こぶし》を握って力説した。

「オーランド様は、ご自分が陛下のお子ではないかもしれないと知って、この一年ずっとひとりで悩んでこられたのです。どうやったら混乱することなく王位を正統な者に引き継げるのかと、ずっとずっと考えていらしたのです」

その言葉に、ローリエはひどく驚いたように目を見開く。まさかオーランドがそれほど前から、自分の出生について知っていたとは思いもしなかったのだろう。

「ご自分のことは後回しで、周囲のことばかり考えていらしたのです。ご自分だって無事では済まないかもしれないのに。王妃様はもちろん、わたしのこともどうしたら助けられるのかと……。そんなお優しい方が、存在する価値もない方であるはずがありません」

アンリエッタの横で、オーランドがかすかに息を呑む。

彼は今どれほど傷ついた思いでいるのだろう。それを考えるとすぐにでも彼を抱きしめ、慰《なぐさ》めたい気持ちに駆られたが、今はとにかく目の前にいる王妃に、オーランドの素晴らしさをわかってほしい気持ちでいっぱいだった。

「悩んでいるあいだも王国のことをきちんと気にかけていらして、領民からもとても慕われていました。わたしもそんなオーランド様を尊敬し、心から愛しております――」

アンリエッタの言葉に、ローリエの瞳がかすかに揺らぐ。オーランドと同じ、美しい紫色の瞳……改めてそれに気づいて、アンリエッタはくしゃりと泣きそうに顔を歪《ゆが》めた。

「――だから、そんなお優しい方を産んでくださったこと……そして、そんな方の妃として、わたしを選んでくださったことを深く感謝しております。王妃様がいらしたからこそ、わたしはこうしてオーランド様のそばで、この方をお支えすることができるのです」

今にも涙があふれそうなアンリエッタの瞳を、ローリエはしきりに瞬《まばた》きをしながら、ひどく戸惑った様子で見つめていた。否定的な言葉も、もうその唇からは出てこない。

「アンリエッタ……」

オーランドがかすれた声で呟《つぶや》き、アンリエッタの肩をそっと引き寄せる。

その腕がかすかに震えていることに気づいて、アンリエッタは本当に泣きそうになった。

いらない人間などではない。わたしにとってあなたは、誰よりも必要な存在なの。

その思いを込めてじっとオーランドを見つめると、彼は切なげな笑みを浮かべながらも、しっかり頷《うなず》いてくれた。それまで隅に控えていたレオンが、静かに進み出てくる。

「オーランドの能力は誰もが認めるところで、この国には彼の存在が絶対的に不可欠です。幸い、国王陛下も彼の処遇に関しては、今後王国に尽くすことで不問に付するとのことですので、ゆくゆくは僕の補佐として働いてくれればと期待しています」

その言葉には、オーランドの国政への復帰を多くの人間が待ちわびているという、オーランド自身への熱い思いも込められているようにアンリエッタには感じられた。

オーランドもそれを察したのだろう。少し驚いた様子でレオンのほうを見やる。

その視線を受けて、レオンは軽く肩をすくめる。その口元には、まるで『本当のことを言ったまでだ』とでも言わんばかりに、かすかな笑みが浮かんでいた。

「オーランドはレオンの立太子と同時に臣籍へ降ろす。今後はこれまで以上に国政に励むことだろう。それこそ、この国に必要不可欠な存在として」

国王の言葉に、オーランドがハッとした面持ちで振り返った。

彼の視線を受け、国王はしっかりと頷く。オーランドが感極まったように、かすかに唇を震わせた。本当の父子ではなかったとはいえ、国王と王子として過ごした年月が、国王からこの言葉を引き出せたのだろう。

アンリエッタも胸が熱くなって、オーランドとともに深く国王に頭を下げた。

そんなふたりをしばらく見つめてから、国王は椅子から立ち上がり、ゆっくりした足取りでローリエに歩み寄る。そして、戸惑う彼女の手を掴み、それを額に押し当てた。

「へ、陛下……」

「そなたの言うとおり、わしはこれまでそなたを蔑《ないがし》ろにしすぎた。幼い頃から兄妹のように過ごしてきたせいで、どうしてもそなたを女と見られず、ずっと拒み続けてきた。そのせいで今までそなたを苦しめ続けてきたことは、謝罪しなければならぬであろう。……すまなかったな、ローリエ」

国王の真摯《しんし》な言葉に、ローリエの唇が大きく震えた。見開かれた紫の瞳がみるみる潤《うる》み……やがて彼女はその場にわっと泣き崩れる。

細い肩を震わせ、さめざめと泣く王妃を、国王は労《いたわ》るように抱きしめた。

ローリエの泣き声が響く中、アンリエッタはそっとオーランドの胸に頬を寄せる。

彼女の肩を抱きしめながら、オーランドもじっと母の姿を見下ろしていた。

――後日、ローリエは北方の修道院へ身を寄せることが公表された。息子が王太子に選ばれなかったことで、宮廷に居づらくなったのだろうと噂されたが、実際はローリエ本人の希望で世俗を離れることになったのだ。これまでの過《あやま》ちを悔い改めたいと、国王に直接願い出たらしい。

国王はそれを許し、ローリエはひっそりと北の地へと旅立っていった。

同じ時期、ローリエの実家であるブラックフォード公爵家では当主の交代が行《おこな》われた。

表向きには公爵が急病のため、領地を治めることが困難になったと発表されたが、実際は違う。

ローリエの兄であった当主は、亡き父親とともに妹を追い詰め、恐ろしいことに、ローリエに誰の子でもいいから孕《はら》めと命じていた。さらに、オーランドの父親が国王ではないことを知りながらも、それを隠匿《いんとく》しようとしていたのだ。これだけの重罪を犯して、公爵を名乗らせ続けるわけにはいかなかった。

新たに当主となった少年はまだ十二歳と幼いため、しばらくは王宮から派遣された官吏が公爵領を治めることとなった。

これに狂喜したのが、他でもない第二妃イザベラとその取り巻きたちだ。

第二王子レオンが晴れて王太子となっただけではなく、目障《めざわ》りだった王妃が王宮から去り、その実家まで力を失ったのだ。これで国政は思いのままだと高笑いしていたに違いない。

だが彼らの目論見《もくろみ》は、他ならぬ王太子レオンによって早々に打ち破られることとなった。

レオンは王太子となるや否《いな》や、第二妃の一派を賄賂《わいろ》などの罪で城から一掃したのだ。思い切った処分だけに、混乱も反発も少なからず存在した。だがオーランドの事前の根回しと、もともと第二妃の一派の振る舞いを快《こころよ》く思っていなかった者たちの協力もあって、夏が過ぎる頃には事態は徐々に収束へと向かっていった。

第二妃イザベラも、最初こそ国王やレオンになにを考えているのかと怒鳴り散らしていたようだが、それまでいた取り巻きもなく、王妃という張り合う相手もいなくなったことで、徐々に毒気が抜かれていったらしい。

装《よそお》いも雰囲気もすっかりおとなしくなって、近々国政を退《ひ》く決意を固めた国王と一緒に、のんびりとした日々を楽しむことにしたようだった。

だが親たちが新しい生き方を見つけていく一方で、オーランドとレオンは目が回るほど忙しい日々を過ごしていた。

臣籍に下ると同時に国政復帰したオーランドは、勢力図が書き換わった議会をまとめるために奔走していたし、これまで表舞台に背を向けていたレオンは、王太子としての人脈作りや政務のために忙殺されることとなった。

だが忙しいふたりを中心として、人事が一新された議会はにわかに活気を見せ始めている。民への教育案を始め、これまで停滞気味だった議案も次々と可決され、王国は新たな時代に向けての一歩を歩き始めていた。


窓の外でしんしんと雪が降る中、アンリエッタは王太子の執務室で書類と格闘するオーランドとレオンに、お茶とお菓子を持っていった。

「お茶を淹《い》れましたわ。少しご休憩されてはいかがです?」

「ありがとう、アンリエッタ」

最初に顔を上げたのはレオンだ。いつもは緩《ゆる》く垂らしている髪は邪魔にならないようきっちりまとめ、シャツを袖までまくり上げている。その手にはサイン用のペンと印が握られていた。

さっそくそれらを放り出そうとするレオンを、向かいに座っていたオーランドがすかさず止める。

「せめてその山を片付けてから休憩しろ」

「ええっ？　あと五十枚はあるんだけど」

「サインして判を押すだけだろう。十分もあれば終わる」

そう告げるオーランドはレオン以上に高い書類の山に埋もれていて、その手には巻物のような長々とした陳情書が握られていた。

「十分したらお茶が冷めるよ。せっかくアンリエッタが淹れてきてくれたのに、熱いうちに飲まなかったら悪いだろう」

その言葉に、オーランドはハッとした様子で顔を上げる。

レオンの気遣いに感謝しつつ、アンリエッタは笑顔でお茶を差し出した。

「どうぞ、オーランド様」

申し訳なさそうな面持ちで受け取ったオーランドに、レオンがさっそく茶々を入れる。

「侍女が淹れたお茶には見向きもしないくせに。君は本当に奥方に首ったけだな、オーランド」

「うるさい。五分後には再開するぞ」

「ええー。三十分くらいはゆっくりしようよ。ここ数ヶ月ずっとこの状態で、さすがに限界が近いんだけど」

事実、ふたりは夏の暑い時期から今日まで、ほとんど休みなく働いている。

「アンリエッタもなにか言いなよ。このままじゃ身体を壊すぞって」

「確かに、それは心配していますが……」

ちらりと目を上げたアンリエッタは、オーランドがお茶を飲みながらも陳情書をじっと見つめていることに気がつく。

この一年の反動なのか、ここ数ヶ月のオーランドの働きには目を瞠《みは》るものがある。

その横顔には隠しきれない疲れが見えるものの、それ以上に感じるのは政務を行《おこな》えることへの喜びだった。これまでのことを思えば、オーランドが生き生きと働いている姿を見られることは、アンリエッタにとっても嬉しいことなのである。

「オーランド様が望むことを成せるようにお支えするのも、妻の務めだと思いますので」

にっこりと告げたアンリエッタに、レオンは目を丸くし、オーランドはふっと口元を緩《ゆる》めた。

「そう言ってくれるのは嬉しいが、たまには寂しいと言って甘えてきてもいいんだぞ？」

「そんなことはできませんわ。わたしのことより、まず国のことをお考えくださいませ」

「おまえのそういういじらしいところが好きだ」

さらりと告げてきたオーランドに、アンリエッタは瞬時に真っ赤になる。

だが好きだと言われるのは単純に嬉しくて、はにかんだ笑みを向けると、天井を仰いだレオンが盛大にため息をついて頭を掻きむしった。

「ああっ、もうわかった。今日はなるべく早く政務を片付けて、夜はしっかり休めるようにしようじゃないか。だからそうやっていちゃつくのは、ふたりきりのときだけにしてくれ」


その夜。アンリエッタが就寝の支度を終えた頃、同じように夜着に身を包んだオーランドが寝室を訪れた。

「あとの仕事はレオンがやるそうだ。あんなことを言っていたが、気を遣ってくれたんだろう」

アンリエッタは頷《うなず》き、あとでレオンにお礼を伝えることを胸に留めた。

「こうしてともに夜を過ごすのは久しぶりだな……」

寝台に腰かけるアンリエッタの隣に並んで、オーランドがしみじみと呟《つぶや》く。

レオンが王太子となってから、これまでオーランドも休む暇もなく働いていたため、ふたりが同じ寝台で眠ることはなかったのだ。

毎日ひとりで眠ることが寂しくなかったと言えば嘘になる。本当はもっと一緒に過ごしたいと我《わ》が儘《まま》を言いたくなるときも多くあった。

だが政務に真剣に取り組むオーランドを見ると、気軽に甘えることはいけないことのように思えて、寂しさをぐっと我慢してきたのだ。

だが、今日は彼もこちらで休む心づもりのようだ。

夫が妻の寝室を訪れるからには、ただ一緒に眠るだけではないだろう。

そう思うと胸がドキドキしてきて、知らず喉がこくりと鳴る。洗い立てのオーランドの髪が首筋に張りついているのを見ると、彼が達するときの少し苦しげな顔が瞬時に思い浮かんで、顔がカッカと熱くなってきた。

だが目の下にくっきりと隈《くま》を刻むオーランドを見ていると、ゆっくり休んで欲しい気持ちも少なからずある。どう声をかけるべきか……とアンリエッタが悩んでいると、オーランドがじっとこちらを見つめていることに気づき、首を傾《かし》げた。

「オーランド様？」

「いや、そういえばまだ礼も言っていなかったと思ってな」

「お礼？」

ぱちくりと目を瞬《またた》くアンリエッタを、オーランドは愛おしげに見つめてきた。

「王妃様が陛下のもとへ乗り込んできたときのことだ。あのとき、おれをかばってくれただろう？」

アンリエッタの脳裏に、王太子になれない息子に価値などないと言い切ったローリエの姿が浮かぶ。

オーランドの傷ついた表情に胸が締めつけられて、とっさに飛び出してしまったが、今思えば大胆なことをしたものだ。幸い国王もレオンもそれを咎《とが》めることはなかったが。

「あ、あのときはその、夢中で……」

一歩間違えば国王陛下がお気を悪くなさっていたかも……、と今さらながらにうろたえるが、オーランドは静かに首を振った。

「陛下も、おまえのことをお褒めになっていた。愛情深いだけではなく、勇気もある娘だと。これほど慕ってくれる娘を妻にできることはそうはないのだから、大切にしろと仰せになっていた」

アンリエッタはびっくりして目を瞠《みは》る。陛下とは執務室で別れて以来、顔を合わせることはなかったが、そんなふうに評価していただけたとは。

「わたくしはただ、思っていたことを口にしただけですわ」

「おまえはそうでも、あのときのおれは救われる心地だった。産みの母からあんなふうに言われるのは、さすがに……こたえたからな」

「オーランド様……っ」

とっさに腰を浮かしかけるアンリエッタに、オーランドは「わかっている」と微笑《ほほえ》んだ。

「おまえがそれを遮《さえぎ》って、おれを必要な人間だと言ってくれたことが、たまらなく嬉しかった」

アンリエッタは薄く頬を染める。

そのときのことを思い出して少し遠くを見つめるオーランドは、信じられないほど優しい顔をしていた。秀麗でありながら甘さが滲《にじ》む横顔に、アンリエッタの胸はたちまちときめきに満たされる。

ぽうっと見惚れていると、オーランドがそれに気づいて軽く瞬《まばた》きをした。

「どうした？」

「い、いえ。その……そんなふうに言われると、照れくさくて」

慌てて視線を逸《そ》らすアンリエッタに、なにを今さらという面持ちでオーランドは苦笑した。

「ありがとう。おまえのおかげだ。罰を受けるどころか、こうやって国政に復帰できたことも」

「それは、オーランド様の行《おこな》いの賜物《たまもの》ですわ。わたしはなにも……」

「おまえがそう言っても、おれはおまえの存在があったからだと思っている」

面と向かってそんなことを言われるのは恥ずかしい。だがオーランドのまなざしは真剣で、アンリエッタははにかみながらも微笑んだ。

「……わたしも、これからもあなたをお支えできることを嬉しく思います。ずっとおそばにいさせてください」

「無論だ」

オーランドはゆっくり手を伸ばして、アンリエッタの頬を優しく撫《な》でる。そしてその手を後頭部に滑らせると、妻の頭を静かに引き寄せ、口づけてきた。

角度を変え、ついばむような優しい口づけを何度か繰り返したあと、おもむろに舌を差し入れられる。

思えばこんな深い口づけも久々だった。このところは人目を憚《はばか》って、せいぜい唇を軽くふれ合わせるくらいしかできなかったのだ。

だからこそ、熱い舌がぬるりと入り込む感覚には背筋がぞくりと震えて、身体の芯が一気に熱くなったように思える。

「ふ……、うん……」

鼻にかかった甘い声を漏らしながら、アンリエッタはそっとオーランドの夜着の裾を握りしめた。

「……夢みたいだな」

口づけの合間に、オーランドがぽつりと呟《つぶや》く。

唇をふれ合わせたままの囁《ささや》きに、アンリエッタはぴくりと敏感に反応しつつも、かすかに目を開けた。

「え……？　今、なんて……」

「こうしてまた、おまえにふれられることが、夢のようだと感じていた。……陛下に告白する前の夜は、もうこうしておまえを抱くこともできなくなると覚悟していたからな」

アンリエッタはハッと息を呑む。

あの夜、朝日が差すまで身体をつなげていたのは、思いを通わせた喜びだけではなく、そんな悲壮な覚悟があったからなのか……

そこに彼の苦悩の深さを改めて見る思いで、アンリエッタは切なさに胸を痛めた。

「夢ではありませんわ、オーランド様。あなたもわたしもこうして無事で、これからも一緒にいられるのですもの」

アンリエッタは少し伸び上がってオーランドの唇にみずから口づける。

オーランドは驚いたようだが、わずかに身をかがめて、アンリエッタがしたいようにさせた。

彼がいつもしてくれた動きを真似て、そっと舌を差し入れ、彼の肉厚の舌をちろりと舐《な》め上げてみる。だが彼のようにうまくいかなくて、つい背伸びをすると、オーランドがふっとうしろへ倒れ込んだ。

腰を抱きしめられたままだったアンリエッタは、仰向《あおむ》けになった彼に覆《おお》い被さるように一緒に倒れる。いつもとは逆の体勢に目を白黒させるが、「続けて」という声が聞こえて、ハッと顔を上げた。

見れば、オーランドが艶《つや》めいたまなざしでじっとこちらを見つめている。

まぎれもない欲を孕《はら》んだ紫の瞳はいつも以上に美しくて、アンリエッタはドキドキしながら、おずおずと身をかがめて再び彼に口づけた。

「ん……、んふ……っ」

舌をめいっぱい伸ばして、彼の舌を絡め取る。ぎこちない動きながら舌を擦《す》りつけると、くちゅりという水音が立って、頭までかーっと熱くなるのを感じた。

「ん、んン……っ」

「……はぁ……、たまらないな」

オーランドもかすかに息を漏らして、そっとアンリエッタの肩を押し出す。

彼の腹にぺたりと座り込む形になったアンリエッタは、慌てて腰を浮かして、彼の上から退《ど》こうとした。

「や、うぅン！」

だが腰を這《は》っていた彼の手が胸に回り、夜着の上から乳房を掴んでくる。丸い膨《ふく》らみをたどるように掌《てのひら》が動いて、アンリエッタはたまらず身をよじった。

「乳首がもう勃っているぞ。……おれにキスしながら感じたのか？」

「ん……っ」

恥ずかしい問いかけに真っ赤になるが、否定したところで硬く凝《こご》った乳首がもとに戻るわけでもない。

それに……乳首だけではない。もっと恥ずかしい足の付け根も先ほどからずっと熱く疼《うず》いていて、秘裂が物欲しげにひくついているのがわかる。久々にふれ合っている上、情熱的な言葉をたくさん聞かされ、早くも身体中がうずうずと熱を持ち始めているのだ。

（こんなの、とても恥ずかしいのに……っ）

一方で、もっと恥ずかしいことをたくさんしてほしいとも願ってしまう。その先に待つ悦楽の大きさを知っているだけに、早くそこに上りつめたくて仕方なかった。彼と一緒に、どこまでも気持ちよくなりたい。

(オーランド様……)

「そんな目をしなくても、ちゃんと気持ちよくしてやる」

縋《すが》るようなアンリエッタの視線に苦笑して、オーランドはアンリエッタの長い髪をうしろに払う。そして細腰をさらに引き寄せた。

「身体を倒せ」

彼の手の熱さにくらくらしながら、アンリエッタは言われたとおり上体を倒した。そうすると胸を彼の眼前に突き出すような態勢になる。恥ずかしさに目がくらむが、頭を起こしたオーランドにちゅうと乳首に吸いつかれ、快感が身体を貫いた。

「ひぅン……っ」

薄い布地ごと淡く色づいた乳輪を含まれ、背筋がぞくっとわななく。それを煽《あお》るように、オーランドの手が脇腹を優しく撫《な》で上げた。

「あ、あぁ、やぁぁ……!」

それだけで身体の奥に火がついて、アンリエッタは大きくのけ反る。唇がふるふると震えて、眉間のあたりがむず痒《がゆ》くなった。

「オーランド様……、んっ、ンン……！」

ちゅ、くちゅ、とわざと音を立てながら、オーランドは勃ち上がった乳首を交互に吸い上げる。

唾液が布地に染み込み、肌に張りつく感覚がなんとももどかしい。そっと視線を降ろすと、濡れた夜着が胸に張りつき、小さな乳房と色づいた頂《いただき》がはっきり浮かび上がっているのが目に入った。

「やぁ……っ」

ぷっくりと勃ち上がった乳首がいかにも卑猥《ひわい》で、アンリエッタは弱々しい声を漏らす。

行為自体が久しぶりなせいだろうか。恥ずかしくてたまらないのに、感じている自分を見ると劣情が刺激されて興奮してしまう。もっとしてほしい気持ちが止まらなくなって、唾液があとからあとからあふれてきた。

「オ、オーランド様、……もう、わたし……っ」

「胸だけでイけそうか？」

オーランドが小さく笑いながら問いかけてくる。そんなことはないと首を振ったが、すでに下肢は湿り気を帯び、蜜口は物欲しげにひくついていた。

そんなアンリエッタを見越しているように、オーランドは満足げな笑みを浮かべてくる。その唇が胸ではなく首筋に吸いつき、舌先でついと舐《な》め上げられるのに、アンリエッタは嬌声《きょうせい》を上げて喉を反らした。

びくびくと打ち震えているうちに、オーランドの手が夜着の胸元にかかり、シュッと音を立ててリボンを解いていく。

「あ、あ……」

薄い夜着が肩から落ちて、腰元にくしゃりと丸まった。

それを奪うように剥《は》ぎ取りながら、オーランドは快感に震えるアンリエッタを敷布の上に仰向《あおむ》けにする。そして自身の夜着にも手をかけた。

「……っ」

数ヶ月ぶりに見る夫の裸身はやっぱり素敵で、アンリエッタは息を呑んで見惚れてしまう。

厚い胸板から綺麗に割れた腹筋、そして下肢へと目を走らせた彼女は、たちまち真っ赤になった。

（オーランド様も、もうあんなに……っ）

オーランドの分身はすでに天を向いてそそり立っており、欲望をたたえて張り詰めている。

この瞬間を待ち望んでいたのは自分だけではない。それがはっきりわかって、アンリエッタの胸に喜びが一気に広がった。

「オーランド様ぁ……っ」

嬉しさのあまり呼び声が涙まじりになって、まるでねだるような甘ったるい響きを帯びる。

オーランドの瞳がきらりと光って、アンリエッタは少しの緊張と多大な期待に、ひくんと下肢を引き攣《つ》らせた。

「そんな声で呼ばれたら……止まらないぞ？」

脅かすような低い声に、アンリエッタははしたなくも興奮を覚える。潤《うる》む瞳を細めてじっと見上げると、オーランドは口元に捕食者の笑みを浮かべて、再び胸元に唇を落とした。

「あ、ああ、あっ……！　や、やだ……っ」

両手で膨《ふく》らみをすくうように揉まれ、勃ち上がったままの乳首にきつく吸いつかれる。唇で挟んで吸い上げたかと思えば、唾液に濡れた舌でぴちゃぴちゃと思いのままに舐《な》め回され、急に襲ってきた愉悦にアンリエッタは目を見開いて唇を震わせた。

「う、うぅ……！　あっ、あンン！」

じゅっと音を立てて乳輪ごと吸い上げられ、ジンとした痺《しび》れが下腹へ直に響いてく。あいた乳首も指先でくにくにと押しつぶされ、時折軽くつままれて、信じられないほどの愉悦が澱《おり》のように溜まっていった。

「ひぁっ、あっ、や、やあぁ……ッ！」

左胸に吸いついていた唇が右胸に移り、指先で刺激された乳首に、今度は吐息の熱さが染み込んでいく。舐《な》め回され淫靡《いんび》に光っていた左の乳首は掌《てのひら》に覆《おお》われ、優しく転がすように刺激された。

立て続けに与えられる優しくも淫《みだ》らな愛撫《あいぶ》に、アンリエッタは肩口を揺らして激しく悶える。下腹が波打つように震えて、本当に胸だけで達してしまいそうになった。

「も、もうだめ……っ！　オーランド様……！」

助けを求めるように叫ぶと、オーランドが顔を上げて、舌先を胸から下腹へと滑らせていく。

ぬめった感触が肌をたどるのにもびくびく打ち震えながら、アンリエッタはオーランドの指がとうとう下肢にふれるのを感じ、大きく腰を跳ね上げた。

「あっ、あぁ……！」

「ああ、すごいな」

オーランドが感嘆の声を漏らす。その吐息がお臍《へそ》周りをくすぐって、アンリエッタは「きゃっ！」と飛び上がった。

「あ、あぁ、いや……っ」

とっさに臍を隠そうとするが、オーランドの手が素早くそれを押さえつけた。

「臍を舐めながらここをいじるのと、ここを舐めながら臍をいじるの、どちらがいい？」

「ひっ！」

ここ、と言いながらオーランドの指先が蜜口をくすぐるのを感じ、アンリエッタは喉を引き攣《つ》らせた。

どっちもいやとばかりにぶんぶん首を振るが、オーランドはおもしろそうに笑うばかりだ。

「どちらも選べないというなら、どちらも実行するまでだな」

「なっ！　や、やめてっ、今、どっちもされたら……きゃあああッ！」

つぷり、と指先が蜜口に沈んで、アンリエッタは腰を跳ね上げる。同時にオーランドの顔が腹部に沈んで、舌先がぬるりと臍のくぼみを舐め上げた。

「きゃううッ！」

軽く舐められただけで下腹の奥が燃え上がって、アンリエッタの身体がのけ反ったたままきつく強張《こわば》る。立て続けに刺激されると、もうまともに息もできなくなった。

「あっ、あああ！　だめっ、そんなに……しないで……ッ、あぁッ!!」

蜜口に沈む指が二本に増やされ、くちゅくちゅと音を立てながら抽送《ちゅうそう》される。指の腹がもっとも感じやすい一点を擦《す》り上げ、アンリエッタの腰が大げさなほどびくんびくんと跳ね上がった。

同時にひくひくと震えるお臍《へそ》を縦に舐《な》められ、燃え上がるような愉悦に自制が利かなくなる。かと思えば舌先が花芯へと降りて、剥《む》き出しにしたそこを舐め回すのに涙が浮いた。

気づけばアンリエッタはオーランドの頭を抱え、大きく開いた唇から甲高い声を響かせていた。

「こ、んなの……！　おかしくなる……っ、やぁぁッ！」

「おかしくなっていい。もっと乱れるおまえを見せてくれ……っ」

オーランドのかすれた声が下腹を震わせる。その瞬間、愉悦が身体の奥で一気に高まり、アンリエッタはたちまち絶頂へと押し上げられた。

「やっ、あぁぁ、あああ――ッ!!」

背を弓なりにしならせ、びくんっと大きく腰を跳ね上げた瞬間、アンリエッタは絶頂の波に攫《さら》われる。

オーランドが息を詰めて、きゅうきゅうと切なく締まる膣孔から、勢いよく指を引き抜いた。

「きゃう！　あっ……あああぁぁッ！」

次の瞬間、指ではなく、限界まで張り詰めた雄芯が一気に最奥まで挿《はい》り込んできた。

「きゃあああッ!!」

絶頂の余韻に引き攣《つ》っていた身体が再び強張《こわば》る。たちまち最果てに押し上げられて、アンリエッタは甲高い声を響かせ、くっと息を詰まらせた。

オーランドも低くうめいて、きつい締めつけに耐えるように奥歯を噛みしめる。

「ああ、あ……、ひゃ、ぅ……っ」

絶頂は長く尾を引き、アンリエッタはがくがく震えながら、必死にオーランドにしがみついて息を整えた。

オーランドも眉間にきつく皺《しわ》を寄せて、アンリエッタを抱きすくめながら吐精をこらえる。

そうしてどれくらい時間が経ったのか。はぁはぁと荒い呼吸をしながらも、アンリエッタはようやく目を開いてオーランドを見つめた。

「あ、ぅ……、オーランド、さま……」

「すまない。おれももう限界だった」

いきなり押し入ったことを謝る彼に、アンリエッタはゆるゆると首を振った。

そんなアンリエッタをうっとりしたまなざしで見つめ、オーランドは優しく唇を重ねてくる。

深いところで繋がりながら口づけを交わすと、ふわふわと浮かんでいるように気持ちよくなってきた。アンリエッタは「ん……」と鼻にかかった声を漏らしながら、オーランドの髪に指を梳き入れ、愛するひとの体温にしみじみと感じ入る。

そうしていると、まるで湯に浸かっているようで、危うく眠り込みそうになった。

だがそれも、オーランドがかすかに腰を動かすことで、息を呑むほどの快感に変わる。

身体の中でたゆたっていた愉悦に一気に火がついて、アンリエッタはきゅっと眉をしぼって、オーランドの背にしがみついた。

「あ、ふ……、オ、オーランド、さま……んんっ……」

それまでとは一変して、深い口づけを浴びせられて、アンリエッタはひくんと腰を震わせる。ぬらりと入り込んできたオーランドの舌はもったいぶることなく、彼女の感じやすいところを攻め始め、歯列の裏をなぞられたアンリエッタはたちまち艶《つや》めいた声を漏らした。

「……っ、そんなに締めつけるな」

気づけば彼にしがみつく腕の力だけでなく、彼を咥《くわ》え込む下肢にも力を入れていたようで、苦しげなオーランドの声にアンリエッタはハッと我に返る。

「ご、ごめんなさ……、で、でも、あ……、ちから、どうすれば……っ」

もっと気持ちよくなりたいと無意識に求める膣壁は、オーランドをきゅうきゅうと締めつけたままで、どう緩《ゆる》めればいいのかわからない。

戸惑うアンリエッタに、オーランドが小さく噴き出した。

「本当に……おまえは、可愛いな。こんなに締めつけて。そんなにおれのこれが好きなのか？」

アンリエッタは真っ赤になりながら、消え入りそうな声で呟《つぶや》いた。

「……すき、です。……で、でも、こんなに気持ちいいのはオーランド様だからで、あなたのことが好きだから、その……」

身体も反応してしまうのだともごもご呟くと、恥ずかしさに頭が沸騰《ふっとう》しそうになった。

そんな妻を愛おしげに見つめ、オーランドはこともなげなく言い返す。

「おれも、おまえが相手だから歯止めが利かなくなる。おまえはおれを好きだと何度も言うが――」

「あ、……あぁん……っ」

「きっと今は、おれのほうがずっとおまえのことが好きだ」

信じられないほど甘い台詞《せりふ》に、アンリエッタは緑色の瞳をいっぱいに見開いて硬直する。

思わずぱくぱくと口を開け閉めすると、オーランドは再び笑って、おもむろにアンリエッタの腰を抱え直した。

最奥まで埋めた自身をすっと引き抜き――一気に奥へと打ちつける。

「ひゃ、うぅッ！」

突然の刺激に身体中が強張《こわば》り、アンリエッタの目の前にぱちぱちと火花が飛んだ。

「あ、あ、……だめぇ……！」

「もう遅い」

「ひゃあぁう！」

襲いくる愉悦の大きさにおののいて、思わず逃げを打とうとすると、身体に回るオーランドの腕の力が強くなる。

そのまま最奥を深く突き上げられ、アンリエッタは喉を反らして悲鳴を上げた。

「あぁ、あっ！　きゃあ、だめ……、これ、だめっ、あぁぁ!!」

いきなり、オーランドはアンリエッタの身体を勢いよく引き起こした。

あぐらを掻いたオーランドに向き合うような形で半身を起こされ、アンリエッタは初めての体位に大きく目を見開く。

だが、彼の欲望が真下からずんっと突き上げてきて、恥ずかしがる余裕など瞬時に吹き飛んだ。

「きゃ、あぁ！　いや、だめっ……深いぃ……！」

自重で身体が沈み、これ以上ないと思えるところまで貫かれて、アンリエッタは苦しさと圧迫感に首を打ち振った。

オーランドもアンリエッタの背を抱えながら、少し苦しげに息をつく。

「そう言いながら、おまえの中はおれに吸いついて離そうとしない……はぁ、なんて身体だ」

「や、や、……そんなふうに言わないで……っ、恥ずかし……っ」

しかしオーランドはアンリエッタの髪をうしろへ優しく払うと、露《あら》わになった小さな胸に吸いついて痕《あと》を残していく。

その上ゆるゆると腰を突き上げられて、アンリエッタは思わず膝立ちになって逃げようとした。だが絶頂で蕩《とろ》けきった身体には力が入らず、緩《ゆる》やかなリズムで下からずんずんと突き上げられる。

「あ、あぁ、あ、あ……っ！」

「……っ、中が降りてきているな」

アンリエッタは涙に濡れた瞳を瞬《また》かせる。言われてみれば、彼が最奥を突くたび、身体の中でなにかがコツコツと当たる感触があった。

「子を孕《はら》むところだ……最大限に感じると、女のここはこうして下がってくる」

「あ、うぅ、んっ……ん、ん、ン……！」

「おまえがそれほど感じていると思うと、おれも……っ」

張り詰めた欲望がいっそう熱く膨《ふく》らんだ気配が伝わった。それを感じて、アンリエッタもたまらなく気持ちよくなる。突き上げられる部分からじゅわっとした熱さが指先にまで伝わって、喉元を引き攣《つ》らせ、動悸をばくばくと速いものに変えていく。呼吸が乱れて、もう唾を呑み込む余裕もなくて、唇の端から銀の糸がつぅと流れ落ちた。

「は、はぁ、はぁ……っ、オ、オーランドさま……、わ、わたし、もう……！」

抽送《ちゅうそう》のたびにぬちゅぐちゅと響き渡る水音に、アンリエッタは弱々しく首を振る。気持ちよくて蕩けそうで、身体中がわき立って止めることができない。

　早く解放して欲しくて、彼の髪に指を絡めて頬を押し当てると、オーランドも苦しげに息をついてアンリエッタの腰を強く抱いた。

「……っ、アンリエッタ、好きだ……！」

「あ、あぁう！　あんっ……、わ、わたし、も……あぁ！　好き、ぃああっ！」

「絶対に離さない。愛している……ッ」

　苦しげな吐息とともに伝えられる情熱に、アンリエッタは涙をこぼして喜びに浸る。

　愛しい気持ちは身体をさらに熱くさせて、アンリエッタはとっさに身をかがめて、オーランドの唇を求める。

　彼も顔を上げて、愛しい妻の唇に吸いついた。

　愉悦の炎が燃え上がり、一気に弾け飛ぶ。

「ふ、ぅ……、ううぅ――ッ!!」

　最奥から頭まで、快楽が瞬時に突き抜ける。

　遅れて広がった熱さに、アンリエッタはがくがくと震えながら彼の首にしがみついた。

　オーランドも大きくうめいて、堰《せ》き止めていた欲望を一気に解放する。

　彼を求めて煮えたぎっていた最奥が、噴き出した飛沫《ひまつ》に熱く震え、さらなる快感をアンリエッタに与えてきた。

媚壁がうごめき、それを感じるオーランドも、恍惚《こうこつ》の面持ちで天を仰ぐ。

「あ、あう……はっ……」

長く尾を引く絶頂に唇を震わせながら、アンリエッタはオーランドを抱きしめ、喜びの涙をほろりとこぼした。

愛するひととだけ味わえる、甘美でいて至福の瞬間。

それを味わえる今がとても嬉しくて、アンリエッタは愛するひとの肩口に頬を寄せ、しばらくその体温にじっと感じ入っていた。

エピローグ

年が改まるのに合わせ、オーランドは城を離れ、自身が引き続き管理することになった領地の一角に瀟洒《しょうしゃ》な邸を設《もう》けた。

アンリエッタの祖国フィノーの建築様式を取り入れた邸は、大きさこそそれほどでもなかったが、一室一室が広々としてとても開放的だ。

庭の一角にはカメリアの苗も植えられ、アンリエッタは午後の散歩の折には必ずその苗を見守るようにしている。

長い冬が過ぎ、春がやってくれば、ちょうどアンリエッタが嫁いできて一年になる。

寝室の窓から、最初の花をつけたカメリアを眺めているとき、オーランドがようやく城から戻ってきた。

「オーランド様、おかえりなさいませ」

「ああ。遅くなって悪かった」

挨拶《あいさつ》代わりに妻を抱擁《ほうよう》し、オーランドはほっとした様子で息をつく。

激務だけに城に泊まり込むことも多いが、今回は一週間近くも拘束されていて少々疲れたようだ。

そのあいだアンリエッタにもひとつの変化が起きたのだが、使いを出していないためオーランドはそのことをまだ知らない。

気づけば早々に寝台に押し倒されそうになり、彼女は慌てて夫を止めた。

「オーランド様！　こういうことは少し控えたほうがいいって、お医者様に言われたの！」

「医者？　どこか悪いのか？」

オーランドはぎょっとした面持ちで、アンリエッタの全身に目を走らせてくる。

言われてみれば少し顔色が……と呟《つぶや》いて頬を撫《な》でてくるオーランドに、アンリエッタは小さく噴き出した。

「病気ではありませんわ。でもまだ初期の段階だから、次の診察のときまで安静にしているようにと言われておりまして。その、激しくしなければ大丈夫らしいですけれど、念のために、ね？」

「なんの話だ？」

戸惑うオーランドの手を、アンリエッタは自身の腹部へと導く。

それでも「?」という顔をしている夫に、アンリエッタは「もう!」と怒って、その耳元に唇を寄せた。

そうして妻が囁《ささや》いた言葉に、オーランドはこぼれんばかりに目を見開く。

「……え?　なんだって?」

「まぁ、聞いていらっしゃらなかったの?」

「いや、聞いたが、まさか——」

驚きのあまり狼狽《ろうばい》する夫に、アンリエッタはにっこり笑って頷《うなず》いた。

「順調にいけば、次の冬の入りには生まれるそうです」

「本当に——?」

オーランドはまじまじとアンリエッタの腹部を見つめる。

しばらく信じられないという顔で目を瞬《またた》かせていたが——やがてそっと、アンリエッタを包むように抱きしめてくれた。

「アンリエッタ、愛してる。身体に気をつけて、元気な子を産んでくれ」

しみじみとした一言と全身を包むぬくもりに、アンリエッタはしっかり頷く。自然と込み上げてくるものがあって、オーランドの胸にそっと顔を埋めた。

愛するオーランドと、彼とのあいだに生まれる子供と、三人で過ごす新たな未来――それはきっと、とても素晴らしいものになるだろう。

無上の幸せが光のように身体中を包んでいく。

これからもずっとこの時間は続いていく。それがたまらなく嬉しくて、アンリエッタは今日も輝くような笑みを夫に向けるのだった。

書き下ろし番外編

秘密の贈り物

「お待ちください、オーランド様！　あの、一緒にお風呂などいかがでしょうか!?」

遅めのお茶の時間を妻とともに過ごしたオーランドは、まだ仕事が残っているからと、さっそく王太子の執務室へ向かおうとしていた。

それをなんとか引き留めるため、アンリエッタはつい夫の腕に抱きついてしまう。

が、自分の口から飛び出した文句には、大いに戸惑ってしまった。

（ひ、日が落ちた時間帯ならまだしも、夕刻にもなっていないのにお風呂なんて！）

これでは逆に、なにかあるのではと怪しまれてしまう。

案の定、訝《いぶか》しげな表情で妻を振り返ったオーランドは、やや心配げに尋ねてきた。

「……いきなり妙なことを言い出したな。なにか面倒なことでもあったのか？」

「えっ!?　い、いえ、なにも!?」

アンリエッタはぶんぶん首を横に振る。

実際、彼女のこの頃の生活は実に平穏だった。

新しい年を迎えるにあたり、オーランドは長く続いた世継ぎ争いが落ち着いたことを国内外に知らしめるため、大規模な舞踏会や式典を計画し、それを見事成功に導いた。

レオンはもちろん、臣下となったオーランドも多くの民に歓迎され、その奥方であるアンリエッタも、無事に社交界での地位を築くことができたのだ。

今はオーランドの領地に、自分たちの住まいとなる邸が建つのを楽しみにしつつ、お友達となった貴婦人たちとお茶会や音楽会を楽しんで、暖かい季節がくるのを待つ日々である。面倒事など起きようもないが、異国から嫁ぎ、まだ知り合いも多いとは言えない妻を慮《おもんぱか》って、暮らしに不自由なことがあれば遠慮なく言えとオーランドはたびたび口にしていた。

「ここでは言いにくいことだから、風呂へ行こうと誘ったのか？」

「そういう……わけでは……ないのですが」

ぐるぐる考えつつ、アンリエッタは慎重に言葉を続けた。

「そのぅ……このところ、オーランド様はまたお忙しくなったようですから、少し心配で。お背中でも流してさしあげれば、日頃の疲れも取れるかなぁ、と考えてみたんです」

我ながらなんというといいわけだ、とアンリエッタは真っ赤になる。

が、それが逆に真実味を帯びたものとして聞こえたのか、オーランドは「そういうことか……」と得心《とくしん》がいった様子で頷《うなず》いた。

「……よし。それなら、入浴の世話をしてもらおうか」

「えっ？」

「執務もそう急ぎのものではないから大丈夫だ。さっさと浴室に行くぞ」

「ええっ⁉」

自分で誘っておいてという話だが、明るいうちから浴室へ向かうことになり、アンリエッタは大いに慌てた。しかし今さら取り消すことはできない。

執務のせいで不規則な生活になりがちなオーランドのため、浴槽には常に温かい湯が張られている。オーランドはさっさと自分の衣服を脱ぐと、「先に行くぞ」と言い残して浴室に入ってしまった。

あまり待たせては不審に思われる。アンリエッタは自分の思いつきを呪いつつ、ドレスから下着まで全部脱ぎ捨て、急いでオーランドのあとを追った。

「で、では、お背中を流しますね……」

言った手前なにもしないのは憚《はばか》られるので、アンリエッタは海綿を手にオーランドの背に回る。湯に浸かっていたオーランドは「頼む」と短く答えた。

大きな夫の背を擦《こす》りながら、アンリエッタは、案外これもいい方法だったかも、と思い直す。そもそもオーランドを引き留めたのは、彼を王太子の執務室に近寄らせないようにするためだ。

『夕食の時間になるまで、なんとかオーランドを引き留めるのが君の役目だ。期待しているよ、彼の愛する奥さん』

レオンからもそんなふうに言われ、アンリエッタは与えられた役目をしっかり果たそうと意気込んでいた。

すべては、オーランドを驚かせるため……さらには喜んでもらうための布石《ふせき》――

(できるだけ長い時間、浴室でくつろいでいられるようにしよう)

そう決意した矢先、オーランドがふと口を開く。

「――で？　いったいなにを隠しているんだ、アンリエッタ？」

「えっ？　……きゃあっ！」

いきなり夫に腕を掴まれ、アンリエッタはあっという間に浴槽の中に引きずり込まれる。湯がばちゃんと大きな音を立ててあふれ、夫の腕に閉じ込められたアンリエッタは首筋まで真っ赤になった。

「なっ、オ、オーランド様！　なにをなさるのですか……！」

「なにか隠しているおまえが悪い。いったいなにを企んでいる、アンリエッタ？」

「ひゃあん！」

うしろから囁《ささや》かれつつ、大きな手で乳房を包まれ、アンリエッタは跳び上がった。

とっさに逃げようとするも、オーランドの腕はしっかりアンリエッタの身体に回っていて動けない。あわあわしているうちに、芯を持ち始めた乳首を指先でくにくにといじられ、アンリエッタはついびくっと反応してしまった。

「いやっ、ぁあ、ん……！」

「ほら、言わないとずっとこのままだぞ？」

「ン、んぅ……い、言いません……っ、んぁあっ……！」

「なかなか強情だな」

オーランドはフッと笑って、本格的にアンリエッタを攻め立ててくる。

やはりなにかあると、オーランドに勘づかれていた。自分の下手な演技では仕方ないと思いつつ、アンリエッタは頑《かたく》なに口をつぐむ。

おかげでオーランドの手は止まらない。小ぶりな乳房だけでなく、感じやすいお臍《へそ》までくすぐられて、アンリエッタはつい「あぁあん！」と大きな声を出してしまった。

昼日中《ひるひなか》の明るい浴室に、高い声はよく響く。温かなお湯に浸かっているせいもあり、アンリエッタはたちまち全身を赤く染め上げた。

「ほら、言わないのか？」

「あ、やぁん……言いま、せん……、んンあぁあっ……！」

オーランドが立ち上がり、アンリエッタの身体を浴槽の縁に押しつける。

戸惑いつつ、彼が望むまま体勢を変えたアンリエッタは、熱を持って勃ち上がった夫の分身が、己の秘所を擦《す》り上げてくるのを感じ目を見開いた。

「あ、あっ、だめぇ……っ」

「口を割らないおまえが悪い」

「あぁあん……！」

濡れ始めた蜜口にずぶり、と肉槍の切っ先が潜《もぐ》り込む。ほぐされていないところに挿入され、ほんの少し引き攣《つ》った感じを覚えたが、それも二度、三度と抽送《ちゅうそう》されれば蕩《とろ》けるような快感に変わった。

「ひあっ、あ……あぁあん……ッ」

「ほら、これでも言わないのか？」

「んンぅ……！」

ゆるゆると揺さぶられて、アンリエッタは熱さに喘《あえ》ぎつつ小さく首を振った。

「あ、い、言わない、です……。あっ、いいの……、もっとして、ぇ……！」

快感に高まった本能のまま、思わず夫を求める言葉を口にしてしまう。

するとオーランドもからかい混じりの微笑《ほほえ》みを引っ込め、本格的に腰を使いだした。

「あぁあっ！　ひぁ、あぁん！　ん、んぅっ、……ンあぁぁ――ッ……！」


「と、いうことで。誕生日おめでとう、オーランド！」

バサーッと大量の紙吹雪が舞って、レオンを始め、集まった人々が温かい拍手を響かせる。

思いがけない出迎えに、しっかり身支度を調《ととの》え、王太子の執務室にやってきたオーランドは、ドアノブを握ったまま立ち尽くした。

一方、夫のうしろからひょっこり顔をのぞかせたアンリエッタは、様変わりした執務室に「まぁ！」と歓声を上げる。

いつもは隅々まで片付けられ、ぴっちりした印象の部屋が、今やすっかりお祝い一色となっていた。本棚には色とりどりのテープが渡され、シャンデリアにも花飾りが下がっている。まだ寒い時季なのに、そこかしこに生花が飾られ、持ち込まれたテーブルにはこれでもかとばかりにご馳走が並んでいた。

「これは……いったい……」

「僕たちからの誕生祝いさ。君ときたら、忙しさにかまけて自分の誕生日すら忘れているんだから。これはひとつ盛大にお祝いしてやらないとと、アンリエッタの発案で急遽《きゅうきょ》支度したんだよ」

オーランドが驚いた顔で振り返る。夫の反応をうかがっていたアンリエッタは、突然目が合ってどきっと跳び上がってしまった。

「あ、あの、その、レオン様から、オーランド様は昔から、ご自分の誕生日に催《もよお》し事を開くことはなかったと聞いたもので」

一国の王子、しかも正妃が産んだ第一王子の誕生日ともなれば、舞踏会のひとつやふたつ開いて、国を挙げてお祝いをするのが当たり前だ。

しかしオーランドは自分が主役の催し事は昔から好きではなく、成人してからは誕生日すら気に留めなくなったと聞いて、アンリエッタは無性になにかしたくなったのだ。

「舞踏会とまではいかなくても、身内だけで集まって、お誕生日をお祝いできたらいいなぁと思ったのです。せっかくのお祝い事ですし、レオン様はもちろん、他の方々も日々の感謝を口にしたいとおっしゃっていて……。それなら、こういうパーティーを開いて、驚かせてはどうかと提案したのです」

だから、もし気に障《さわ》ったのであれば、わたしだけ叱ってください。

言外にそんな思いを込めつつ、少しびくびくしながら夫を見上げたアンリエッタは目を丸くした。てっきり不機嫌な顔をしているだろうと思っていたオーランドは、目元を片手で覆《おお》い、かすかに唇を震わせていたのだ。

「オ、オーランド様？」

まさか泣いてる？

そう思ったアンリエッタは大いに慌てるが、意に反して、オーランドは次の瞬間、明るい笑い声を響かせていた。

「なにを隠しているかと思えば……！　アンリエッタ、おまえこれを隠すために、下手な嘘までついておれを引き留めようとしたのか！」

よほどおもしろかったのか、普段そうそう笑うことのない夫が、くっくっと肩を揺らして笑っている。これにはレオンたちも驚いていた。

「どうした、オーランド。嬉しすぎておかしくなった？」

「そんなところだ。おまえたちの言う通り、自分の誕生日なんてすっかり忘れていた。全員でこんな用意をして待っていたなんて」

目尻に浮いた涙をぬぐって、オーランドはアンリエッタをぎゅっと抱きしめた。

「ありがとう、アンリエッタ。最高の贈り物だ。……自分の誕生日が、こんなに嬉しいものだと思ったのは初めてだ」

その言葉に、アンリエッタの胸はきゅうっとなる。

生まれに特殊な事情を持つオーランドだけに、その言葉の裏には、万感の思いが籠もっているのだろう。

そう思うといても立ってもいられず、アンリエッタも夫にきつく抱きついた。

「喜んでいただけて嬉しいです……！　お誕生日おめでとうございます、オーランド様！　ずっとずっと、いつまでも愛しています！」

「ああ、おれもだ」

きつく抱きしめ合うふたりに、お祝いに駆けつけた人々がひゅーひゅーと口笛を鳴らす。一方のレオンは苦笑しながら「そういうのは部屋に戻ったあと、ふたりでやってよね」と肩をすくめた。

「さて、それじゃあ乾杯といこうか。我らがオーランドの誕生日を祝って！」

「かんぱーい！」

明るい声が弾け、その日はささやかながらも、楽しいお祝いが遅くまで続いたのだった。

本書は、2014年12月当社より単行本として刊行されたものに書き下ろしを加えて文庫化したものです。

ノーチェ文庫

疑《うたが》われたロイヤルウェディング

佐倉紫《さくらゆかり》

2017年5月4日初版発行

文庫編集－宮田可南子
編集長－塙綾子
発行者－梶本雄介
発行所－株式会社アルファポリス
〒150-6005 東京都渋谷区恵比寿4-20-3 恵比寿ガーデンプレイスタワー5階
TEL 03-6277-1601（営業） 03-6277-1602（編集）
URL http://www.alphapolis.co.jp/
発売元－株式会社星雲社
〒112-0005 東京都文京区水道1-3-30
TEL 03-3868-3275
装丁・本文イラスト－涼河マコト
装丁デザイン－ansyyqdesign
印刷－株式会社暁印刷

価格はカバーに表示されてあります。
落丁乱丁の場合はアルファポリスまでご連絡ください。
送料は小社負担でお取り替えします。

ISBN978-4-434-23108-7 C0193